明日の子供たち

有川　浩

幻冬舎文庫

明日の子供たち

もくじ

1

明日の子供たち

＊

九十人の子供が住んでいる家がある。

『あしたの家』——天城《あまぎ》市立三日月小学校から程近い場所に存在する児童養護施設だ。様々の事情で親と一緒に住めない子供たちが、一つ屋根の下に暮らしている。

昨今ではより「家らしい」少人数の施設が主流となっているが、『あしたの家』は設立が古く、当分は大舎制《だいしゃ》と呼ばれるこの大規模施設として運営される予定である。

施設には子供たちから「先生」と呼ばれる児童指導職員が宿直制で二十四時間常駐している。

そしてその日、三田村慎平《みたむらしんぺい》は希望に溢《あふ》れて『あしたの家』に着任した。

残暑がようやく過ぎた秋晴れの一日だった。


グラウンドがない学校、という風情の建物だった。

まるで昇降口のような玄関には壁一面に靴箱が備え付けられて、一つのボックスに何足もの靴が押し込まれている。その雑然とした様子が学校とは一線を画する生活感を醸し出していた。

手前から奥へと向けて整然となっていくのは、学年順に靴箱を振り分けてあるからだろう。男子か女子かによっても、整頓のレベルが変わるようだ。女子の靴が入っているボックスのほうが全体的に整っている。

低学年男子が使っているらしい区画は、完全なる無法地帯だ。小さなスニーカーがむやみやたらとボックスに詰め込まれている。

普通の家なら三和土《たたき》に子供の靴が出ていたところでご愛敬《あいきょう》だが、九十人もの子供にそれを許すと玄関が溢れかえってしまう。きっと靴箱に収まるだけの靴しか持つことを許されないのだろう。

不自由な生活を思うと何とも忍びない。三田村は靴がこぼれ落ちそうになっているボックスを片付けはじめた。

三つ四つ整えたときだった。

「何やってるの」

背中からかかった声に振り向くと、ジャージを着たショートカットの女性が立っていた。

「和泉《いずみ》先生」

赴任前の研修で顔は見知っている。施設職員の和泉和恵《かずえ》だ。子供たちからは、確かいずみちゃんというニックネームで呼ばれていた。年齢は二十六歳の三田村より一つ二つ上だったはずだ。

「こんにちは、今日からお世話になります」

「知ってる。それより、何やってるの」

元々フレンドリーなタイプではないようだったが、それにしてもこの咎《とが》めるような口調は何だ。三田村のほうも自然と怪訝《けげん》な顔になった。

「何って……子供たちの靴を片付けてあげようと思って」

「勝手なことをしないで」

三田村としては親切心からやったことである。それを勝手呼ばわりされてカチンと来た。

「そんな言い方ないでしょう、僕は子供たちのために……」

「その『ために』が余計なことだって言ってるの」

「余計って、そんな」

畳みかけられるきつい言葉に目を白黒させていると、和泉はつかつかこちらに歩み寄ってきた。

思わず身構えた三田村を完全スルー、三田村が整頓したばかりのボックスをすべて引っ掻《か》き回して元どおりに散らかしてしまう。

「他に直した靴箱は？」

「お、覚えてません」

とっさにしらを切ったが、無駄に終わった。和泉は三田村をじろりと睨《にら》んだがそれ以上は何も言わず、靴箱を一瞥《いちべつ》するやいくつかのボックスを散らかした。どれも皆、三田村が整頓したボックスである。

靴底がこちらを向いているような無法地帯な靴の突っ込み方まで忠実に再現されてしまった。

「ひってえなぁ……」

思わず呟《つぶや》くと、和泉がくるりとこちらを向き直った。

「誰の物に触ったのかも覚えていられないなら、余計に手を出さないで」

静かだが、むやみな迫力に溢れた声に、ぐっと呑《の》まれた。――その呑まれたことが悔しく、半ば反射のように言い返した。

「これくらい片付けてあげてもかまわないじゃないですか。こんなぐちゃぐちゃなんだから」

「こんなぐちゃぐちゃだけど、」

和泉はことさらに声を張り上げたわけではない。だが、三田村の肩は勝手に縮んだ。その勝手に自分の意思を裏切った肩に腹が立つ。

「やっと靴箱の中に靴を入れるようになったのよ。担当の先生が毎日毎日注意して、やっと」

和泉の静かな声が、ねじ込むような重さで玄関に響く。

「今度は、靴箱の中を整頓しなさいって毎日注意しなきゃいけないの。誰かがやってくれたら、絶対自分でやるようにならない」

「でも、かわいそうじゃないですか」

分がないことはそろそろ分かっていたが、退《ひ》くに退けなくなっていた。自分なりの思いやりを全否定されたことが三田村を意固地にしていた。

「普通の家庭だったら、ちょっとくらい散らかしたってお母さんが靴を揃《そろ》えてくれるでしょ？　だったら、施設の子供たちだって、ちょっとくらい甘やかしてくれる人がいたって……」

「あなたが毎日甘やかしてやれるの」

苛立《いらだ》ちの混じった声と一緒に、和泉の目もきつくなった。

「九十人を毎日ちょっとくらい甘やかしてやれるの」

ぐうの音も出なかった。

「ここは普通の家じゃないし、わたしたちは親にはなれない。わきまえて」

「分かってますよ、そんなこと……」

口の中でもごもご呟いたのは完全に負け惜しみだ。

「職員室に行きましょう。施設長が待ってるわ」

廊下を先に立って歩いていく真《ま》っ直《す》ぐに伸びた背中を追いながら、言い負かされた不満が胸の中をぐるぐる渦巻いた。

確かに施設は普通の家ではない。職員も親にはなれない。だが――ここしか寄る辺《べ》のない子供たちに優しくしてやれるのは、ここで働く大人たちしかいないじゃないか。子供に必要なのは厳しさだけじゃないだろう。

そうでなくとも世間は施設の子供たちに冷たいのに――

忌々《いまいま》しいくらい真っ直ぐな背骨が反感をちりちり煽《あお》るので、三田村は伏し目で廊下を見ながら歩いた。

棟の二階にある職員室には、三十ほどの事務机があった。

その職員室の奥にこぢんまりと施設長室が構えてあり、三田村は和泉に先導されて施設長室に入った。

中で待っていたのは、ふくよかな体型の年配女性と髪の寂しい年配男性だ。

「『あしたの家』へようこそ、三田村先生」

そう口を開いたのはふくよかな年配女性——施設長の福原政子《ふくはらまさこ》である。面接のときはにこにこ笑いながらもっぱら話の聞き役に回っていた。十五分ほどの面接で三田村が一つだけ質問されたのは、履歴書に書いた資格のことだけである。

運転免許の他に持っているのは情報処理系の資格だけで、児童養護施設の採用にはあまり有利とは思われず「コンピューターの資格をお持ちなら、よそでも採用がありそうね」などと言われたので、てっきり不採用かと思っていた。

「せっかくご縁があってこちらにいらしたんだし、末永くお勤めしてちょうだいね」

「はい、頑張ります！」

「持ち場については副施設長の梨田《なしだ》先生から」

面接のときは髪の寂しいおじさんである梨田克彦《かつひこ》を施設長だと思っていた。経歴や志望動機について尋ね、具体的な採用条件を説明していたのが梨田だったからである。

「しばらくの間は和泉先生の補佐という形で入ってください」

梨田の説明に自制を振り切って「えっ」と声が出た。和泉の眉間にしわが寄るのが見えたが、かまってはいられない。

「あの、研修のときは岡崎《おかざき》先生の補佐って聞いてたんですけど……」

二週間ほど前に終えた研修では、その岡崎という女性職員が指導役だった。年頃は和泉と同じだが和泉よりずっと人当たりが良く、子供たちにも慕われており、三田村としてはこの人の下で仕事を覚えられるならとすっかり安心していた。

「岡崎先生なら辞められた」

芸もなくまた「えっ」である。

「どうして……」

「一身上の都合だ」

梨田はそれ以上説明するつもりはないらしい。

「一人で児童を担当できると周囲が判断したら、正式に班を受け持ってもらう」

と、和泉が三田村のほうに進み出た。

「異存がありそうだけど、仕事ですからよろしくお願いします」

手厳しい口上で差し出された手を「よろしくお願いします」と握り返すのが精一杯だ。

職員室の席は並びではなかったのでほっとした。

「着替えは持ってきた？」

「はい」

大勢の子供の面倒を見るので、動きやすく汚れてもいい服装で勤務するように指示されている。ほとんどの職員はジャージだ。三田村もジャージの上下を持参した。

「着替えたら、子供たちが帰ってくるまでに目を通して。わたし、来客の応対があるから」

渡されたのは薄いファイルが数冊だ。和泉が担当している子供たちの児童指導資料らしい。

更衣室で着替えて戻ってくると、和泉はもう職員室にいなかった。

左隣は不在だったが、右隣には四十絡みの痩せぎすの男性職員が在席していた。いつも陰気な様子だったのが三田村には印象に残っている、猪俣吉行《いのまたよしゆき》だ。

「今日からよろしくお願いします」

猪俣は見ていた書類からちらりと目を上げて、顎を突き出すようにかすかな会釈をした。

「どうも」

それだけでまた自分の書類に目を戻してしまったので、三田村も席に腰を下ろしてファイルをめくった。

すると、「あの」と再び陰気な声がかかった。

「そのファイル、読み終わったらどうするか和泉先生に聞いてますか」

「いえ、特に……」

「ああ、そう」

頷《うなず》いた猪俣は「すぐ戻るつもりかな」などとぼそぼそ独りごちたが、再び三田村に向き直った。

「読み終わっても和泉先生が戻られなかったら、私に声をかけてください」

「はあ」

「それ、子供たちには見せちゃいけない資料なんです。読み終わったらすぐに片付けないといけないので……和泉先生が戻られなかったら、私が」

「ああ、はい。ありがとうございます」

陰気だが、面倒見はいいようだ。新米の三田村にとってはありがたい。

親切な申し出に、少し親しみが湧いた。

「そういえば、岡崎先生って辞めちゃったんですね」

ちらりとこちらを向いた猪俣に言葉を続ける。

「僕、ほんとだったら岡崎先生の補佐に入るはずだったんですけど……研修中も指導職員は岡崎先生だったし」

「……急に限界が来て辞めちゃう人は多いんですよ」

猪俣はぼそっとそう応えた。

「でも、僕の研修中はそんな素振りちっとも……」

「ある日、突然折れるんですよ。やっぱり、きつい仕事ですからね。岡崎先生も突然でした」

「きついっていうのは、体力的に……？」

猪俣は曖昧に笑った。笑顔と判定できるかどうかは微妙だが。

「どこの施設でも、三年も勤めたら古株です」

つまり、三年保《も》たずに辞めていく者が大勢いるのだろう。『あしたの家』も、人の入れ替わりが激しいということは聞いている。本来、『あしたの家』の新採用は四月だが、三田村が地元の新聞で採用広告を見たのは八月だ。新職員から早くも脱落者が出たための追加募集だったという。

「頑張りすぎちゃう人はまずいんです。三田村先生も気をつけてくださいね」

陰気な声で激励されると、何やら不吉な予言でも聞いたかのような気持ちになる。

「和泉先生って何年目なんですか」

「三年目ですね。岡崎先生も三年目でした」

岡崎は三田村が赴任する前に職を離れた。和泉はどうなのだろうか。

「和泉先生は大丈夫だと思いますよ。彼女はとても強い人だ」

「ああ、そうでしょうねえ。性格もきつそうだし」

ついつい漏れたぼやきに、猪俣が怪訝そうに首を傾《かし》げた。

「何かありましたか？」

「いやぁ、実は……」

玄関で早くも手厳しくやっつけられたことを話すと、猪俣はまた判定が微妙な笑顔を浮かべた。

「さっそく教育的指導が入りましたね。和泉先生らしいことだ」

「でも、ちょっとくらい子供たちに優しくしてやってもいいじゃないですか」

「いや、それはどうでしょうね」

気軽に相槌《あいづち》を打ってもらえると思ったら、思いがけず突っ放された。

「私が靴箱を直された子供たちの担当だったら、ちょっと困ってしまいますね」

「あー……そういうもんですか」

「部外者の気まぐれな親切は躾《しつけ》の担当者からするとありがた迷惑です」

猪俣は何の気なしだったのだろうが、部外者という言葉が鋭く耳に引っかかった。

「僕は部外者じゃありません」

「ああ、失敬。もちろん三田村先生は関係者です。それならなおのことですね」

なおのこと——部外者みたいな気まぐれな親切で、同僚の躾を邪魔してはならない。

言われたことの意味は分かったが、感情が飲み下すことを拒む。

「施設の子供たちにも、優しさは必要だと思います」

「それはもちろんです。優しさが必要ない人なんていませんよ」

猪俣は真顔で頷《うなず》いたが、精一杯の主張を軽くいなされたようで、ますます気持ちがひねくれた。

「三田村先生の前職は何だったんですか」

陰気に見えて意外とフレンドリーだった猪俣は、三田村の気も知らず当たり障りのない会話を重ねてくる。

「ソフトウェア会社の営業です」

「そうですか。営業さんなら人の顔を覚えるのが仕事だから、頼もしいですね。子供たちのことも早く覚えてもらえそうだ」

「そうですね。早く覚えたいので、これ読みますね」

言い訳するようにファイルを軽く掲げ、三田村は資料を読み込む振りに没頭した。

和泉が担当しているのは、中高生の女子児童が六名だった。班の他に就学児童を全学年で縦割りしたホームという活動単位もあるし、担当児童と仲がいい児童を中心に他の班や学年も把握しておかなくてはならないので、覚える相手は多い。

最終的には、九十人全員の顔と名前くらいは把握できるようになることが理想だという。

しかし、まずは担当児童からだ。

資料を一通り読み終わった頃に和泉が戻ってきて、ファイルを片付けるのに猪俣の手を煩わすことは結局なかった。


その後、三田村は和泉にくっついて日常の業務をこなした。

児童指導職員の仕事でかなりの比重を占めるのが、洗濯や掃除、買い物などの家事だ。中学生になると洗濯と居室の掃除を自分でやらせる生活訓練が始まるが、小学生以下の児童の分はすべて職員が受け持つ。

保育士も含めて二十数名が二十四時間シフトで勤務している『あしたの家』では、日勤の人数は十名足らず。その人数で数十人分の子供の家事を回さなければならないので、ひっきりなしに洗濯や掃除に追われることになる。自分の担当班をまだ持っていない三田村などはむしろ家事しか役に立つところがない。

洗濯物を取り込んだ多目的室で、山のような洗濯物を和泉と二人で黙々と畳む。

洗濯物は男児と女児で分けて、女児の物は畳むのも片付けるのも女性職員の担当となっており、三田村が畳むのは男児の物だけだ。

和泉が畳む女児の洗濯物は山が着々と減っていくが、三田村のほうは遅れ気味だ。

「洗濯物畳むの苦手なの？」

「あ、はい、すみません……子供服って小さいから、自分のとは勝手が違って」

和泉は別に責めているわけではないようだが、出会い頭の一悶着《ひともんちゃく》のせいで三田村としてはついつい腰が退ける。話もなかなか弾まない。

出身校や職歴について訊《き》かれたのは、和泉なりに話題を広げようと気を遣っているつもりらしいが、三田村には身上調査の一種としか思えなかった。

「へえ。前職、営業だったの」

「はい。さっきも猪俣先生に同じこと訊かれました。元営業だったら子供たちのことも早く覚えられそうで頼もしいって」

「猪俣先生、ああ見えてリップサービス得意だからね」

確かにリップサービスだろうが、別にわざわざ言うことないじゃないかとひっそりむくれる。

「新人が来ると意外と気にかけてくれるの」

やはり和泉から見ても、猪俣の親しみやすさは「ああ見えて」とか「意外と」なんだな、とそこはおかしかった。見かけが陰気だ、という共通認識がないと出てこない前置きだ。

「そうですね、取っつきにくそうなのに意外と親切でした」

和泉先生は取っつきにくそうに見えてそのまま取っつきにくいですよね、と軽口を叩けるほどの度胸は持ち合わせていない。

「和泉先生も新人の頃はお世話になったんですか」

そうね、と和泉は頷いた。

「わたしが新人のときは猪俣先生についたから。いろいろ教わった。最近はあんまり気にかけてもらえないけど」

声に心許《こころもと》ない調子が混じったように聞こえたのは気のせいだろうか。

「和泉先生が一人前になったと認めたからですよ」

「そんなことないと思うけど……」

呟いた和泉が途中でキッと三田村を睨んだ。

「何で慰める口調なの、あんたが」

「いえ、そんなこと。気のせいですよ」

ごまかしながら内心では冷や汗だ。寂しそうな様子につい出過ぎた。

和泉は不審そうな様子だったが、また手元の洗濯物を畳みはじめた。女児服の山はもう畳み終え、三田村が持て余している男児のほうを手伝ってくれる。

「資格とか持ってるの」

話題はどうしても採用面接の流れから抜けられないらしい。

「大学のときに情報処理関係のをいくつか取りました。……そういえば」

面接のときに気になっていたことをふと思い出した。

「面接のとき、施設長に資格のこと言われたんですよね。コンピューター関係の資格があるならよそでも採用がありそうって。あれ、どういう意味だったんですかね。俺、てっきり落とされるのかと……」

和泉は「ああ」と事もなげに頷いた。

「ここが長続きしなくてもよそで潰しが効くと思ったんじゃないの」

えっ、と思わず声が出た。

「えっと、俺、辞めると思われてるってことですか」

期待されていないとしたらそれはショックである。

「そうじゃないけど」

和泉はゴムのところに名前の書かれた小さなブリーフを畳みながら答えた。サインペンの名前は何度も水を潜《くぐ》って薄墨になっている。衣服もどこかに名前が書いてあり、それを頼りに畳みながら仕分けするのだが、三田村にとっては名前を探すのが一手間だ。

「施設長は一度雇うと情を持っちゃう人だから……続かない人多いから、辞めたときに先行きの心配が少しでも少ないのはありがたいんじゃないの」

それだけ苛酷な職場だということか。どういう苛酷が待っているのか、三田村にはまだ想像がつかない。

洗濯物の山がようやく小山になった。

「わたし、畳み終わった分を児童室に戻してくるから。あとお願い」

配達用の大きな洗濯籠を両手に提げて、和泉が腰を上げた。

「重いでしょ、俺行きますよ」

気を利かせたつもりがじろりと睨まれた。

「これ、わたしの通常業務」

余計な気遣いはするな、ということらしい。

すみません、と口もごもご呟いているうちに、和泉は部屋を出て行ってしまった。

一人で黙々と洗濯物を畳み続けることしばらく、廊下のほうからぱたぱた軽い足音がした。

「和泉ちゃん、いる？」

顔を覗《のぞ》かせたのは地元の高校の制服を着た女子である。

制服なので高校生だと分かるが、小柄でやせっぽちなので、私服だったら中学生に見えそうだ。胸くらいの長さの髪を二つに結わえた髪型が幼い見かけを駄目押ししているかもしれない。

相手は三田村を見てきょとんとしたが、三田村のほうには覚えがある顔だった。

「……ええと、谷村奏子《たにむらかなこ》さんだよね？」

和泉の受け持っている児童の一人だ。学年は高校二年生、施設ではカナと呼ばれている。児童指導資料によると、生活態度も成績も良好で職員との関係もいい。

施設ではこうした児童を「問題のない子供」というが、その典型だ。

奏子は「ああ！」と人懐こい笑顔になった。

「今日から来るって言ってた新しい先生ですね。和泉ちゃんのサブに入るって聞いてます」

はきはきした丁寧な言葉遣いに、いかにも「問題のない子供」を思わせるしっかりした印象があった。所内で年下の子供たちの面倒もよく見ているという。

「はい、よろしくね。和泉先生ならもうすぐ戻ってくると思うよ」

和泉を捜しに来たようなのでそう教えてやると、奏子は「じゃあ、待とうかな」とスリッパを脱いで部屋に上がった。

そして三田村の向かいに座り、当たり前のように洗濯物を畳みはじめる。

「ああ、いいよ」

「ただ待ってるのもあれだから。いつも手伝ってるし」

確かに、奏子が洗濯物を畳む手元は三田村よりずっと達者だ。

「先生のお名前は？」

そう訊かれて、自分はまだ名乗っていないことに気がついた。なんだ、俺のほうがよっぽど頼りないじゃないか、と慌てて名乗った。

「三田村慎平です。よろしくね」

「三田村先生だから、みっちゃんかな」

奏子はそう言ってにこにこ笑った。職員の呼び名のことだろう。和泉が和泉ちゃんと呼ばれているように、児童指導職員は子供たちからニックネームで呼ばれる習わしだ。「ああ見えて意外とフレンドリー」な猪俣も、イノっちという見かけにそぐわぬ気軽な呼び名がついていた。

「えー、でも、それだと女の先生みたいじゃない？」

「じゃあ慎平ちゃん」

「まだそっちかなぁ」

「呼んでほしい名前があったら、自己紹介のときに言っとくといいですよ」

子供たちへの挨拶は、夕食の後に集会を設けて行われることになっていた。四月の新採用時期なら親睦会を兼ねた歓迎パーティーが開かれるらしいが、十月という半端な時期に一人ぽつんと着任した三田村のために大掛かりなことはできないらしい。

「慎平ちゃんでお願いしてみようかな。せっかくカナちゃんが提案してくれたし」

「じゃあ、わたしがここでの名付け親だね」

奏子の人懐こさのせいか、初対面なのに会話はよく弾んだ。聞き分けがよく、職員にも協力的な奏子と初日から親しくなれたのは幸先がいいかもしれない。

「慎平ちゃんはどうして施設で働きたいと思ったの？」

「きっかけはテレビなんだけど……」

単純だと思われそうでちょっと気恥ずかしいが、立派な理由を取り繕っても仕方がない。

「何年か前、児童養護施設のドキュメンタリー番組を観たんだよね。ここよりもっと小さい施設だったんだけど、長期密着でしっかり取材してたやつ」

「あ、知ってる。九州の小舎《しょうしゃ》制のとこだよね。二十人くらいの……」

「そうそう、それ」

同じ番組を観ていたことで余計に親しみが湧き、話すのも調子づいた。

「結婚して辞める女の先生に、子供が行っちゃイヤだって大泣きしてるエピソードがあったでしょ？　恥ずかしいんだけど、俺、あそこで泣いちゃってさ」

車に乗ろうとする女性職員に、子供はむしゃぶりついて絶叫するように泣き叫んでいた。

それは、子供ながら身も世もなくと表現するしかないような、魂を振り絞るような泣き方だった。

女性職員は、すがりつく子供を抱き上げて、優しく言い聞かせながら施設の玄関へ運んだ。子供は言い聞かせる声などかき消すような勢いで号泣していたが、三和土で下ろされるともう追わなかった。

追わなかったが、吠《ほ》えるような泣き声は、せめてもの主張のように女性職員の車が走り去るまで辺りに響き渡っていた。

「もう、すっごい感動しちゃって」

「あはは、感動しちゃうの分かるー。すごかったもんね、あの泣き方。でも仕方ないよね。先生、結婚するんだから」

仕方ないと言った奏子の声の調子は軽く、ちょっと拍子抜けした。

「でもさ」

言い募《つの》ったのは、水を差された気分になったからかもしれない。

「親に捨てられた子があんなに懐くなんてすごくない？　実の親に裏切られてるのに、赤の他人とあんな関係が作れるなんて」

親は子供にとってこの世で一番初めの大人で、絶対的な大人だ。そこに裏切られているのに、それでも引き離されてあれほど泣き叫べるほどの愛情と執着を再び大人に持つことができるのか、と驚くばかりだった。

そして、裏切られた子供とそれほどの関係性を結んだ女性職員にも圧倒された。

「だから、俺もあんなふうにかわいそうな子供の支えになれたらなぁって」

するとかなな子がからかうようにきししと笑った。

「シロートさんにありがちだよね、そういう動機」

「やっぱベタかな」

「ベタベタ」

自分でも単純だとは思っていたが、率直に指摘されると、やはり恥ずかしくなってくる。

洗濯物は残り二、三枚になった。

「先生ってさぁ」

奏子が黄色いトレーナーを畳みながら尋ねた。

「そのテレビ観たの、社会人三年目くらいだったりする？」

「え、何で分かったの？」

「何となく。本とかでね、社会人三年目って仕事で行き詰まったり悩んだりすることが多いって読んだの。そういう時期にあの番組観たら、施設ってやり甲斐《がい》のある仕事に見えるかもって」

完全に見透かされていてぎくりとした。

仕事に慣れて、惰性でこなすようになっていた。大きな失敗をしなくなった代わりに、緊張も新たな発見もなくなって、毎日が退屈で仕方がなくなった。のめり込めるような趣味でもあれば、それを楽しみに仕事を頑張るというモチベーションを持てたかもしれないが、それもなかった。

家に帰ってコンビニ飯をかき込み、だらだらテレビを観る。購読している漫画雑誌の発売日だけが平日の彩りだ。

おまけに、大規模な人事異動で職場の上司が替わり、派閥が完全に入れ替わった。三田村は前の上司にかわいがられていたので新しい上司からは疎《うと》んじられた。仕事はますますつまらなくなった。

そんな頃にその番組を観て、施設で働く人々はことさらに輝いて見えた。

それから何となく児童養護施設について調べはじめて、施設職員に必ずしも特別な資格が必要ないことを知り、求人募集を探しては片っ端から応募した。そうこうしている間に会社も辞めてアルバイトで食いつなぐようになり、『あしたの家』で念願の採用となった次第である。

「カナちゃんって本読むの好きなの？」

妙な間を空けたあげくに噛《か》み合わないことしか言えず、自分で自分にがっかりする。

「うん、好き。小説とか、自分の知らない人生を経験したような気持ちになれるし。

実用書とかも知らなかったこと知れるし」

「へえー。俺、漫画とかばっかりだ」

「漫画も好きだけど、本には本の良さがあるよ」

これではどちらが大人でどちらが子供か分からない。

「すごいな、カナちゃん」

「もちろん漫画も好きだけど。わたしたちみたいな子供は本を読むかどうかで人生が
変わることがあるかもしれないから」

それってどういうこと、と訊こうとしたとき、和泉が帰ってきた。

「カナちゃん、もう帰ってたの」

「うん、今日は五限目までだったから。和泉ちゃんいるかなぁって思って来てみたら、
新しい先生に会っちゃった。わたしが初対面だよね、班で」

「そうね、他の子はこれからだから」

「洗濯物、畳むの手伝ってくれました」

三田村が横から申告すると、和泉は奏子に「ありがとうね」と笑った。

三田村にはまだ一度も見せていない、柔らかな笑顔だった。

「じゃあ、和泉ちゃん、またね」

言いつつ奏子が腰を上げる。

「あれ、和泉先生に用事があったんじゃないの？」

三田村が声をかけると、奏子は「そんなに急いでないから」と笑った。

「それに和泉ちゃん、先生に仕事教えないといけないでしょ」

大人びた気遣いを見せて部屋を出て行った奏子を見送り、三田村は思わず唸《うな》った。

「いやぁ、何というか、しっかりした子ですね。話してても大人みたいだ」

「そうね、聞き分けのいい子だから」

「用事、ほんとに大丈夫だったのかな」

「用事もあったかもしれないけど、ちょっと話したかったんだと思う。お喋《しゃべ》りしたいときとか、こんなふうにお手伝いがてらで来るから」

それはまた見上げた心がけだ。

「やっぱりわたしたちってばたばた忙しいから。お手伝いしながらだったら、少しはゆっくり話ができるって分かってるのよ。気を遣ってるのもあるだろうけど」

「それはみんなそうなんですか？」

「カナちゃんみたいな子は割りとね」

つまり、聞き分けのいい――「問題のない」子供に特有の気の回し方なのだろう。

「後で声かけてあげないと……時間作れるかな」

和泉は何の気なしに呟いたらしいが、三田村はその何の気なしの様子に思わず言葉を失った。

子供と話す時間を取るために仕事の隙間を探さなくてはならないほど、職員は仕事に追われているのだ。

「あの、俺で替われることがあったら、何でも替わりますから。時間、作ってあげてください」

学校から帰ってきて、制服も着替えないまま和泉を捜しに来たのだ。具体的な用事ではないにしても、よほど和泉と話したかったのだろう。

「何でも任せてください！」

「ありがとう。任せられるようなことがあったら」

まるで期待していない口振りにがくりと肩が落ちる。

「取り敢《あ》えず、これの片付け」

新たに洗濯物を詰め込んだ籠を提げ、二人揃って部屋を出た。

小学生の居室は二段ベッドが四つ詰め込まれた大部屋だ。箪笥《たんす》は二棹《さお》入れて共用である。

子供が在室していたら抽斗《ひきだし》にしまうのは自分でやらせることになっており、畳んだ洗濯物を部屋に置いておくまでが職員の仕事になる。子供が不在なら、抽斗にしまうまでが仕事だ。

三田村は小学生の頃、洗濯物を片付けるということを意識したこともない。きちんと畳まれた清潔な衣類が勝手に箪笥に補充されているのが当たり前だった。——就職して家を出るまで洗濯が母親任せだったことは、施設の子供たちを知るととても公言できない。一人暮らしの今でも畳むのが面倒で、取り込んだ洗濯物の中から着替えを掘ったりしている。

小学生は学校から帰ってきており、あちこちで子供たちの話し声がこだましていた。

「はい、洗濯物だよー」

和泉が部屋に入っていくと、きゃあっと歓声が上がった。小学校四年生から六年生までの女児の居室である。

「新しい先生？」

「知ってる、前にちょっと来てたよね」

「えー、あたし知らない、覚えてない」

あっという間に子供たちに取り囲まれて、三田村は目を白黒させた。

「先生、名前は？」

「三田村慎平です、よろしく」

「何て呼ぶー？」

子供たちは「みっちゃん」「ミッチー」など三田村の渾名を相談しはじめ、三田村は慌てて口を挟んだ。

「慎平ちゃんって呼んでください」

「分かった、慎平ちゃんね！」

「慎平ちゃん、宿題見て」

「ずるい、あたしも」

三田村を取り合う子供たちは左右の腕にすがりつき、引っ張り合ったり罵《のの》り合ったりたいへんな騒ぎだ。今までの人生でこれほど女の子にもてたことは他にない。

その様子には目もくれずに洗濯物を籠から出していた和泉が、「はいはい」と子供たちを鎮めにかかった。

「みんな、洗濯物しまってー。ちゃんとしない子は三田村先生も宿題見ないよ」

子供たちはまたきゃあっと声を上げた。

「洗濯物、慎平ちゃんが畳んだの？」

「やだ、はずかしー！」

そのはしゃいだ声には明らかに若い男性である三田村をからかう調子があった。

「畳んでないよ！　俺はほら、こっちの男子の洗濯物」

「焦っちゃってカワイー」

小学生でも高学年になると、自分が女であることを計算に入れた行動が増えてくる。中には男性職員とトラブルになる女児もいる、というのは本で読んだことがある。気に入らない男性職員にセクハラ疑惑を吹っかけたり、逆に気に入った男性職員を誘惑したりという事例もあるというから、からかわれるくらいはかわいいものだ。

「慎平ちゃん、終わったら学習室で宿題見てね！　約束ね！」

まとわりついてくる子供たちを半ば振り切るように部屋を出る。

「人懐こいですね、子供たち」

三田村はふうっと息をついた。子供たちのテンションにすっかり当てられた。

「そうね、新しい大人が来るとはしゃぐから」

「あれだけはしゃがれると呑まれちゃいますね」

「大丈夫よ、すぐ飽きるから」

身も蓋《ふた》もない言いように鼻白《はなじろ》んだが、続いた言葉に不平はかき消えた。

「知らない人との距離感がおかしい子が多いの」

事情はよく分からないながらも、退《の》っ引《ぴ》きならない気配を感じて、三田村は自然と真顔になった。

「初対面なのにベタベタしすぎるでしょう？」

「はあ……まあ」

確かに、こちらが気圧《けお》されるくらいの勢いではあった。

「ああやって試してるのよ」

試すという言葉はいかにも不穏当に耳に引っかかった。

「過剰にくっついていって反応を見てるの。相手が拒否するかどうか。好意的な反応が返ってこなかったら、サッと離れていくわ」

きゃあきゃあと無邪気に騒ぎながら、実は敵か味方か観察されていた。——それを思うと背筋がすっと冷たくなった。

「あの、俺……対応、大丈夫でしたか」

「初めてとしては特に問題ないわ。ただ、揺らがないようにね」

揺らぐ、というのはどういう意味か。三田村にはまだ分からない。それが素直に顔に出たのか、和泉は続けて説明してくれた。

「やっぱり、家庭に問題のある子が多いから。虐待を受けてた子もいるし。いろんな形で大人を試すのよ。過剰に甘えてきたり、逆にすごく反抗してみたり。それに振り回されないようにして。わたしたちがいちいち動揺するのが一番よくない」

「はい……」

神妙に頷くと、和泉がふっと表情をゆるめた。

「そんなに硬くならなくても大丈夫。要するに、普通に接してってことよ」

要するになどと言われても、児童養護施設での「普通」の基準は何なのか、三田村にはそこからして謎だ。

「呼び名、慎平ちゃんにしたの？」

「はい。さっきカナちゃんが考えてくれて……」

「そう。カナちゃんと仲良くなれたらだいぶ楽よ。よかったわね」

話しながら階を上り、今度は小学生男児の居室だ。

一年生から三年生までの八人部屋で、子供たちは何やら謎のルールで追いかけっこをしている真っ最中だった。

「こら！　鬼ごっこならプレイルームでしなさい！」

和泉が一喝すると、生意気そうな声が跳ね返ってきた。

「鬼ごっこじゃないよ、ゾンビハンターだよ」

謎ルールの遊びにはちゃんと名前がついているらしい。

「鬼でもゾンビでもどっちでもいい！　洗濯物だよ、ほら！」

「おっ、新しい先生じゃーん！」

子供たちは和泉の後から部屋に入った三田村を目敏《めざと》く見つけ、さっそく飛びついてきた。

「和泉ちゃんの手下？」

「手下じゃないでしょ、先生でしょ！」

うるさい盛りの男子が相手なので、和泉の声はさっきに比べて格段にドスが利いている。

「三田村慎平です、慎平ちゃんって呼んでください」

さっきと同じ自己紹介を繰り返すと、今度はサッカー派か野球派かを訊かれて話が盛り上がった。

*

夕食後の二十時過ぎにようやく少し手が空いたので、和泉和恵は谷村奏子の居室へ向かった。

高校生は一人部屋になるのが基本だが、今は居室が足りておらず、奏子は同学年の女子と二人部屋になっている。

こうしたとき、割りを食うのは奏子のような聞き分けのいい子供だ。プライベートなスペースを欲しがるような年齢になってくると、ルームメイトと折り合えるかどうかは個人の資質に左右されるようになってくる。

奏子のような子供は誰と同室にしても揉《も》め事を起こす心配がないので、職員もつい当てにしがちだ。

奏子が高校生になったとき、二人部屋のことを頼みに行くと、「いいよ」とごねる気配もなくすんなり了承した。

だって部屋足りないんでしょ。誰かが我慢しなくちゃ。

あっさりそう言ったが、自分が我慢することを既定の事実のように受け入れている様子に胸が痛んだ。

奏子が施設に入ったのは小学校三年生のときだという。母子家庭で母親の育児放棄が発覚して保護されたのだ。和泉などより施設の経験はずっと長い。その長い経験の中で、施設が奏子の都合を優先してやれたことはあまりなかった――と、猪俣からは聞いている。

奏子は我慢するのは自分の役回りだと割り切っているのだろう。

施設だから規則があるし、我慢しなくてはならないことはたくさんある。しかし、子供の個性によって我慢の度合いが変わってくるのが、悲しいかな現実だ。職員にも気遣いのできる「いい子」ほど我慢させることが多いのはやるせない。

「カナちゃん」

ドアは開いていたが、ノックしてから顔を覗かせる。部屋には奏子しかおらず、机に向かって勉強中だった。

「和泉ちゃん」

振り向いた奏子がぱっと表情を明るくした。

「杏里《あんり》はまだ？」

ルームメイトの女子のことを尋ねると、「今日バイト」という返事だった。

施設の子供たちは高校生になったらアルバイトをすることを推奨される。

大抵の子供は保護者との関係が良好ではなく、進学するにしろ就職するにしろ資金を自分で貯《た》めておかなくては将来の選択肢が狭まるからだ。施設は高校を卒業したら退所することになっており、家に戻ることができない子供たちはいきなり社会で独り立ちしなくてはならなくなる。——そして、施設の大半の子供たちは、保護者を頼ることが難しい家庭環境にある。

「夕方、ちょっと話したそうだったから」

「えー、別によかったのに」

そう言いながら奏子は嬉《うれ》しそうな様子を隠そうとしない。「上がって上がって」と和泉を部屋に招き入れる。

保護者に顧《かえり》みられることが少ない環境で育ってきた子供たちにとって、身の回りの大人に話を聞いてもらえる時間は貴重なものであるらしい。

「今日、学校で進路相談があったから……和泉ちゃんにも話、聞いてほしいなぁって思って」

「そっか。進学希望だったよね」

福祉関係の勉強ができる学校に進学したい、という希望は、中学生になった頃から出していたという。保育士や介護福祉士の資格が取れる大学や専門学校なども自分でいくつか調べていた。

「あのね、松下院《しょうかいん》大学と桜花《おうか》女子で迷ってるんだ……松下院は近くだし、学校の友達も志望してる子が多いんだけど、ちょっと学費が高いんだよね。桜花女子は地元からは離れちゃうんだけど、寮がついてるの。学費はまあまあ安いかな。和泉ちゃんは、どっちがいいと思う？」

「その二つなら桜花女子がいいと思うよ。わたしなら絶対そっち」

施設を出てすぐに自活をするよりは、寮に入るほうが生活的にも金銭的にも負担が少ない。大学在学中に貯金しておけば余裕を持って自活の準備に入れる。

「うん、でも……」

友達も大勢志望しているということで、奏子は松下院に惹《ひ》かれているようだ。

「奨学金取って、バイト頑張れば何とか……」

「余裕なさすぎるでしょ」

気持ちは分かるが、楽観を後押しするわけにはいかない。友達は親に頼れるが奏子は違う。

「それに、資格が取りたいだけなら働きながらでもできるよ」

進学したがっている子供に、進学を諦める選択肢を示さなくてはならないのも職員の務めだ。

希望している進路が現実的なものかどうか、くどいくらい問いかけて考えさせなくてはならない。施設を出たら職員の手は届かなくなるから余計にだ。

「進学すると、やっぱりお金はかかるしね」

奏子は母親との関係が良くないため、進学に関して援助は望めない。また、奏子も母親の援助は受けたくないという。

母親はときどき思い出したように一緒に暮らすことを希望してくるし、トライアルとして家に帰してみたことも何度かあるが、その度に破綻して施設に戻ってきた。

暮らしはじめてしばらくすると、奏子を家政婦扱いして学校に行かせなくなるのだ。

お母さんと学校とどっちが大事なの。お母さんはあんたのために働いてるんだから、あんたもお母さんのために働くのが当たり前でしょう。——常軌を逸した理屈で責め立てる親に逆らえる子供はいない。

奏子が初めて保護されたいきさつも同じだ。教師が家庭訪問して学校に来ない理由を尋ねたところ、奏子は「おうちの仕事をしないといけないから」と答えたという。ホステス勤めの母親が恋人に入れ上げて生活は荒れており、事態を重く見た学校側は児童相談所に通報した。母親は児童相談所との面談に応じず、奏子は緊急保護の形で施設に収容された。

そんな母親に学費を出してもらったら、一体何を要求されるか分からない。

進学の相談をすることも恐《こわ》い、と奏子は言う。無理もないことだ。

「貯金もまだあんまり貯まってないでしょう」

和泉の指摘に、奏子は疲れたように笑った。

「去年の夏休みにあまりバイトできなかったしね」

高校一年の夏休みは、本格的にアルバイトに取り組めるという意味でも施設の子供にとっては大事な時期である。どんな進路を希望していても先立つ物がなければ何もできない。

奏子は母親の希望で夏休みを何度目かの同居トライアルに充《あ》てていた。アルバイトをさせてほしいということがトライアルの条件だったが、結局は「お母さんとバイトとどっちが大事なの」が発動して、ほとんど働けなかったらしい。

やっぱりあの人といると、二人とも駄目になる。奏子は夏休みの半ばに帰ってきてそう言った。和泉が担当したときには、既に母親のことをあの人と呼ぶようになっていたが、それでも淡い期待があったのだろう。

期待と呼ぶことも憚《はばか》られるほどささやかな願いを母親に裏切られ、それでも奏子はやさぐれることをしなかった。それまでと変わらず聞き分けもよく、年下の子供たちの面倒もよく見る。

そうした子供が望む進路を手放しで応援してやれない辛《つら》さには、いつまで経《た》っても慣れない。

「進学するかどうかからもう一度考えたほうがいいよ」

「うん、でも……やっぱり、みんな行くから」

「みんな行くから自分も、っていうのは……」

諭《さと》そうとすると、奏子は「そうじゃなくて」と遮《さえぎ》った。

「そりゃ、大学生活を楽しみたいっていうのもあるけどさ。専門学校まで含めると、進学しない子ってほんとに少数派なんだよ。それくらい進学するのが当たり前の世の中になってるのに、高卒だったら将来不利になりそうな気がして……高卒で就職しても転職しなきゃいけなくなるかもしれないし。そうじゃなくてもわたし、母親があぁだから不利なのに」

現代の競争社会において不利な要素を少しでもなくしたい。そこまで考えているのなら、奏子のほうがよほどシビアに将来を読もうとしている。

「もし、途中でお金がなくなって大学辞めなきゃいけなくなったとしても、履歴書の最終学歴が高卒になるか大学中退になるかで、少しは違うような気がする」

そう言ってから奏子はてへっと笑った。

「これはヒサちゃんの受け売りだけど」

ヒサちゃんとは、猪俣が受け持っている平田《ひらた》久志《ひさし》の呼び名だ。奏子と同い年の高校二年生である。

奏子が「問題のない子供」の女子代表だとすれば、男子代表が久志だ。入所は久志のほうが一年先だったが、聞き分けのいい子供同士で昔から気が合っていたという。

「そっか。ヒサは相変わらず大人びたこと言うね」

「老成してるよね。ときどき、イノっちと同年代くらいに思えるときがあるよ」

「四十の猪俣先生と並べたらかわいそうだよ、いくら何でも」

「でも、あの二人が並んでると、空気が年寄りくさくない？」

久志のために「そんなことないわよ」と否定しようとしたが、吹き出してしまったので和泉の負けだ。

「とにかく、そこまで考えてるなら進学は反対しない。でも、せっかく行くなら卒業できたほうがいいから、無理のないところを選びなさい」

「うん。やっぱり松下院は無理だよね……」

奏子も自分で分かっていたらしい。ただ、諦めるのに一押し欲しかったのだろう。

「そういえば、三田村先生って和泉ちゃんから見てどう？」

奏子に訊かれて、和泉は職員室に置いてきた三田村のことを思い浮かべた。奏子と話す時間を作るために何でも手伝う、と息巻いていたが、結局はお気持ちだけは頂戴しますという有り様だった。今は自分の日報を書いているはずだが、四苦八苦を通り越して七転八倒している様子だったので、相当時間がかかりそうだ。

まったく使い物にならないし、何やら施設に妙な幻想を持っていてはき違えていることも多い。しかし、子供たちにとっては新米でも指導職員だ。甘く見られるような先入観を与えるわけにはいかないので、誉《ほ》めるポイントを探したが、これはなかなか苦労だった。

「まだ慣れてないけど、熱意はあるから頑張ってくれると思うよ」

絶賛空回り中だということは上手に伏せる。

「あと、気立てが優しいんじゃないかな。カナちゃんが帰ってきたとき話せなかったから時間を作ってあげてくださいって、わたしの仕事を手伝おうとしてくれたよ」

手伝ってくれた、ではなく、手伝おうとしてくれた、なので嘘《うそ》ではない。

「そうだね。優しいよね」

頷いた奏子がいたずらっぽく笑った。

「でも、ちょっと頼りなくない？」

「来たばかりだから仕方ないよ。それに……」

奏子が相手なので、思わず本音が漏れた。

「わたしがちゃんと育てないと。岡崎先生の穴が埋まらない」

三年選手のベテランがリタイヤして、ただでさえ人手の足りない現場が更に厳しくなっている。施設長の福原や副施設長の梨田にも、早く三田村を一人前にしてくれと頼み込まれた。

「そういえば、三田村先生の呼び名、カナちゃんが考えてあげたんだって？」

夕食後、帰所している子供たちを集めて執《と》り行った集会で、三田村はなかなか堂に入った挨拶をしていた。営業上がりの強みか、人前で話すのは苦手ではないらしい。

その挨拶でも「慎平ちゃんと呼んでください！」と自己申告しており、集会の後は子供たちにさっそく慎平ちゃん慎平ちゃんとまとわりつかれていた。

「うん。三田村だからみっちゃんかなって言ったら、女の人の呼び方みたいでイヤだって言ったから」

「そっか。三田村先生、喜んでたよ」

「ならよかった」

にこりと笑った奏子がドアのほうに目をやった。

「杏里、遅いね。バイト忙しいのかな」

ルームメイトの坂上《さかがみ》杏里は門限破りの常習犯だ。それほど問題行動が多いわけではないのだが、時間にルーズなところは直らない。

「遅れるなら電話してくれたらいいんだけど……」

杏里も和泉の担当なので、気がそぞろになった。二十一時の門限まであと十分ほどしかない。

「電話できたら杏里じゃないよ、それ」

「何のために携帯持ってるんだか……」

携帯は自分で支払いをするという条件で持つことを許可されるようになった。保守的な梨田が子供に携帯を持たせることをずっと禁止していたのだが、数年前に何人かが勝手に持ちはじめたのだ。入所児童の保証人は原則として施設長だが、自分の身内を保証人にして契約することまでは禁止できない。

そうなると解約させてまで取り上げるというわけにもいかず、激昂《げっこう》する梨田をよそになしくずし的に許可が下りるようになった。

「和泉ちゃんもそろそろ戻ってあげなくちゃ。三田村先生ひとりじゃ仕事分かんないよ」

「そうね」

そろそろ小学生は消灯だ。就寝時の見回りをしなくてはならない。

まだ戻ってこない杏里のことを気にかけながら二人の部屋を後にする。

職員室に向かう途中ですれ違った猪俣が「杏里がさっき帰ってきました」と教えてくれた。門限ぎりぎりでばつが悪かったのか、職員の通用口からこっそり入ってきたらしい。

安心もしたが小腹も立ったので、日報をまだ書き上げていなかった三田村にきつく当たってしまった。

＊

小学生が消灯した一時間後に中学生が消灯して、高校生の消灯はさらに一時間後の二十三時である。

賑《にぎ》やかな年下の子供たちが消灯した後の一時間は、高校生が「大人の時間」と自負する高校生の時間だ。大っぴらに起きていられる人数が減って静かになるせいなのか、少し大人びた空気が施設の中に満ちる。

人口密度の少ない娯楽室やパソコン室を楽しめるのも、高校生の特権だ。

だが、谷村奏子と平田久志が話し込むときは、屋上に通じる階段の踊り場が定番である。夜間は施錠されて出られないのであまり人が来ないし、ここで話し込んでいると周りもこみ入った話をしているのだなと察して遠慮してくれる。

「あいつ、むかつく」

待ちかねたように奏子が口を開くと、声が大きかったのか、久志は少し階下《かいか》を気にする様子を見せた。

「あいつって、慎平ちゃん?」

「そう!」

「でも慎平ちゃん、自己紹介するとき、呼び名はカナちゃんが考えてくれましたって言ってなかったっけ?」

仲良くなったんじゃないの?　という含みを持たせた問いに、イーッと歯を剝《む》く。

「行きがかり上!」

「声でかいよ」

 久志がまた階下を窺った。猫背気味の背がさらに丸くなって踊り場の向こうを覗き込む。

「……で、何がそんなに気に食わないの」

「偽善者だから」

「手厳しいなぁ。どうしたんだよ」

奏子がどれだけ苛立ちを訴えても、久志が同調して声を荒げることはない。いつもと変わらず淡々と同じ調子だ。だから落ち着くとも言えるし、だから物足りないとも言える。

「施設のドキュメンタリー観て志望したんだって」

「ああ、例のあれ」

三田村が観たというドキュメンタリーは、施設という『業界内』で放送前から話題になっていた。綿密に取材した局があるらしい、と情報が回り、児童養護の勉強会や外部への説明会などでは何度も録画が上映されている。年長の子供たちはそうした会に当事者として出席することがあり、奏子も久志も何度か観ていた。

「親に捨てられたかわいそうな子供の支えになりたいんだってさ」

奏子は吐き捨てて鼻で笑った。

「あんた何様？　って感じ」

久志も苛立つかと思ったら、「ははぁ」と苦笑しただけだった。

「ちょっとは腹立たないの？」

「でもまあ、悪気はないんだからさ。俺たちのことをかわいそうって言いたくなる人は世の中にいっぱいいるし、俺はそういう人たちの気持ちも分かるな」

出た、「俺は分かる」。奏子は少し斜めな気持ちで久志の横顔を眺めた。

久志は自分の意見を主張しない。奏子と意見が違うときはただ「自分はこう思う」ということを言うだけだ。

そんな中で、「俺は分かる」は奏子にとって見過ごせないワードだ。久志に分かることが自分に分からないという状態は何だか気持ちがよくない。

「やっぱり、施設ってかわいそうなイメージあるじゃん。そういう物語多いし」

普通の人が知っている施設のイメージは、いわゆる「孤児院」だ。ドラマでも小説でも漫画でも、施設が物語に取り上げられるときは必ずかわいそうな子供がバリューパックになっている。健気《けなげ》も付けたら完璧だ。

「それが不本意な子供もいるってことが何で分からないのかな」

「ニーズがないじゃん、施設育ちでかわいそうじゃない子供なんて」

「ニーズの問題？」

「ニーズの問題だよ」

突っ放した物言いを聞いていると、久志が温厚なのか冷たいのか分からなくなってくる。

「世間の勝手なニーズを押しつけられちゃかなわないよ」

「でもまあ、普通なら入らなくてもいい施設だし、そこに入ってるのはかわいそうってなるのは仕方ないんじゃない？」

「勝手なイメージだよ。確かに規則とかあって窮屈な部分もあるけど、そんなの学校の寮とかに入ってても一緒じゃない」

「寮に入ってる子は帰れる家があるからね」

施設の子供は、帰れる家がないことも多い。――そこを衝《つ》かれると反論できない。

反論できないことにまた苛立つ。久志ではなく、久志が語る世間に対してだ。

不自由なことを恵まれていないと括《くく》って「かわいそう」の条件に数え上げられたら、返す言葉はそのうち尽きる。「かわいそう」を受け入れたわけじゃないのに覆す言葉のバリエーションが尽きる。

「みんな、自分が持ってるものを持ってない人が、かわいそうに見えるんだよ。慎平ちゃんもきっと恵まれた人なんだろうね」

「何様よ」

「でも俺、慎平ちゃんみたいな人けっこう好きだよ」

「どうして!?」

声が思わず尖《とが》った。嫌いじゃない、なら久志の性格的にまだ分かる。奏子としても許容範囲だ。だが、好きというのは看過できない。

「だってさ。持ってないことを『どうして持ってないの?』って訊かれるほうが困るじゃん」

それは確かに一理ある。だが、だからといって三田村のような押しつけがましい奴を好きだというのは納得できない。

「慎平ちゃんみたいな人ってさ、俺たちみたいなのを見ると、自分がいろんなものを持ってることに引け目を感じちゃうんだと思うよ。慎平ちゃんが悪いわけじゃないのにね」

「同情してやる優しい自分が好きなだけじゃん」

「そういう人もいるっていうのは否定しない」

施設には見当違いな善意がたくさん寄せられる。

「でも、優しい自分が好きなだけで、施設で働こうとまでは思えないと思うよ。どこまで覚悟があるか分からないけど、少なくとも安全な場所から同情を楽しんでるだけじゃない。慎平ちゃんはリスクを取ってる」

リスクを取る、という言い回しは久志から最近よく聞く。ここのところ気に入って読んでいた経済小説のシリーズで主人公がよく言う台詞《せりふ》だ。奏子も久志に薦められて何冊か読んだ。

「好意的に過ぎるんじゃないの、見方が」

「だってさ、関わらなくてもいいのにわざわざ関わりに来てくれてるんだよ、俺たちに。そりゃ、見方も優しくなるよ。薄目になっちゃうときもあるけどさ」

久志は両目の端を横に引っ張って不細工な薄目を作った。いわく、正視できない。

「自分が持ってるものに引け目を感じちゃう人って、気立てが優しいんだろうなぁって思うよ。空回りしてても悪意じゃないのはすごく分かるし。自己紹介も一生懸命で微笑《ほほえ》ましかった」

優しいのはヒサちゃんだよ、というのは心の中で呟いた。――奏子にはとても無理だ。

親に捨てられたかわいそうな子を支えたい、などと上から目線の同情を押しつけてきた三田村の能天気な顔を思い出すと、苛立ちが募る。

「そんで、カナちゃんとしてはどうなの？　むかつく新入り職員、いじめて追い出したいの？」

「そんなことしませんよーだ」

わざとあり得ない設定を持ち出す久志に舌を出す。

「『問題のない』子だもん、わたし。そんなことしたら和泉ちゃんが困るじゃん」

「そういえば、和泉ちゃん的にはどうなの？　慎平ちゃん」

「――ヒサちゃんと一緒のこと言ってた」

気立てが優しい。久志とまったく同じ言葉を使った。

和泉も久志も、あの押しつけがましさを優しいと受け止めてやる感性があるのだ。

「それと、和泉ちゃんがちゃんと育てないと辞めた岡崎先生の穴が埋まらないって」

そう言いながら、和泉は軽く口元を引き結んでいた。気持ちが追い詰められているときの癖だ。

「あいつが辞めたら、きっと責任感じちゃう」

勘違いしたバカが一人辞めるだけのことが、和泉をますます追い詰めてしまう。

「ははぁ。そりゃ、カナとしてはいじめるわけにはいかないね。カナ、和泉ちゃんのこと大好きだもんな」

「だから、いじめたりしないって言ってるでしょ！　そんな子供じみたこと」

　思わず声が大きくなったとき、踊り場の下に影が差した。

　階段を上ってきたひょろひょろした影は猪俣だ。

「取り込み中かい」

「大丈夫」

　答えた久志が手すりにもたれかかって階下に身を乗り出した。

「イノっち、今度の三者面談よろしくね」

「第一志望はどうするの」

「防衛大」

「そうか、分かった」

　そろそろ消灯だから部屋に戻れよ、と猪俣は立ち去った。

「防衛大にするの？」

　久志も奏子と同じく進学志望だ。志望校に防衛大を入れているのは、前にも聞いたことがある。

「うん。やっぱり勉強しながら給料もらえるのって魅力だし」

「じゃあ、将来自衛官？」

「そうだね、脱落しなければ」

「ヒサちゃんなら大丈夫だよ」

するとと久志は「日本の平和は俺が守る！」と仮面ライダーみたいなポーズを決めた。

ばーかばーかと奏子が笑うと、ポーズをいくつか替えてますます笑えた。

＊

和泉が職員室のパソコンを使っていると、見回りに出ていた猪俣が帰ってきた。

「残業ですか」

そういう猪俣も残業である。シフトはもう終わっているが、何だかんだと居残ってしまうのが職員の日常だ。

「そういうわけじゃないんですけど……三田村先生も上がりましたし」

日報に感情過多な文章を書き連ねていてだいぶ駄目出しを入れたが、どうにか書き上げさせて帰らせた。

猪俣がひょいと和泉の使っているパソコンのモニターを覗き込んだ。

「奨学金ですか」

「ええ、ちょっと……あ、使います？」

貧乏所帯の『あしたの家』では職員室のパソコンは共用のデスクトップ一台きりだ。仕事用に私物を持ち込んでいる職員もいる。

大丈夫ですよと紳士的に辞退されたので、再び画面をスクロールさせて読み込む。

「カナですか」

「ええ」

和泉の持っている児童の中で、進学志望を明確にしているのは奏子だけだ。ほかの子供たちは漠然と就職するつもりでいるらしい。

「資格取るだけだったら働きながらでもできるよって言ったんですけど……今は進学しない子のほうが少数派なんだって言われて」

「それはヒサの影響を受けてそうな言い分だなぁ」

久志は猪俣の担当児童だ。猪俣も久志から同じ理屈は聞いているのだろう。

「本人もそう言ってました。……でも、第一志望はお金がないからって諦めていて。だから、何かいい奨学金ないかなって」

「無理はさせないほうがいいと思いますよ」

「ええ、でも……ちょっと反省しちゃって」

進学しないことが将来不利になるかもしれない。

奏子に言われるまで思いつかなかった視点だ。だが、和泉自身は自分が高校生の頃、正に「みんな行くから」当たり前のように進学したのだ。

それなのに、施設の子供の進路になると就職を既定路線で考える癖がついている。本人が進学の希望を明確にしていても保険を勧めるように就職を勧めてしまう。

「カナちゃんはずっと前から進学を希望してるのに、どうして先に水を差しちゃったんだろうって……」

「仕方ありませんよ、ここは施設ですから。梨田先生の方針でもありますしね」

暗黙の了解として、就職を推奨する施設は数多い。児童は高校を卒業したら施設を出なくてはならないが、施設としては就職してくれたほうが安心できるのだ。

施設の目的は預かった児童を社会人として独り立ちさせることであり、その目安として就職というのは最大の勲章といえる。

進学したところで、金銭や家庭環境にハンデを抱えた子供たちでは無事卒業できるとは限らないし、自分たちが送り出した時点で就職・自活をさせたというひとまずの成果を出したい――というのがあまり表立っては言えない施設の本音だ。

古いタイプの職員には、進学を「贅沢《ぜいたく》」と捉《とら》えている者も少なくない。副施設長の梨田にもその傾向があり、『あしたの家』でも進学者は毎年は出ていない。進学者が出たとしても一人か二人で、大半は就職だ。

「でも、就職した子の中にも進学したかった子はいるんじゃないでしょうか。施設を卒業したら就職するものなんだって先入観を与えられて、何となく就職しちゃった子も……」

「それはいるでしょうね、もちろん」

あっさり言い放った猪俣に、和泉はとっさに言葉を失った。口を開くと「ひどい」と詰《なじ》ってしまいそうで、迂闊《うかつ》に口を動かせない。

「……かわいそうだと思いませんか」

直截《ちょくせつ》な言葉を何とか丸めて紡ぎ出す。だが、猪俣は「思いません」と即答だった。

「何となくの先入観を覆しての進学の意志を持てないのなら、その子はそこまでの子です」

「だけど、最初から選択肢があれば、ちゃんと考えられる子だっているんじゃないでしょうか」

「最初から選択肢を平等に与えられるのは、恵まれた子供だけです。施設の子供たちにハンデがあるのは事実です。ハンデのある中で進学を選ぶ資格があるのは、意識の高い子供だけだと私は思います」

「……ひどいと思いませんか、子供たちに」

一度は飲み込んだひどいという言葉をこらえきれずに吐き出した。

だが、猪俣の返事もまた「思いません」と揺るぎない。

「どうしてですか」

「何となく就職するのと何となく進学するのでは、何となく就職するほうが困らないからです。何となくでも働いていれば給料がもらえるし、暮らしていける。何となく進学してしまうと生活が行き詰まる可能性が高い。確率の問題です。実際、進学しても、中退して音信不通になる子供もよくいますしね」

施設側には、子供たちの卒業した後を追跡できる余力はない。指導職員が個人的にやり取りする以外、卒業児童の消息を知る手段はないのが実情だ。

猪俣の言っていることはある一面においては正しい。だが、子供たちの将来を確率で語る猪俣に共感はできなかった。

「選択肢があったからって何となく進学するとは限らないじゃないですか」

「選択肢があれば、何となく進学してしまう者が出てくるかもしれません。安全策を採るという意味で梨田先生の就職第一主義は間違っていないと思います」

とても合理的な理屈だ。一見反論の余地がない。——だが、それでも納得できないのは、

「本当にそう思っていらっしゃるんですか」

和泉はじっと猪俣を見つめた。

新人の頃、和泉を親身に指導してくれた。その頃の猪俣とこの合理的な猪俣が和泉の中で合致しなかった。

猪俣はじっと和泉の眼差《まなざ》しを受けていたが、やがて逸《そ》らした。

「奨学金の資料ならここにあります」

言いつつ自分のデスクの抽斗から、一冊の分厚いファイルを抜き取る。受け取って開くと、各種の奨学金のパンフレットが綿密に綴じ込まれていた。あちこちに付箋が貼《は》られ、猪俣の文字で書き込みがある。

猪俣が個人的に集めている資料に違いなかった。

「……やっぱり」

やっぱり、子供たちのことを考えてらっしゃるじゃないですか。

そう言おうとした刹那《せつな》を潰すようなタイミングで猪俣が口を開いた。

「これをお貸しするのは、同僚として和泉先生の勤務状態が心配だからです。新人の教育を引き受けているのに、余計な残業でオーバーワークになっているのを見過ごすわけにはいきませんから」

奏子のために奨学金を調べているのを「余計な」残業と一蹴する猪俣に、やみくもな反発が湧いた。口を開くと子供のように詰ってしまいそうで、唇を引き結ぶ。

「この資料をどう使うかは和泉先生の自由です。個人的には、カナが自分で奨学金のことを調べるまでは手を差し伸べるべきではないと思いますが」

ありがとうございます、と言葉を押し出すまでに呼吸が一つ必要だった。

＊

着任して三週間ほどが経《た》ち、子供たちにはすっかり「慎平ちゃん」の呼び名が浸透した。

和泉の班の女子以外からは、小学生男子によく声をかけられる。

「慎平ちゃん、サッカーしよ！」

子供の頃に少年サッカーを少しやっていただけだが、子供たちの遊び相手としては手頃だったらしい。晴れていると中庭での球蹴りによくお呼びがかかる。

「二十分だけな、俺けっこう忙しいんだぞ」

「なに言ってんだよ、半人前だろ！」

業務がいろいろ至らないことは子供にまで見抜かれている。

ゴールポストなんて上等なものはないので、線を引いてゴールとし、ミニゲームをするのが定番だ。その日は小学校中学年の子供たちと三対三になった。

上手い子供が一人入っていたので試合はなかなか白熱した。

「今ライン割ったろ！」

大人げなく声を上げていたときだった。

「三田村先生！」

屋内から潑剌《はつらつ》とした声がかかった。

「カナちゃん！」

先に答えたのは子供たちだ。ボールをほったらかして奏子に群がる。

「先生に遊んでもらってたの？」

「遊んでやってたんだよ」

それなりに忙しい中かまっているのに、とんだご挨拶である。——だが、子供たちの生意気口はまったく三田村の心にかからなかった。

それより心にかかることが他にあった。

「どうしたの、カナちゃん」

三田村が答えると、奏子はにこにこ笑いながら三田村のほうを向いた。

「杏里が探してたよ。文化祭のお金ちょうだいって」

学校で何かお金が必要になった場合は、職員が出納の手続きをして引き出すことになっている。杏里が請求していた文化祭のクラス発表の費用は、和泉が手続きをして今朝下りたばかりだ。

「あれ、和泉先生は？」

「和泉ちゃん、用事で出かけたみたい」

「後じゃ駄目なのかなぁ」

「今から準備でまた学校に戻るから、持っていきたいんだって。みんなもう出してるのに自分だけまだだから早くしたいみたい」

「そっか、じゃあ」

三田村が屋内に上がろうとすると、子供たちが一斉にブーイングを鳴らした。

「慎平ちゃん、まだ始めたばっかだぞ」

「二十分って言ったじゃん」

「すぐ戻るから」

すると奏子が子供たちに笑いかけた。

「みんな、先生を困らせちゃ駄目だよ」

ちぇ、と子供たちがボールに戻っていく。

「じゃあ先生、急いであげてね」

奏子はそう言い残して立ち去った。靴を脱ぎながら、三田村の肩は自然と落ちた。

──やっぱり。

「……やっぱり、気のせいじゃないよなぁ……」

先生に遊んでもらってたの？

先生、急いであげてね。

施設の子供たちの中で、奏子だけが未だに三田村のことを慎平ちゃんと呼ばない。

職員室に戻ると、杏里が待ち構えていた。

「慎平ちゃん、早く早くぅ！」

奏子と同室だが、タイプは正反対だ。セミロングの髪を明るく染め、ゆるいパーマを当てている。素行も若干奔放で門限破りの常習犯だ。

「分かった分かった」

三田村が金庫からお金を出してやると、「ありがと」とほとんど引ったくるように受け取って飛び出していった。

「問題のない」奏子に対し、やや「問題のある」子供である杏里だが——今の三田村には杏里のほうがまだやりやすい。

少なくとも杏里は三田村のことを慎平ちゃんと屈託なく呼んでくれる。

「どうしました？」

隣の席から猪俣が尋ねた。知らぬ間に深い溜息をついていたらしい。

「苦しい恋でもしてるんですか」

「……猪俣先生って、たまに顔に似合わない冗談を言いますよね」

「そうですか？」

猪俣は生真面目に自分の顔を触って検分しはじめた。

「家内とは恋愛結婚だったんですが」

「それは妬ましいです」

気持ちが落ちているためか、選ぶ言葉もうっかりネガティブになる。

「何か悩みがあるならいつでも聞きますよ。仕事上のことに限りますが」

「ありがとうございます」

とは言っても、――カナちゃんが慎平ちゃんって呼んでくれないんですけど、などという相談を持ちかけるのはあまりにも女々《めめ》しいような気がして憚《はばか》られた。

「カナちゃんっていい子ですよね」

何気なくそんな話題に舵《かじ》を切ってみる。

「そうですね、問題がない」

「でも、けっこう打ち解けるのに時間がかかったりします？」

「さて……人懐こいほうだと思いますがね。新人職員が来ると、真っ先に打ち解けるのはカナですよ。それがどうしましたか？」

訊き返されて返事に窮した。探りを入れたつもりがやぶ蛇だ。

「いえ、あの……」

そうだ、と着任初日に和泉から聞いた話が閃《ひらめ》いた。

「和泉先生に、施設の子供たちは大人に甘えて反応を試してるって話を聞いたことがあって。もしかしたら人懐こく見えるカナちゃんもそうなのかなって」

「多かれ少なかれ、子供たちにはそういうところがありますよ。やはり、大人に辛い目に遭ってきた子が多いですからね。やってきた大人が敵か味方か探りを入れようとするところはあります。カナも例外ではないでしょうね」

何とか話題が逸《そ》れてほっとしたところに、後ろから声がかかった。

「カナちゃんがどうしたの？」

喉まで飛び上がった心臓を何とか飲み下し、振り返ると和泉である。

「お帰りなさい！　杏里にお金渡しときました！」

「ありがとう。それでカナちゃんが何？」

「いえ、何も！　さっきも杏里が探してるって呼びに来てくれて、いい子だなって」

何気なさを装おうとして上滑りしたのか、和泉は却《かえ》って懐疑的な眼差しになった。

「何かあったの？」

「そんなことないですよ。俺、渾名だってカナちゃんにつけてもらったじゃないですか」

まだ納得した様子ではなかったが、和泉は取り敢えず引き下がった。

「慎平ちゃん、まーだー!?」

職員室の外から声をかけてきたのは、サッカーの途中で置いてきた子供たちである。

すぐに戻ると言い置いたが、待ちきれなかったらしい。

「分かった分かった、すぐ行くよ！」

天の助けとばかりに三田村は子供たちのほうへ駆け出した。

＊

奏子は三田村を無視しているわけではないし、態度が悪いわけでもない。むしろ、表面的には愛想よく接しているくらいだ。

ただ、慎平ちゃんとは呼ばないだけで。

――それだけなんだからいいじゃないか。

一体何がきっかけで壁を作られているのか分からないが、九十人すべての子供たちに好かれるなんてことは不可能だろうし、そりの合わない子供が奏子になったというだけだ。

愛想よく他人行儀な奏子のことが心の隅に引っかかることを除いたら、仕事は概《おおむ》ね順調だった。日報の書き方も分かってきて、和泉を残業に付き合わせてしまうことも少なくなった。

子供たちの小さな洋服を畳むのも慣れてきた。

「じゃあ、わたし女子の洗濯物戻してくるから」

言いつつ和泉が、女子の洗濯物を詰めた洗濯籠を提げて立ち上がった。

「男子のほうはよろしくね」

男子の洗濯物を戻すとき、和泉は三田村に付き添わなくなった。誤配が減ったからだ。たったそれだけのことだが、少しは認めてもらえたようで無性に嬉しい。

「任せてください!」

和泉を見送ってから男子の洗濯物を籠に詰め、三田村も多目的室を出た。

廊下を歩いていると、

「慎平ちゃん」

声をかけてきたのは平田久志、通称ヒサである。もう普段着に着替えている。

「おー、お帰り」

「チビどもの洗濯物?　俺も手伝うよ」

「大丈夫だよ、一人で」

大丈夫、の部分を誇示したものの、久志は「まあまあ」と二つ提げた洗濯籠の一つを取り上げた。

配達先の部屋には子供たちが不在だった。宿題で学習室にでも行っているのだろう。子供たちがいないときは、箪笥の中に洗濯物をしまってやることになっている。

　三田村が洗濯物をしまい始めると、久志も倣った。特に「これ、誰の？」などとは訊かれない。奏子と並んで「問題のない子供」の代表格である久志は、小学生たちの面倒も見慣れている。

「アキラのパンツ、そろそろ新しいの出してやったほうがいいんじゃないの？　もうゴムゆるゆるだよ」

　むしろさすがのご指摘である。

　全員の洗濯物を片付けて、二つの空いた洗濯籠は三田村が持った。

「ありがとな」

「ううん。ところでさ」

　先に部屋を出ながら、久志はごく何気ない口調で口を開いた。

「カナのこと、どうするの？」

　部屋から一歩踏み出したところで三田村は固まった。何気ない口調で、三田村にとっては爆弾だった。

「……どうするって」

何気なく返そうとして声がかすれた。

「このままでいいのかってこと」

淀《よど》みない受け答えに、今度こそ言葉に詰まった。久志のほうが一枚上手だ。

「……別に、特にこじれてるわけじゃないし」

ようやく押し出した言葉は、まるでバツの悪いところを見つかった子供だ。久志も「またまた」と一蹴した。

「こじれてるわけじゃないけど、壁作られてるの分かってるでしょ」

「そんなのっ……」

相手は十七歳の高校生だ。こちらは十歳近く上の二十六歳だ。だが、年の差なんか空しく吹き飛んだ。

「どこの会社だって全員と上手く行くわけじゃないんだから、仕方ないだろ」

「慎平ちゃんにとっては『あしたの家』って会社なんだ？」

からかうような口調は、むしろ諭すようにも響いた。

「違っ……」

「よかった、違うって言ってくれる人で」

すっと背筋が冷たくなった。——この感覚を、もう知っている。『あしたの家』に来た初日だ。

無邪気に人懐こく三田村を囲んでいるように見えた子供たちを、和泉が「試してるのよ」と――子供たちは無邪気を装って、新顔の三田村が敵か味方か量っていた。

今は久志が量ったわけではなく、量られるような方向へ三田村が踏み込んだ。

意固地になって返す言葉を間違えていたら、決して味方の箱にはもう入れてもらえなかったのだろう。

「家じゃないけど、俺たちにとっては生活の場所なんだ」

「……ごめん」

呟くと、久志が笑った。

「こういうときごめんって言っちゃう慎平ちゃんが俺はけっこう好きだけど、カナは怒るかもしれないな」

「……じゃあ、何て言えばいいんだよ」

「『分かった』くらいなら気に入るんじゃないかな」

「何か、素っ気ないような気がするけど」

「でも、それくらいが妥当なんだよ。きっとね」

久志の笑顔に無理をしている様子はない。しかし――

自分たちの境遇に妥当という言葉を使ってしまうことが悲しい。そう思ってしまうことも、妥当ではないのだろうか。

「何で心配してくれるの、俺のこと」

「慎平ちゃんの心配は一割くらいかな」

拍子抜けしたのが顔に出たのだろう、久志は「ごめんね」と笑った。

「家じゃないけど、生活の場所だからさ。嫌いな人は一人でも少ないほうが気分良く暮らせるでしょ」

そうか、と腑《ふ》に落ちた。久志は奏子のことを心配しているのだ。

「仲いいんだな」

まあね、と久志も否定はしない。

「小さい頃から一緒だし、話も合うし」

好きなの？　――と尋ねるのは無神経なような気がしたので、慎んだ。同じ施設の仲間というのは、きっとそれほど簡単な関係性ではないのだろう。

「……でも、カナちゃんはもう俺とあまり話したくないんじゃないかな」

「まあ、そうだね」

あっさり言い放されて二の句が継げなくなった。

「でも、壁作られてさっさと諦めるくらいなら、そもそもここに来なきゃよかったんじゃない？」

声に少し険が混じった。あっと思って顔を上げると、久志は「じゃあね」と自室のほうへ廊下を歩き出した。

呼び止めようとした声が喉の奥で萎《しぼ》む。

呆《あき》れさせたのか苛立たせたのか、最後の表情は見定めることができなかった。


夕食の立ち会いを終えて、職員室に戻る途中のことだった。

娯楽室の前を通りがかると、入り口の近くのソファに奏子と和泉が座っているのが見えた。

別のルートで戻ろうかと一瞬弱気が閃いて、いやいや別に避けることはないと思い直し、だが微妙に二人の死角に回り込みながらそぉっと通り過ぎる。

すると、自分の名前が耳に飛び込んできた。

「三田村先生のことだけど」と切り出していたのは和泉だ。

とっさに壁に貼り付き、聞き耳を立てる。

「カナちゃん、どうして素っ気ないの？」

素っ気なくされていることに和泉も気づいていたのだ、ということにまず打ちのめされた。

「え、別に？　普通にしてるよ」

「だけど、慎平ちゃんって呼んでないじゃない？　カナちゃんが渾名つけてあげたんでしょ」

「別につけてあげたわけじゃないよ、三田村先生がそれがいいって自分で決めたんだから」

「はぐらかさないで」

和泉の声に芯が通った。奏子が黙り込む。二人の背中側の壁に貼り付いているので、どんな顔をしているのかは窺えない。

「何か行き違ってることがあるなら話を聞くから」

「別に何でもないって。ツンケンしてるわけじゃないんだからいいじゃん」

「もう副担当の先生なんだよ。もしわたしに何かあったら、三田村先生が繰り上げで担当になるんだよ。わたしは、カナちゃんがここで息苦しくなったら悲しい」

「気が合わない人ってどうしてもいるじゃない」

「決めつけるのは早いと思うよ。三田村先生、まだ来たばっかりでしょ」

いたたまれなくなって、足早にその場を離れた。最後はとうとう小走りになったが、まとわりつく不甲斐なさは振り切れない。

自分は副担当だから、奏子と多少気が合わなくても大丈夫だと思っていた。どうせ奏子は和泉に懐いているのだし、自分が直接相手をすることはそんなにないだろうと高を括っていた。

自分の気まずさだけをくよくよ気にかけ、自分が奏子との気まずさに目をつぶればいいのだと、それが大人の分別だと、単なる逃げ腰を正当化して。

もし和泉に何かあったら、なんて全然考えていなかった。

ある日突然ぽきりと折れて辞める人は多いと猪俣も言っていたのに。

事故や病気でリタイヤすることもあるし、家庭の事情で辞めざるを得なくなることだってあるだろう。

そんな折にも、自分が気まずさに目をつぶれば済むと逃げ腰でいるつもりだったのか。

ここが生活の場である奏子の息苦しさにも目をつぶって。

「……ちくしょう」

吐き捨てたのは、自分自身に対してだった。

中学生が消灯して、高校生だけのささやかな夜更かしの時間がやってきた。

三田村が奏子と杏里の部屋に行くと、いたのは携帯をいじっている杏里だけだった。

「カナちゃんは？」

「えー、知らなーい」

携帯を見るのに夢中で気のないお返事だったが、

「パソコン室か娯楽室、そうじゃなかったら屋上のとこじゃない？」

携帯からは片時も目を離さないながらも心当たりを教えてくれた杏里は、ルーズで問題はあるが気のいい子供でもある。

「屋上、閉まってるだろ」

「階段でヒサちゃんとよくお喋りしてるから。何かムズカシー話すんの好きなんだよね、あの人たち」

どうやら、子供たちには周知の習慣らしい。――もしかすると職員にも。三田村が知らずにいたのは、着任して日が浅いだけでなく、奏子のことを棚に上げていたせいもあるのだろう。

屋上に続く階段へ向かうと、果たして低い話し声が聞こえてきた。久志と奏子の声だ。

踊り場の下でしばらく立ち尽くした。決意と弱気がせめぎ合う。二人が何を話しているのか、遠くて聞き取れない声に聞き耳を立ててしまう。

——いいから踏み出せ！

心で叫んだ言葉の終《しま》いが強い息になって漏れた。

二人を見上げる踊り場に、それこそ躍り出る。

二人は階段のてっぺんに並んで座っていて、久志が先にこちらを向いた。一瞬その目を意外そうにしばたたき、それから眼差しが笑みを含む。

奏子は遅れてこちらに目を向け、三田村を認めた途端に眼差しが険を含んだ。——怯《ひる》むな。

「カナちゃん。俺、話したいことがあるんだけど」

「何ですか？」

「多分、俺、カナちゃんと行き違っちゃってるよね」

「気のせいじゃないですか？」

奏子が立ち上がって階段を下りようとしたその前に、両手を広げて立ち塞がる。

「気のせいじゃないよね。ちゃんと話そうよ」

奏子は鬱陶しそうに溜息をついた。その溜息の音色に心がくじかれる。

だが、三田村は広げた両手を下ろさなかった。

「ちゃんと話したいんだ」

「何を？」

「どうして俺がカナちゃんに壁作られちゃってるか」

カナは面倒くさそうに三田村から目を外した。

「いいじゃないですか、別に。百人以上も人がいるのに全員と仲良くなれるわけないでしょ。大人なんだから割り切りましょうよ」

「俺はカナちゃんを割り切りたくないんだ」

「何で？」

「俺はカナちゃんの副担当だから」

はぁ？　と盛大に苛立つ声と共に、奏子の視線がこちらを向いた。怒りの籠《こ》もった眼差しに貫かれて、却って気持ちが奮い立った。

気のせいですよ、と素っ気なく逃げられるよりマシだ。お愛想の笑顔でお行儀よく三田村先生と呼ばれるよりも。

率直に苛立ちをぶつけてくる今だけは、壁は取り払われている。

「慎平ちゃん、ガンバー」

からかうような声かけに、奏子がキッと久志を睨みつけた。「茶化さないで！」と、

——だが、久志の気軽そうな声は三田村にとっては心強い声援だ。

「俺がカナちゃんの副担当じゃなかったら、諦めるよ。子供たち全員に好かれる自信なんかないし。でも、俺は副担当だから。いざというときは俺が和泉先生の代わりにならなきゃいけないから」

「和泉ちゃんの代わりになれるなんてうぬぼれないで！」

「代わりになれるなんて思ってないよ、でも代理は務めなくちゃいけないから」

懸命に奏子の苛立ち混じりの視線を受け止める。

「ほんとに合わないんだったら、配置換えとか考えてもらわなきゃいけないし」

現実的な提案に、奏子は少したじろいだようだ。そのたじろいだ隙に切り込む。

「カナちゃんにとってここは生活の場所だろ。それなら、嫌いな人は一人でも少ないほうが気分良く暮らせるだろ」

十七歳の高校生が言ったことをそのまま真似《まね》っこだ。だが、なりふり構っていられない。奏子に届きそうな言葉なら何でも借りなくては。

「それに、俺はカナちゃんと仲良くなりたいんだ」

「けっこうです」

返す刀でばっさりだ。だが、奏子が苛立つにつれて話は核心に迫っている。

「わたし、別に仲良くなりたくないから」

「何で？」

「偽善者は嫌いなの」

偽善者という言葉はもちろん知っている。だが、その言葉が自分に向けられたことなど今までない。そういう意味で、自分はこの言葉を知らなかったのだと思った。

自分に向かって投げつけられたら、どれほど気持ちをえぐり取られる言葉なのか、今まで全く知らなかった。

えぐり取られて、気持ちの背骨が軋《きし》んだ。——どうして、こんなこと言われなきゃならないんだ。いくら相手が施設のかわいそうな子供でも、こんなことまで言われる筋合いは、

「……偽善者って、どういう意味」

呻《うめ》くように押し出した言葉は、自分で思っていた以上に音階が低かった。その低さが自分の堰《せき》を切りそうになる。

奏子の挑みかかるような表情はそれを待ち受けている。その凶暴な顔つきが誘う。

荒れ狂った三田村の気持ちに、そのまま堰を切れと──

「どうしたの！」

鋭くその場の空気を打ったのは、和泉の声だった。

振り向くと、階段を駆け上がってきた和泉が息を切らしてこちらを見上げている。

眼差しは厳しい。

凶暴に誘っていた奏子の表情が明らかに怯んだ。どうして、と呟く形に唇が動いた。

どうして和泉ちゃんがここに。

まるで答えるようなタイミングで、今度は久志の能天気な声だ。

「俺、俺。今呼んだ」

手に持ってひらひら振るのは携帯だ。どうやらメールを打ったらしい。

「カナと慎平ちゃんが激突中って」

「ヒサちゃん！」

奏子が久志に食ってかかる。

「どっちの味方なの⁉」

久志はヘラヘラ笑っているだけだったが、三田村には分かる。──カナちゃん。

ヒサは絶対的にカナちゃんの味方だよ。ただし、最終的に。

奏子が今後息苦しくならないために、今食ってかかられることもヘラヘラヒラヒラかわしてのける。

「三田村先生、どういうことなの」

和泉が階段の二段下から三田村の袖を摑《つか》んだ。

きつく摑んで引く重みが、まるで錨のようだった。

この揺るがない声が言った。

子供たちは、試しているのだ。甘えたり反発したり、いろんな手札を切りながら、大人がどう出るかを観察している。

敵か味方か見極めようとしている。

そして、同じ声がこうも言った。——揺らがないようにね。

三田村の袖を摑んだ和泉の手が、様子を窺いながら離れていこうとする。

その手を引き止めるように、摑んだ。完全に無意識だった。手の中に温《ぬく》みが生じたことと、その温みが驚いたように強《こわ》ばったことで、自分が手を取ったと気づいた。

和泉は身じろぎはしたが、手を引かなかった。それに甘える。

お願いします、力を貸してください。

俺が揺らがないでいられるように、錨のようなこの手を貸してください。

「偽善者って、どういう意味」

同じ言葉を繰り出したのに、音階は全然違った。フラットに。フラットにフラットにフラットに——どうして彼女がその言葉を使ったのかを探り出せ。

「そのまんまの意味だよ」

「どうして、俺を偽善者だと思ったの」

奏子はぷいと横を向いた。だが、振り落とされるものか。

「教えてよ。本当に分かんないんだ。どうしてカナちゃんにそう思われちゃったのか分かんないんだ。だから教えてほしいんだ」

奏子は答えない。だが、堰《せき》を切らせようと誘う凶暴さはもう失《う》せた。

「俺なりに、子供たちの支えになりたいと思って施設で働こうと思ったんだ。俺は、カナちゃんのことも支えたいよ」

「先生の自己満足に付き合う義理ないから！」

一方的な弾劾にまたしても気持ちが揺らぐ。「自己満足」。偽善者よりは「知っている」言葉だが、やはり自分に投げつけられるとえぐられる。

摑んでいた和泉の手を、すがるように握りしめた。

「何で俺のこと自己満足だって決めつけられるの」

「動機が薄っぺらいじゃない、ドキュメンタリー観たからなんて」

テレビに影響されて、というのは言われてみれば確かに薄っぺらさを免れないように思われて怯む。だが、

「テレビで施設を観たのがきっかけって先生は他にもいるよ」

援護射撃は和泉から来た。

「荒木《あらき》先生だって、高橋《たかはし》先生だってそうだよ」

二人とも三十代半ばの男性で、和泉よりキャリアの長い職員だ。

「荒木先生と高橋先生も薄っぺらいの？」

「そうじゃないけど……」

奏子がふて腐れたように横を向く。

「どこが違うの」

思わず一歩を踏み出した。同じ男性の先輩職員と自分とで、奏子が一体何を分けたのか。それが知りたい。

「他の先生は、わたしたちのことかわいそうな子供なんて言わない！」

叩きつけるような声に、自分の言葉が一気に巻き戻った。——初日、洗濯物を畳みながら。

初めて会った奏子に、志望動機を話した。

ドキュメンタリーの中で、結婚退職する女性職員に泣きながらすがりつく子供に心を打たれた。魂を振り絞るような、獣の咆哮《ほうこう》のような泣き声。――すごくない？　親に捨てられた子があんなに懐くなんて。実の親に裏切られてるのに、赤の他人とあんな関係が作れるなんて。

素直な感想を分かち合いたくて訴えた。

俺もあんなふうにかわいそうな子供の支えになれたらなぁって。――それは奏子の耳にはどう響いたのか。

こう響いたのだと遅ればせながら思い知る。

「施設のこと知りもしない奴に、どうしてかわいそうなんて哀れまれなきゃいけないの⁉――どうして、」

奏子が言葉を切った。言葉が見つからないのではなく、言葉があふれすぎて却ってつっかえたのだと分かった。

「かわいそうな子供に優しくしてやろうって自己満足にわたしたちが付き合わなきゃいけないの⁉　わたしたちは、ここで普通に暮らしてるだけなのに！　わたしたちにとって、施設がどういう場所かも知らないくせに！」

その普通がかわいそうだと思うのは悪いことなのだろうか。同じ年頃の子供が親にわがままを言いながら気ままに暮らしているのに、規則だらけの施設で窮屈に暮らさなければならないことは、やはり恵まれていないように思える。

「自分だったらどうなのよ⁉　その年になって結婚してないなんてかわいそうって、初対面の人に決めつけられたらどう思うの⁉」

いきなり突きつけられた矛先《ほこさき》に、ほとんど反射で言い返した。

「け、結婚してないからってかわいそうだとは限らないだろ」

「じゃあ恋人もいなくてかわいそうにね！」

「恋人がいないって何で決めつけられるんだよ」

「じゃあいるの⁉」

「いないけど……」

「ほーら、かわいそうかわいそう！」

鬼の首を獲ったようにかわいそうだとあげつらわれて、不本意な思いがこみ上げる。別に恋人がいないからといって不自由は感じていないし、自分をみじめだとも思っていない。

そりゃあ、彼女がいたらいいなと思うことはあるけど——

「わたしたちだって同じことよ！」

まるで、目隠しを外されたように、その理屈がすとんと腑《ふ》に落ちた。――そうか。

施設に入っているからといって、かわいそうとは限らない。

ようやく奏子の苛立ちの糸口が摑めたような気がした。

「分かった、ごめん」

素直に言葉が滑り出た。

「勝手な決めつけだった。施設のこと知りもしないのに、悪かった。――カナちゃんたちにとって、施設がどういう場所なのか、教えてくれないかな」

奏子には突っぱねる気配があった。だが、

「カナちゃん」

和泉が一言滑り込ませた。その一言で諭してのけた。

奏子はしばらくふて腐れたように黙っていたが、やがて口を開いた。最初は渋々と。

「……わたしは、施設に来て、ほっとした。ちゃんと毎日ごはんが食べられて、お腹すかなくて、ゆっくり眠れて、学校にも行かせてもらえて……先生たちも、ちゃんとわたしの話を聞いてくれるし。何ていいところなんだろうって思った。わたしの母親は、母親としてはちょっと足りてないところがある人だったから……」

施設に来たいきさつは、三田村も知っている。

そういう母親でかわいそうだと思ってしまう気持ちは止められないが、それは当人に向かって言うことでもないのだろう。

「施設のおかげで普通に生活ができるの。そりゃ、規則とかいろいろあるけど、それは施設なんだから仕方のないことでしょ。普通の家だって門限とか家の決まりはあるだろうし、携帯禁止の親だっているだろうし。規則とか集団生活とかめんどくさいって思うときもあるけど、前の生活に戻りたいなんて思わない。施設に不満のある子もいるだろうけど、わたしは施設に入れてよかった。もし施設に入れなかったらと思うと……」

ぞっとする、と最後に小さく呟いた。

「……ごめん。俺、考えが足りなくて」

奏子にとって施設に入れたことは幸運なのだ。

施設のことをよく知りもしない新参者が、勝手な思い込みでその幸運を哀れむなど、一体何様になったつもりだったのか。

「それと、ありがとう」

は？　と奏子が怪訝な顔をした。

「カナちゃんが教えてくれなかったら、勘違いしたままでほかの子供たちにも接するところだった。ありがとう」

　奏子は拍子抜けしたような顔で横を向いた。

　三田村の手の中から、摑んでいた温みがそっと抜け出した。まだその手にすがっていたのだと温みが去ってから気がついた。

　和泉が階段を上り、奏子に並んだ。そして奏子のおでこをぺちんと叩く。

「恋人がいなくてかわいそう、は大きなお世話よ」

　精一杯のおどけた口調はどうやら冗談口のつもりのようだ。三田村だけでなく和泉にも無差別攻撃になっていたらしい。

　が、いかんせん弾《はじ》け切れていないので冗談の確信が持てず、笑っていいのかどうか他の三人で様子を探り合う。

「笑うところよ」

　真顔の付け足しで久志が盛大に吹き出し、奏子もぎこちなく笑った。

「三田村先生も笑っていいんですよ」

　気遣いの冗談はまったく面白くなかったが、その面白くなさが逆におかしくなって、三田村も遅ればせながら盛大に笑った。

打ち解けられたのか打ち解けられなかったのか、手応えは摑めずじまいである。

＊

翌日は昼からの勤務で、出勤してきたら奏子はもう登校した後だった。

面白くない冗談で場を和ませてくれた和泉は、顔を合わせても昨日のことなどもう忘れたかのようだった。

夕方、玄関を通りがかると、靴箱の下に男児用のスニーカーが片方ころりと落ちていた。

どのボックスからこぼれているかはすぐ分かった。

小さな靴をじっと見つめていると、

「ちょっと、慎平ちゃん」

咎めるような声に振り向くと、奏子が帰ってきたところだった。

「勝手に片付けたら駄目だよ」

「分かってるよ、もう」

初日は和泉と喧嘩になった。これくらい、片付けてやってもいいじゃないですか。

少しくらい甘やかしてやったって。

かわいそうな子供たちに優しくしてやりたい、という驕《おご》りでしかなかった。和泉はその驕りを見抜いてへし折ったのだ。

九十人を毎日毎日、同じように甘やかしてはやれない。

「この靴、誰のかな」

まだ靴箱の配置を全員分覚えるには至っていない。

「ユウじゃないかな、三年生の」

「よし。担当の先生に言っとく」

子供たちの担当が誰かは概《おおむ》ね把握できるようになってきた。

職員室に戻ろうとして、ふと気がついた。三和土で靴を脱いでいる奏子を振り返る。

「カナちゃん。さっき……」

慎平ちゃんって呼んだ？　問いかけは、直前で飲み込んだ。奏子がじろりと睨んだからだ。

わざわざ確かめたら、二度と呼んでやらないからね。ねじ込むような眼差しがそう語っている。

「……何でもありません」

くるりと奏子に背を向けたとき、小学生の子供たちが廊下をばたばた走ってきた。靴の持ち主もその中に混じっている。

「こらっ、ユウ！　靴、片付けろ！　落ちてるぞ！」

「後で！」

「後でじゃない！」

どうやらプレイルームを目指しているらしい子供たちを追いかけて、三田村も廊下を駆け出した。

八年前のこと。（カナ）

＊

朝、起きたらトースターでパンを二枚焼く。

マーガリンを塗って、牛乳をコップに入れる。牛乳がないときは、水。

ママを起こす。大体機嫌が悪い。

朝ごはんを食べたら、ママが大抵もう一回寝る。歯磨きをする。

洗濯機を回す。洗濯機が回っている間は『おかあさんといっしょに』や『しましまじろう』を観る。

洗濯が終わったら、ベランダに洗濯物を干す。洗濯物は三日溜めてしまうと、重くて一度に全部運べなくなる。無理に一度に運ぼうとして、ベランダに上がる腰窓から落ちて股関節を脱臼したことがある。不精《ぶしょう》するからだとママに怒られた。

洗濯物を干したら、クイックルワイパーで掃除する。掃除機は使わない。引っ張るのが重いし、二度寝のママがうるさいと怒るから。

掃除が終わると大体お昼。ママが起きてきてお風呂に入る。

昼ごはんは、カップラーメンか、冷凍食品か、レトルト食品。生で食べられる野菜があったら、手でちぎってサラダを作るときもある。パッ缶のコーンやシーチキンがあったらかける。黙って使うと怒られるときがあるので、ママに確かめてから。

お昼を食べた後は、歯磨きをしてからテレビを観たり、絵を描いたり。

三時になったら、おやつを食べてもいい(おやつがあるときは)。

おやつの後は、買い物。ママがスーパーに連れていってくれることもあるし、お金だけもらって、一人で行くこともある。ママがいなくて、お金も置いてないときは、買い物はなし。

スーパーで、晩ごはん用のおかずを買う。

買い物から帰ってきたら、洗濯物を取り込んで畳む。乾いていなかったら、部屋の中に干す。

夕方になったら、ママがお仕事に出かける。

ママをお見送りしたら、お米を洗って炊飯器でごはんを炊く。

買ってきたおかずで晩ごはん。大体一人。

晩ごはんを食べたら、片付ける。流しにお皿が残っていたら、ママに怒られる。

お風呂にお湯を入れて、お風呂に入る。

お風呂から上がったら、歯磨き。

布団を敷いて寝る。トイレに起きたとき恐いので、電気は小さいのを点《つ》けておく。

朝、起きたらトースターでパンを二枚焼く。

……


ある日、家に学校の先生が来た。

奏子ちゃんは、どうして学校に来ないの？

うちでやることがたくさんあるから。

そう答えると、先生は難しい顔をした。

家で何をしているのか訊かれて、いつもしていることを答えると、先生はますます難しい顔になった。

それから何日かして、先生と知らない大人がママに会いに来た。

ママは先生たちと話すと機嫌が悪くなった。

先生たちが帰ると奏子のことをすごく怒る。ちょっと失敗すると、叩かれる。失敗しなくても、叩かれる。

ある日、ママがいないときに先生と大人たちがやってきて、知らない場所に連れていかれた。

それが『あしたの家』だった。

毎日決まった時間にごはんが必ず出てきて、三時になったらおやつも必ずあって、洗濯も掃除もしてもらえる。

みんなで使う場所の掃除はあるけれど、それもみんなでやるからすぐだ。

学校にも毎日行かせてもらえる。

最初は勉強が遅れていて大変だったけど、『あしたの家』では特別に勉強を教えてくれる先生がいるので、しばらくすると追い着いた。

分からないことがあったらすぐ『あしたの家』の先生に訊ける。お喋りしたいだけのときも、うるさいと怒られたりしない。

毎日がとても楽ちんになった。

その反面、一人のときはどうしたらいいか分からない。

みんなで遊んでいるときはいいが、それぞれの時間を過ごすとき、ごはんとごはんの合間の時間をどうやって潰したらいいか分からない。

そういうときは、娯楽室で過ごすようになった。テレビがあって、いつもビデオやテレビ番組が流れているので気が紛れる。

家でも家事の合間に手が空くと、いつもテレビを観ていた。

ある日、ふと気がつくと、テレビに目もくれず本を読んでいる男の子がいた。

みんなからヒサと呼ばれている子だった。

テレビで『しましまじろう』がやっていても、ヒサは本から顔を上げない。そんなヒサの様子が不思議だった。

「そんなにおもしろいの？」

「うん」

「字がいっぱいで、読むのつかれない？」

「おもしろいから、平気だよ」

「どれがおもしろかった？　教えてよ」

何の気なしの問いだったが、ヒサは顔を輝かせた。

「『かいけつゾロリン』がいいよ！」

娯楽室には、いろんな人が寄付してくれた本がたくさんある。ヒサが言ったのは、小学生向けの冒険小説のシリーズだ。

「読んだらゾロリンの話しようね！」

正直なところを言うと、最初は字を追うのが面倒くさくてなかなか進まなかった。

だが、ヒサが会う度に「読んだ？」と訊くので、せっつかれるように読み進めた。

読んでいるうちに、ゾロリンと仲間たちが活躍する姿がだんだん想像できるようになってきて、楽しくなってきた。

「今、どこらへん？」

「ゾロリンが宝の地図を見つけたところ」

「最初の門番と戦った？」

「まだ読んでないんだから言っちゃだめ！」

友達と同じ本を読んで、感想を話し合うことがこんなに楽しいなんて知らなかった。

学校の図書室には『ゾロリン』シリーズがもっとたくさんあって、二人で競うように借りた。そのうち、『ゾロリン』以外の本も借りるようになり、お互い気に入った本を教え合うようになった。

他の子は「本なんか何がおもしろいの」と言う。その頃の『あしたの家』で、同じ年頃の読書派は二人だけだった。

「声もないし、絵もちょっとしかないのに」

声もないし、絵もちょっとしかないからいいのだ。

字だけで書かれているので、自分の頭の中で好きなように想像できる。

「テレビやマンガのほうがずっとおもしろいよ」

仲間たちにそう言われれば言われるほど、二人ともますます本を読んだ。

本を読む楽しさを、自分たちだけが理解できているということが、少し得意な気分でもあった。

「ヒサちゃん、どうして本を読むようになったの。おうちにたくさんあったの？」

奏子の家には、赤ちゃんが読むような絵本が数冊しかなかった。ヒサの家には本がたくさんあったのかと思って尋ねたのだが、ヒサはぎこちなく首を横に振った。

怯《おび》えたように顔が強ばっていた。

「じゃあ、どうして？」

「園長先生が……」

奏子も『あしたの家』に来たときに会った。ふっくら太った、優しそうなおばさんだ。

「園長先生が読みなさいって言ったの？」

ヒサがうんと頷く。

「ぼくもここに来たばっかりの頃、娯楽室でずっとぼんやりしてたんだ」

ヒサは小学校二年生の頃から『あしたの家』にいる。奏子より一年先輩だ。

「どれだけぼーっとしててもよかったから、ずーっとぼーっとしてた」

「分かるー。何にもしなくていいから、ぼーっとしちゃうよね」

「うん。ぼーっとしてても、誰にも殴られないし」

奏子も、家のことをちゃんとしていないとママによく叩かれたので、そういうことかなと思って相槌を打った。

ヒサの事情が自分より苛酷だったのを知ったのは、ずっと後のことである。

「ここでずーっとぼーっとしてたら、園長先生が来て……」

先生と一緒にご本を読もうか。そう誘ってくれたのだという。

「その頃はまだ字もあんまり読めなくて、読んでもらってもあんまり分からなかったから……図鑑とかいっしょに見て。そのうち、短いお話とか読んでもらったら分かるようになって。自分で読めるようになったらすごく楽しくなって。そしたら園長先生が、ご本を読むのはすてきなことよって……」

みんな、自分の人生は一回だけなのに、ご本を読んだら、本の中にいる人の人生もたくさん見せてもらえるでしょ。

先生たちだけじゃなくて、本の中の人もヒサちゃんにいろんなことを教えてくれるのよ。

すてきねえ。

「物知りになれるからすてきなのかなって思ってたんだけど、最近はちょっとちがうのかもなって……」

「どうちがうの？」

「まだよく説明できないけど」

「じゃあ、分かったら教えてね。わたしもいっぱい本読むから」

一緒にたくさん本を読んでいたら、いつかヒサがすてきなことを分かったときに、一緒に分かるようになっているはずだ。

「園長先生が、ヒサちゃんに本を読むのが楽しいって教えてくれててよかった」

「何で？」

「園長先生が、ヒサちゃんに本が楽しいって教えてくれてなかったら、わたしも読むようになってなかったもん。こんなにおもしろいのに、損してた」

今は『ゾロリン』の他にもお気に入りの本がたくさんある。

「すてきなこと、教えてくれてありがとう」

そう言うと、ヒサがおかしな顔をしてこちらを見た。

「どしたの、ヘンな顔して」

「ヘンな顔って?」

「お日さまがまぶしいみたいな顔してるよ」

するとヒサが恥ずかしそうに目を伏せた。

「……本だけじゃなくて、すてきなこと見つけたら、カナにも絶対教えるね」

「ありがとう。わたしも教えられるようにがんばるね」

どちらからともなく小指を出して指切りした。

嘘をついたら針を千本飲むのは現実的ではないように思われたので、相談のうえでお互い嫌いなセロリを食べることにした。

2

迷い道の季節

＊

職員室のデスクで、奨学金の資料が分厚く綴じ込まれたファイルを眺めていると、通りがかった三田村が声をかけた。

「和泉先生、それ何ですか？」

「別に……」

何となくファイルを脇へ避《よ》けようとしたが、三田村はかまわず覗き込んだ。屈託がないというべきか無遠慮というべきか。

だが、奏子と行き違っていたときはくよくよしていたようなので、それなりに繊細なところもあるのだろう。

「そっか、奨学金かぁ」

三田村が感心したように唸った。

「そうですよね。施設って、経済状態が悪い子が多いですもんね。奨学金、大事ですよね」

そして三田村は勝手にファイルを取り上げてぱらぱらめくり始めた。

「俺、日本学生支援機構くらいしか知らなかったけど、他にもたくさんあるんですね。やっぱり施設ってこういう情報は綿密に集めてるんですね」

「いえ、これは……」

和泉はちらりと猪俣の席に目をやった。シフトは同じだったはずだが、何かの作業中なのか、猪俣は不在である。

「猪俣先生が個人的に持ってる資料みたい」

えっ、と三田村は目を丸くした。

「施設で持ってるわけじゃないんですか？」

不本意だが、頷くしかない。和泉も最初は職員室の資料棚を当たったが、それこそ有名どころのパンフレットが数冊しかない状態だった。進学の推奨をしていない梨田副施設長の方針もあるのだろう。施設長の福原はといえば、『あしたの家』の方針については梨田に委ねている。

「梨田先生が就職を推奨してるから、進学資料はあまり多くないの」

言い訳のように説明すると、三田村はへえーと頷いた。

「就職推奨って、やっぱり経済的な問題からですか」

「そうね、進学しても学費が続かなくなったりすることもあるから……」

確率で子供たちの将来を語る猪俣にあれほど反発を覚えたのに、結局は猪俣と同じことを言っている。

「俺、高校生の頃に学費のことなんか考えたこともなかったですよ。親に私立は高いから国公立にしてくれって言われたくらいで。私立しか受からなかったから、私立に行っちゃったけど」

「わたしだって似たようなものよ」

「強いられた自立ってこういうことなんですね」

三田村が言ったのは、児童養護とは切っても切れないキーワードである。保護者を頼ることができない子供たちは、主に経済的な側面で必然的に早い自立を強いられる。一昔前は中卒で就職することも珍しくなかった。

「何か、かわいそうだな……」

呟いた三田村が、あっと口元を押さえた。

「またカナちゃんに怒られちゃいますね」

三田村が施設の子供をかわいそうという言葉で括って、いたく奏子の機嫌を損ねたのはつい先日のことだ。

「でも、何にも思わずにはいられないんですよね……なんか、こういうときに代わりの言葉ってないかなぁ」

「大変だなぁ、とかでいいんじゃない？」

施設の子供が一般の家庭の子供よりいろんな面で大変だということは事実だ。

三田村もなるほどと手を打った。

「和泉先生、賢いなぁ」

「……カナちゃんが苛ついたのも分かるわ」

「えっ、何で!? 誉めたのに！」

先輩職員に向かってそんな子供を誉めるような言い草があるか、という話である。

「教えてくださいよ、今のどこが悪かったんですか!?」

うろたえる三田村がおかしくなって、そのまま放置してやろうかと思ったが、泣きそうな顔ですがってくるので根負けした。

「先輩に向かって賢いなぁって何なの」

「えー、賢いから賢いって言っただけなのに。どうして駄目なんですか」

「自分で考えなさいよ」

突っ放すと、三田村はぶつくさ言いながらまたファイルをめくった。

「猪俣先生は進学を応援する派なんですね？」

思いがけない問いかけにとっさに言葉は出なかった。施設の子供たちの進学を否定されたことは記憶に新しい。

「……そうでもないと思うけど」

「えー、でも」

三田村は納得いかない様子である。

「これ、すごく調べてあるじゃないですか。申請のコツとか手順とか、分かりやすくまとめてあるし……」

「でも、違うんだって」

否定する声は少し頑《かたく》なになった。

進学する資格があるのは意識の高い子供だけだ。猪俣はそう言い切った。

意識の高い子供と低い子供。線はどこにある。

「信じられないなぁ」

「わたしが嘘ついてるって言うの」

「そうは言いませんけど……」

いいから返して、と三田村からファイルを取り上げる。

苛立つ理由は分かっている。和泉も、猪俣の言葉を信じられないからだ。信じられない、というより、信じたくないというほうが近いかもしれない。

一見とっつきにくそうだが意外とフレンドリーな猪俣は、新人の頃の和泉にとって目指すべき指標だった。分からないことがあると何でも猪俣に訊いた。

猪俣の指導を受け、猪俣と同じ志を持てていると思っていた。

それが先日の発言で決定的に食い違った。和泉は、進学したいという奏子に対して意識の高低を云々《うんぬん》する気にはなれない。

「それより」

やや強引に話を変える。

「カナちゃんの三者面談、三田村先生が付き添ってもらえる？」

進学か就職か。子供たちの進路を考える三者面談は、一般の家庭なら保護者が出席するところだが、施設では担当の職員が出席する。

「えっ、でも」

三田村の腰が分かりやすく退けた。

「高二の秋の三者面談って大事じゃないですか。そんなの、俺なんかが出ても……」

「カナちゃんはもう志望校まで決まってるし、成績も問題ないわ。話もすぐに終わるから、大丈夫よ」

「でも……」

煮え切らない三田村の様子に懸念が湧いた。

「またカナちゃんと揉めたんじゃないでしょうね」

「違いますよ！」

反駁《はんばく》した三田村が「そうじゃなくて」と唇を尖らせる。

「……問題がなくても、話がすぐに終わっても、カナちゃんは和泉先生に来てほしいと思う」

思いがけない指摘だった。

「……そうね。多分そうだわ」

かすかな後悔が胸をかすめるが、これはもうどうしようもない。

「でも、わたしは杏里の面談に出るって決まってるから。二人とも同じ高校だから、カナちゃんは一年の頃から予定の空いてる他の先生が出ることになってるの」

わたしは他の先生でいいよ。和泉ちゃんは杏里のときに来てあげて。――物分かりの良い声が蘇《よみがえ》る。高校に入って初めての三者面談があったときだ。

「カナちゃんも慎平ちゃんでいいって言ってるわ」

そう付け加えると、三田村が目を輝かせた。

「カナちゃん、俺のこと慎平ちゃんって言ってました⁉」

「ええ」

頷いてやると、分かりやすく顔が緩んだ。

「そっかー。カナちゃん、俺に来てほしいんだー。そっかー。それならまあ、行ってあげても……」

三田村でいい、であって、来てほしい、ではない。しかし、杓子定規《しゃくしじょうぎ》に訂正するとまたへこんで面倒くさいことになりそうなので、ここはスルーだ。

「日はいつですか」

「来週の月曜日」

日程の申し送りをしていたとき、猪俣が席に戻ってきた。

何とはなしに、奨学金のファイルに別のファイルを重ねて隠すと、猪俣がちらりとこちらの手元を見たような気がした。

「服装とかどうしたらいいんですかね」

「常識の範囲で考えなさい」

つっけんどんな言い方になってしまったのは、完全に八つ当たりだ。

三田村は「恐いんだから、もう」とぼやいたが、突っかかっては来なかった。

＊

和泉が『あしたの家』に就職したのは、二十五歳の頃だ。ちょうど、今の三田村と同じくらいの年頃に児童養護施設を志したことになる。

指導職員は猪俣だった。痩せぎすで顔の輪郭も尖っている猪俣は、一見すると陰気でとっつきにくそうに見え、最初は苦手意識があった。

陰気な顔のままで、ときどきすっとんきょうなことを言う。

生真面目にそのすっとんきょうな発言に受け答えしていたら、ある日「和泉先生は冗談があまり通じない人ですか」とやはり陰気な顔のままで訊かれた。

それで初めてすっとんきょうな発言は冗談口だったらしいと気がついた。

すみません、冗談を仰《おつしや》るような顔に見えなかったもので。

そう答えると、やや傷ついたような顔になった。

「顔の造りは変えられませんからねぇ」

そう言いながら頬のこけた顔をなでた。そのとき初めて吹き出した。

顔で笑わせるつもりはなかったんですが、と悲しい顔をする猪俣に、すみませんと笑いながら何度も謝った。

苦手意識は溶けるように消えてなくなり、そうすると、猪俣が子供たちにも意外とよく懐かれている様子が見えてきた。

特に平田久志は「イノっち、イノっち」としょっちゅう話しかけに来る。

ある日、中学生の女子が問題行動を起こした。門限後に施設を抜け出そうとしたのだ。門扉を乗り越えようとしているところを近隣の住民に通報され、門扉のてっぺんにまたがった状態で職員に取り押さえられた。

和泉は残業で居残っており、猪俣は宿直だったので聞き取りに立ち会った。副施設長の梨田も近所に住んでいたので駆けつけ、鬼のような形相で女子をとっちめた。

梨田は近隣からの評判を常日頃から気にかけており、子供の素行に厳しい。住民に通報されて夜遊びが発覚したとあってはなおさらだ。

どうしてこんなことをしたんだと薄い髪から透ける地肌が真っ赤になるほど怒っている梨田に、女子は膨れっ面のまま何も言わなかった。

「黙り込んでやり過ごせると思うな！　どこに行こうとしてたんだ！」

梨田が怒鳴れば怒鳴るほど、女子は頑なに貝になり、やがて梨田の怒声にも疲れが見えはじめた。

そのときである。

「何しに行きたかったんだ？」

それまで黙っていた猪俣が、世間話のような口調で尋ねた。

すると、それまで断固として貝だった女子の唇が、物言いたげにもぐもぐした。

ここを先途とばかりに声を荒げようとした梨田を、猪俣が手振りで止めた。無言で片手を軽く挙げただけだ。その仕草に一体どんな魔法が籠められていたのか、梨田は不本意そうにではあったが押し黙った。

「……ダイコク」

女子が呟いたのは、歩いてほんの十分ほどのところにあるドラッグストアの店名である。夜は十一時まで開いている。

「何でダイコク行きたかったんだ」

やっぱり世間話のように尋ねた猪俣に、女子はふて腐れた様子で答えた。

「ニキビできたから」

言われてみると、小鼻の横にぽつんと赤いニキビがある。

「ニキビの薬、買いに行きたかったのか」

猪俣の問いに、女子はこくんと頷いた。

梨田が苦々しそうに吐き捨てる。

「潰しとけ、そんなもん！」

「跡になっちゃうじゃん！」

和泉が同じ年頃のときは、潰しては駄目だと母親に言われながら、気にして触っているうちについつい潰してしまっていた。美容の意識はこの女子のほうが上らしい。

「職員室の救急箱にもお薬あるよ」

和泉としては助け船のつもりで口を出したが、途端に女子に睨まれた。

「あんなの効かないもん！」

苛立ったように梨田が息を吸った。「贅沢言うな」「わがまま言うな」辺りが飛び出すはずだったのだろうが、機先を制するようにまた猪俣が口を開いた。

「どれなら効くんだ？」

女子は救いの手が差し伸べられたような眼差しで猪俣を見上げた。

「緑と青のチューブのやつ」

「名前は？」

「分かんないけど……見たら分かる。学校で友達が貸してくれたとき、すぐ治った」

そして女子は泣きそうな顔で俯《うつむ》いた。「明後日《あさって》までに治らないと」と呟いた。

「じゃあ先生と買いに行くか」

「猪俣先生！」

梨田は目を吊《つ》り上げて咎めたが、猪俣は「いいじゃないですか」と引かなかった。

「夜遊びが目的じゃなかったんだから、今回は大目に見ましょうよ。思春期の子供がたくさんいるんだから、救急箱にニキビの薬が入っててもいいでしょうし」

その代わり、と女子に向き直る。

「今度からはちゃんと言うんだぞ」

女子は輝くような笑顔で頷いた。猪俣に連れていってもらったドラッグストアで緑と青のチューブの薬を買ってもらい、ご機嫌で帰ってきた。

「イノっちに連れてってもらってよかった！　自分のお金じゃ足りなかった！」

そして、人生最大の仕事のように、洗面所で小鼻のニキビに薬を塗って、職員室で「ごめんなさい」と頭を下げて居室に戻った。

梨田が不機嫌に帰宅してから、和泉は猪俣に尋ねた。

「どうしてあの子のわがままを聞いてあげたんですか」

猪俣は陰気な顔で陰気に笑った。――顔の造りでだいぶ損をしている。

「明後日が遠足なんですよ。憧れの男の子と同じ班になったそうです」

もう遠い日になった中学生の時分が巻き戻った。ニキビがひとつできたかどうかで人生が憂鬱になった。好きな男子が同じクラスにいたらなおさら。――それが特別なイベントに絡むなんて、人生が終わってしまうほどの絶望だった。

「子供が思い詰めているときは、子供なりの正当な理由があるものです。ニキビの薬一つで夜の抜け出しをしないと約束してくれるなら安いものでしょう」

その後しばらくして、梨田は救急箱に常備してほしい薬のアンケートを子供たちに取った。

「またあんなくだらない脱走騒ぎが起きたら敵わん」と苦虫を嚙みつぶしながらではあったが。

今年で高校一年になるその女子は、それからは似たような騒ぎを一度も起こしていない。

「和泉先生はどうして児童養護施設で働こうと思ったんですか」

世間話で猪俣に問われたとき、採用面接用の肩肘張った志望動機ではなく、心の中にしまっておいた本当の動機を話す気になったのは、ニキビの一件があったからかもしれない。

中学生の女子のニキビの一大事を大真面目に処理した猪俣だったら、笑わず聞いてくれそうな気がした。

「高校生のとき、同じクラスに好きな男の子がいたんです。ちょっと陰のある雰囲気で……」

大人っぽくてかっこいい、と最初はそんな単純な憧れ方だった。クラスのイベントで同じ係になり、よく喋るようになると話が合った。

思春期の好きが坂道を転がり落ちるきっかけなんて、それで充分だ。

告白したのはそれなりに勝算があるような気がしたからだ。相手にも気持ちがあるんじゃないかと期待するようなことはいくつかあった。手応えが何もないまま気持ちを打ち明けられるほど、あの頃の自分は勇気のある少女ではなかった。

だが、返ってきたのは「ごめん」だった。

「俺は和泉とは住む世界が違うからって言われたんです。俺、施設で暮らしてるんだって」

施設の説明を聞いたところで、その頃の和泉には本やテレビのフィクションで漠然と培った孤児院のイメージしか湧かなかった。

お父さんとお母さん、亡くなってるの？

そういう施設に入っているのなら、当然両親がいないのだろうと思ってそう尋ねた。

わたしはそんなこと気にしないよ。

むしろ相手に寄り添ったつもりで重ねると、相手は傷ついたような怒ったような顔になった。

ほらな。やっぱり世界が違うんだよ。

喋ったのはそれが最後になった。相手が避けるようになり、その理由が分からないまま卒業を迎えて、そのまま相手の消息は途絶えた。

よその県で就職して、社員寮に入ったらしいということだけ風の便りに聞いた。

何度か同窓会があったが、彼が姿を現すことはなかった。

「子供なりに、ちゃんと好きなつもりでいたんです。それなのに、一方的に断ち切られた感じで、ずっと忘れられなくて……」

ほらな。やっぱり世界が違うんだよ。

最後に聞いたその言葉が胸に刺さって抜けない棘《とげ》になった。いつもは忘れている、しかし季節の変わり目などに時折り存在を主張する柔らかな棘――

「わたしと彼と、どう世界が違ったのか知りたくて……分からずじまいで引き下がりたくないっていうか」

もし、自分が彼の世界を分かっていたら、あの恋が実る可能性はあったのだろうか。

——それを確かめたかったのかもしれない。

高校生の頃の失恋話をくどくど語ってしまったことが急に恥ずかしくなり、慌てて目を伏せた。

すると猪俣が世間話のままの口調で尋ねた。

「彼との世界の違いは分かりましたか」

そもさん。説破。——自然に「はい」と答えていた。

「違いはありませんでした。ただ、わたしが知らなかっただけです」

人には人の数だけ事情があって、環境がある。『あしたの家』だけとってみても、子供たちがここにやってきた理由は様々だ。

世界が違うのではなく、同じ世界に住まう人にもいろんな事情があることを知らなかった。

家に帰れば当たり前のように両親がいて、家族がいて、その家の子供として当たり前のように愛してもらえる。育ててもらえる。

それが世界のあり得べき基準であって、たまにその基準が欠落した不幸な人がいるだけだと、無邪気に傲慢にそう思い込んでいた。

わたしはそんなこと気にしないよ。――まるで慈悲でも与えるように。一体何様か。

「ずいぶん無神経なことを言ったんだなぁって……」

わたしはあなたが基準を満たしていなくても気にしないよ。受け入れてあげるよ。

彼にはきっとそう聞こえた。

「きっとね」

独り言のように、猪俣は和泉を見ずに呟いた。

「彼は、あなたのことが好きだったんだと思いますよ」

「……そうでしょうか」

和泉も猪俣を見ずに呟いた。

「人の事情に貴賤《きせん》をつけるべきではないというのは理想です。しかし、やはりハンデはハンデで、引け目はどうしたって引け目です。彼は、自分の引け目をあなたに晒したくなかったんだと思います」

傷ついたような怒ったような顔で、やっぱり世界が違うと言った。彼にとって誇れない家族がいたことは確かだろう。

――もし、「気にしない」じゃなくて、

「分かったって言ってたら、わたしを振り向いてくれたでしょうか」

優しさをひけらかすように寄り添うのではなく、ただ率直に「分かった」と言っていたら。

分かった。でも好き。

今、巻き戻せるのならそれだけ言う。

「無理でしょう」

猪俣はそう言って、顔の造りでどうしたって陰気に見える笑みを浮かべた。

「私にも覚えがありますがね。あの年頃の男というのは、好きな女の子の前でかっこつけることに命を懸けているんです。自分のせいじゃないのにぶら下がってくる引け目は、あなたがどんなふうに告白していても、やっぱりあなたに晒したくなかったと思いますよ」

「猪俣先生も好きな女の子の前でかっこつけましたか？」

「すごくかっこつけて告白したんですが、顔が好みじゃないと言われました」

猪俣の眉は八の字に下がって、ますます陰気な顔になった。

それがおかしくて吹き出したはずなのに、涙がやけに滲《にじ》んで困った。

センチメンタルな志望動機を受け止めてもらった日から、猪俣が心の師になった。

猪俣の子供たちへの寄り添い方は、常に冷静さを失わないのに優しさが感じられた。迷ったときは猪俣ならどうするのかを考えた。試し行動と呼ばれる子供たちの駆け引きに翻弄されそうになったときも、持ちこたえられたのは猪俣の指導のおかげだ。

施設は家庭ではない。職員は家族ではない。猪俣は新人に繰り返しそう言った。私たちは子供たちの育ちを支えるプロでなくてはならない。

その割り切った物言いは、ともすれば理想に燃えている新人の反発を買った。

施設の子供たちにも愛情は必要だと思います。——着任初日の三田村のようなことを言う新人は大勢いるのだ。

施設は家であるべきだ。職員は家族として子供たちに愛情を注ぐべきだ。その理想は、一見優しく、正しく聞こえる。

三田村と入れ違いで辞めた同期の岡崎は、正にその理想に燃えているタイプだった。

子供たちとの関係をビジネスライクに割り切れと言うんですか。

「語弊を恐れず言えば、そうです」

猪俣の言葉に揺るぎはなかった。

「私たちにとって児童福祉は仕事です。仕事に間違った愛情を持ち込むのはつまずきの元です」

「わたしの愛情が間違っていると仰るんですか！」

「家族の愛情を与えられるのは家族だけです。私たちは彼らの家族ではない」

猪俣の言葉は道理だが、自分の理想を間違った愛情だと切って捨てられた岡崎は、意地になった。

食い下がる岡崎に、猪俣は無慈悲なカードを切った。

「家族の愛情を与えたいのなら、家族になるしかありません。岡崎先生は担当の子供たちを全員養子にできますか？」

太刀《たち》打《う》ちできない正論に、岡崎は悔しそうに押し黙った。

「福祉と奉仕は違います。福祉は職能であるべきです。そうでなければ破綻します」

岡崎に破綻してほしくないから言っているのだと和泉には分かった。

だが、岡崎には分からなかった。分かりたくなかったのかもしれない。

「わたしは、愛情を持って子供たちに接することが間違いだとは思いません」

「もちろんです」

あっさり頷いた猪俣に、岡崎は虚を衝かれたような顔をした。

「仕事だから愛情を持てない、というのは間違いです。あなたの恩師が、お母さんのように接してくれなかったからといって、あなたは恩師の愛情を疑ったことなどありますか？」

——その言葉を聞いたとき、岡崎は理解しかけていた。教師に、親のような愛情を求めることは間違っている。

だが、自分が子供たちにかける愛情を否定されたことに岡崎は耐えきれなかった。

「わたしはわたしの信じるやり方で子供たちと接します」

岡崎は意地を張り、意地を張り、意地を張り——三年目でぽきりと折れた。

九十人の子供たちに家族のような愛情を与えることなど、一人の人間には不可能なことなのだ。求めのままに与え続けたらいつか枯渇する。

職能者たれと諭す猪俣の教えは、和泉の羅針盤のように刻まれた。児童福祉の世界で迷わないための羅針盤だ。

絶対の信頼を置いていたその羅針盤が、揺らいだ。

ハンデのある中で進学を選ぶ資格があるのは、意識の高い子供だけです。

子供たちの進学をサポートするのは、その道があると気づかせるのは、児童福祉の職能者たる施設職員の仕事に含まれないのか。

疑問を感じながらも、羅針盤を手放す覚悟はまだ持てず、奨学金のファイルは受け取ったままになっている。

*

三者面談の当日、初デートのときより服を迷った。

スーツでは堅苦しすぎるかと、さっぱりしたジャケットからネクタイを引き算した三田村の装いに、奏子の判定は「まあまあ」と出た。

「えー、まあまあ？　ちょっと自信あったのに」

「保護者の服装なんかどうでもいいよ」

一言でやっつけられて、しおしお奏子の後ろについて校内を歩く。

「杏里の三者面談、同じ日だったよな。ヒサも？」

「ヒサちゃんは明日」

『あしたの家』の高校生の子供たちは、ほとんどが同じ高校に通っている。施設から通いやすい公立の高校となると、選択肢は限られてくるからだ。学費の高い私立高校は視野に入らないことが多い。

担任の待っている教室に入るときが緊張の最高潮だった。

「谷村奏子の保護者です」

こんな若造を寄越すなんてけしからんと怒られたらどうしよう、などと余計な心配が先走っていたのだが、熟年の男性教諭は「ご担当の先生ですね。聞いてますよ」とにこやかに迎えてくれた。

面談はといえば、拍子抜けするくらいつつがなく終わった。志望校の確認と学力の確認で問題ないと太鼓判が押され、内申書に影響する生活態度も絶賛に近い。

「これなら納得だなぁ」

「何が？」

「カナちゃんの面談なら俺でも大丈夫って和泉先生に言われててさ。杏里は生活態度の注意とかいろいろありそうだし、一人ずつ違う先生が行かなきゃいけないなら和泉先生が杏里につくのが正解だよな」

「別に生徒ごとに保護者役の先生を変えなきゃいけないわけじゃないよ」

「へ？」

それなら奏子のほうも和泉が出てやってもよかったんじゃないか――と思ったとき、ちょうど廊下の向こうから和泉と杏里がやってくるのが見えた。

「和泉先生！」

手を振って駆け寄ろうとしたとき、

「駄目っ！」

奏子が鋭い声で止めた。

「無視して」

「え、何で!?」

「いいから！」

叱りつけられ、理由は分からないながらも上げかけていた手を下ろす。

杏里はこちらには目もくれずに通り過ぎた。まるで見も知らぬ他人のように。和泉も目で軽く挨拶しただけだ。

訳も分からず見送っていると、

「カナー！」

廊下の向こうから女生徒が数人駆けてきた。奏子も手を振って駆け寄る。どうやら学校の友達らしい。

保護者としては挨拶するべきだろう。しかし、何と言う？「奏子がいつもお世話になってます」は僭越《せんえつ》か、などと迷いつつ取り敢えず会釈する。

すると手痛い洗礼が来た。

「これ、カナの言ってた頼りない先生？」

「そうそう」

どういう説明してんだよ！　と食ってかかりたかったが大人としてこらえ「三田村です」と曖昧に笑う。

「慎平ちゃんだよね、カナのことよろしくね！」

友達に「慎平ちゃん」と話してくれていたのだと思うと、曖昧な笑顔は勝手に全開になった。カナちゃんってもしかしてツンデレってやつかな、などとやに下がる。

「カナ、美術部来る？」

「今日は慎平ちゃん連れて帰らないと」

不本意な扱いだが、慎平ちゃん呼びに免じて聞き流す。

じゃあね、バイバイ、と賑《にぎ》やかな学友たちが走り去った。

「部活の友達？」

「ううん、部室に遊びに行くだけ。美術部ってけっこうお金かかるんだよね」

ああ、そうかと自分の迂闊を呪う。部費の問題があるので部活をやっていない子供は施設に多い。

ごめんと謝るとまた怒らせそうで、受け答えの言葉を迷っているうち気がついた。

「友達、施設のこと知ってるんだね」

三田村のことを当たり前のように知っていた。

「うん。わたし別に隠してないから。仲良くなったら普通に言う」

でも、と逆接が続いた。

「すごい隠してる子もいる。杏里も」

「……そっか」

他人のように通り過ぎた杏里の表情は硬かった。

言える子と言えない子とどっちが多いのかな、と思ったとき、奏子がまるで三田村の気持ちを読んだように口を開いた。

「わたしやヒサちゃんは言うけど、少数派かも。隠す子のほうが多いんじゃないかな。小学校のときは施設がすぐ隣だから周りにも分かっちゃうけど、中学に上がったら『あしたの家』のこと知らない学区の子たちも来るし、隠そうと思ったら隠せるから……」

「そっか」

「やっぱり偏見多いしね。わたし、小学校のときクラスの子に言われたことあるよ。

『お母さんに施設の子と遊んじゃいけませんって言われた』って」

「ひっで！　何だよそれ！」

憤慨すると「声が大きい！」と睨まれた。通学路はちょうど下校の時間帯で、軽く注目されてしまった。

首をすくめて声を飲むが、やはり溜飲《りゅういん》は下がらない。

「……ひどいじゃん、それ」

「仕方ないよ、施設はマイナスイメージついてるもん。本とかドラマとかそういう話多いしね」

思い当たる作品は多く、今までそうした作品を別に疑問も持たずに受け止めてきたことも同時に思い返され、面目ない気持ちになった。

「仕方ないんだよ」

奏子はまた繰り返した。

「それがニーズなんだから」

「ニーズ？」

「施設に求められるニーズってそういうものだから。かわいそうとか荒《すさ》んでるとか、特徴を極端にしないと面白くないじゃない」

三田村にはやりきれない響きに聞こえるニーズという言葉を口にするとき、奏子は何故《なぜ》か少し自慢気だった。

「だから隠したいっていう杏里の気持ちも分かる。高校に入ったとき、杏里に頼まれたんだよね。学校では他人ってことにしてって。三者面談も、わたしと杏里とどっちも和泉ちゃんが来るのは絶対イヤだって」

「そっか、だから……」

わたしは杏里の面談に出るって決まってるから。

和泉の説明はそういうことだったのだ。

「和泉ちゃんのこと、めっちゃ設定あるんだよ。子供の頃にお母さんが亡くなって、年の離れたお姉ちゃんがお仕事を休んで来てくれてるって。お姉ちゃんは保険会社のOL。担任の先生にも話を合わせてもらってて、同級生の前では和泉ちゃんのこと、お姉さんって言ってもらってる」

そんなにまでして施設のことを隠そうとする杏里がいる一方で、施設に入れたことを幸せだと言い、勝手な同情を怒った奏子がいる。

良くも悪くも子供たちにとって施設という場所は意味が重いのだ。

「何か……せっかく同じ学校なのに、寂しいよな。あんなふうにすれ違うなんて」

「感傷的だなぁ、慎平ちゃんは」

奏子は呆れたように肩をすくめた。

「わたしと杏里はタイプが全然違うし、隠したかったら当たり前だよ。杏里は派手なグループだし、わたしは真面目組だし。施設が一緒じゃなかったら接点なかったもん、絶対」

同室相手に対して、奏子はかなりドライな発言だ。

「仲良くしてたら周りにも不思議がられるだろうし、わたしは施設のこと隠す気ないから杏里はそれもイヤだと思う」

「カナちゃんは何で隠さないの？」

隠さないでいてくれることは職員として嬉しいが、隠さないことによるデメリットは確実にあるはずだ。

奏子は当たり前のように答えた。

「隠す意味がないじゃん」

「そうかな」

「施設のこと話して態度が変わるなら、そこまでの相手だよ。こっちだってそういう人と仲良くなりたいとは思わないし」

「大人だなぁ」

自分が奏子だったらそんなふうに割り切れるだろうか、と考えると、奏子のほうがずっと年上のように思えた。

＊

杏里の三者面談は、やはり生活態度の注意がかなりあった。服装違反はもちろんのこと、授業も遅刻したりさぼったりすることがあるという。

「ちゃんとしないと内申落ちるよ」

帰る道すがら注意すると、杏里は「就職だから内申関係ないもーん」と涼しい顔だ。

「就職先にも内申は渡るよ！」

「高望みしないもーん」

「でも、もし進学したくなったときに……」

そんな小言を言ってしまったのは、自分の中にわだかまっているものがあったせいだ。子供に進学という道があることを示唆するのは是か非か。

「えー、だって勉強キライだもん」

ないない！　と杏里がけらけら笑ったとき、携帯の着信音が鳴り響いた。杏里が鞄《かばん》から携帯を取り出す。どうやらメールが入ったらしい。

「友達に誘われたから行ってくる！　シェイク百円だって！」

言いながらもう走り出している。

「門限守りなさいよ！」

そう声を追いすがらせるのが精一杯だ。

施設に戻ると、職員用の玄関で三田村と行き会った。

「和泉先生、お帰りなさい。カナちゃんの面談、何にも問題なかったですよ。学力も足りてるそうです」

「そう」

それは予想の範囲内だ。

「杏里のほうはどうでしたか？」

「生活態度のことでちょっと注意されたけど……まあ、それほど大したことは」

「あいつ要領いいからなぁ」

そう言って笑った三田村は、子供たちの個性をそれなりに掴みつつあるらしい。

「それと、すみませんでした」

急に頭を下げられて、何のことか分からず面食らう。

「カナちゃんの面談のこと……俺、事情も知らずに余計なこと言っちゃって。問題がなくても、話がすぐに終わっても、和泉先生がカナちゃんの面談に行ってあげたいと思わないわけないのに」

こっちはすっかり忘れていた。不調法なこともあるし、大雑把なところもあるが、こういうことに気持ちが濃《こま》やかに行き届く三田村は、やはり気立てが優しいのだろう。優しい両親に大事に育てられてきたのだろうな、と容易に想像がつく。

……彼も、と高校生のときの片思いの相手が思い浮かんだ。彼も、三田村のように育っていたら、陰のある大人びた雰囲気の代わりに、大らかで開けっぴろげな素直さを身につけていたのだろうか。

「いいのよ、別に。カナちゃんが聞き分けいいから我慢させちゃったのは事実だし」

三田村に言われるまで、奏子に我慢させてしまったことさえ意識していなかった。

わたしはいいよ、と物分かり良く先回りされて乗っかった。

「びっくりしました。杏里、挨拶もしないから」

「分かってあげて。施設のこと、あの子にはコンプレックスなのよ」

「大丈夫です、カナちゃんにいろいろ聞きました」

いつになく三田村がしっかりして見えたせいかもしれない、気にかかっていたことがするりと口から滑り出た。

「カナちゃんのほう、学費の話とかって出た？」

「え？　ああ、そうですね……最後に先生が学費とか大変だろうけど頑張れよって。カナちゃんも頑張りますって」

それだけか、と正直がっかりした。担任なら、もっと奨学金のことを積極的に指導してくれたらいいのに。

職員室に戻ると、久志が猪俣のところに来ていた。

「第一志望は防衛大として、すべり止めは考えてるのか？」

久志の三者面談は明日なので、その相談のようだ。

「寮があるところとか探してはいるけど……防衛大に絞って、落ちたら自衛隊に入るのもいいかなぁって」

「でも、進学したいんだろ」

「地連の人に訊いたら、自衛隊は入隊してから学校に行かせてもらえるって」

「奨学金を利用する方法もあるぞ」

「どんなのある？」

　すると猪俣は、和泉のほうを振り返った。

「和泉先生、先日お貸ししたファイルですが……」

「あ、はい。すみません」

　慌てて机の中にしまい込んでいたファイルを出す。猪俣と久志はファイルを開き、こみ入った話をしはじめた。

　しばらく話し込み、一応すべり止めを考えることになったらしい。

「じゃあイノっち、明日ねー」

　久志が出て行ってから、猪俣が「すみません」と和泉にファイルを戻してきた。

「いえ、もともと猪俣先生の物ですから」

　声は我ながら硬かった。その硬さが自分の気持ちを嫌な具合に刺激した。

「ヒサには教えてあげるんですね、奨学金のこと」

　猪俣がじっと和泉を見た。負けずに見返そうとしたら、勝手に目が泳いだ。

「和泉先生は、地連ってご存じですか」

「いえ……」

「自衛隊地方連絡部という、自衛隊の広報組織です。ときどきここにも自衛隊の勧誘の人が来るでしょう。あの人たちですよ」

「ああ……」

自衛隊の人という認識だったので、彼らの名称は知らなかった。だが、ヒサは地連と慣れた様子で略称を呼んでいた。

「ヒサは自分で防衛大のことを調べて、地連まで訊きに行ったんです。自衛隊関係のことなら今は私より詳しいですよ」

猪俣が何を言わんとしているかは分かる。

「ヒサは意識が高いということですか。カナちゃんは意識が低いと」

一番厭味《いやみ》な言い方が勝手に口から飛び出した。取り戻そうとしても今さら取り返しはつかない。

猪俣が溜息をついた。かすかに苛立ちの音色が混じったその息に、心が縮こまる。

こんなふうに呆れられたかったわけじゃないのに、どうすればいいのか分からない。

「ヒサにはこのファイルを見せてやりたいと思いますが、カナにはまだ思いません。それが私の判断です」

「わたしもその判断に従うべきなんですか」

「和泉先生の判断は和泉先生が下されるべきです」

和泉を見つめる猪俣の眼差しが、いたわるように和らいだ。

「……着替えてきたらどうですか。素敵なスーツですけど、それじゃ業務ができないでしょう」

そのいたわる声音で、涙腺が決壊寸前だと気がついた。

「ありがとうございます、そうします」

あくまで声が強ばったのは、そうしないと決壊してしまうからだ。

勝手な話だが、猪俣はそれも分かってくれるような気がした。

*

「あたし、やっぱり進学したい」

職員室に飛び込んできた杏里がそう宣言したのは、三者面談が終わった翌週である。

「……ちょっと待って」

席を立ちかけていた和泉は、椅子にもう一度腰を落とした。目眩《めまい》がしたのは、気のせいではない。

奏子の進学でさえサポートの姿勢を決めかねているのに、全く予期していなかった杏里からの進学希望は、不意打ちどころか闇討ちにも等しかった。

「進学したいなんて一度も言ったことないでしょう」

「でもしたくなったんだもん！」

　ちょうど夕食の時間で、縦割りグループの小学生たちの夕食準備にかからなくてはならなかった。食後の投薬が続いている子供が数人いるので、飲み間違いがないように薬を用意してやらなくてはならない。

「今、時間がないから後でね」

　すると、

「嫌————ッ！」

　杏里はまるで駄々っ子のような金切り声を上げた。

「待てない！　待つの嫌っ！」

　金切り声に地団駄までついた。

「ちょっと！」

　いきなり頑是《がんぜ》ない子供に戻ったかのような態度に、和泉も困惑するしかない。

「ど、どうしましょうか、俺が夕食行きますか？」

　見かねたように三田村が腰を浮かせたが、三田村に一人で薬の管理を任せたことはまだない。

「いえ、杏里をちょっと見てて」

「嫌ッ！　和泉ちゃんじゃないと駄目ッ！」

いいかげんにしなさいと声を荒げそうになった刹那、猪俣が横から口を挟んだ。

「和泉先生、何時なら杏里と話せますか」

「え……中学生が消灯した後なら」

本当は片付けたい雑用が立て込んでいるが、残業すれば何とかなる。

猪俣は和泉の返事を聞いてから杏里に向き直った。

「杏里、十時過ぎに時間を作ってくれるそうだよ。待てるよな」

杏里の癇癪は、嘘のように鎮まった。顔は完全な仏頂面だが「場所は？」と譲歩を示す。

「宿直室を使うといい」

言いつつ猪俣が和泉に目配せする。行っていいという合図だ。

慌てて食堂に向かい、子供たちの夕食準備に取りかかる。薬だけ出して一度職員室へ戻ると、杏里はもういなくなっていた。三田村の姿もない。

「三田村先生が部屋に連れていきましたよ。十時十五分に宿直室へ行くように言っておきましたから」

伝言をくれた猪俣に「すみません、助かりました」と頭を下げる。

「杏里ったら、どうしてあんな……」

「杏里は昔、待つのが苦手な子供だったんです。待つ時間を決めてやったら待てますから」

猪俣は十年選手の大ベテランだ。今いる子供たちのほとんどを入所の頃から知っている。

「あんな癇癪を起こすのは久しぶりですけどね」

和泉はあんな杏里を見たことがないので、少なくとも三年ぶりのはずだ。

「和泉先生に懐いている証拠ですよ。甘えて子供返りしたんでしょう」

「……本当に進学したいんでしょうか」

だとすればどうすればいいのか――半ば救いを求めるような呟きだった。

猪俣なら正解を知っているのではないかという期待は、やんわりと摘み取られた。

「杏里の担当職員は和泉先生です。しっかり話を聞いてやってください」

羅針盤に背かれたような不安と苛立ちがまた胸の中で燻《くすぶ》った。

「分かりました、しっかり聞きます」

子供たちがそろそろ食事を終える頃合いだったので、足早に食堂に戻った。

宿直室は六畳の和室になっている。

約束の時間に和泉が宿直室へと向かうと、杏里はもう部屋に上がって待っていた。奏子も一緒である。

まだ奏子に渡していない奨学金のファイルが思い出され、後ろめたさが湧き上がる。

「ごめん、駄目だった？　杏里が付き添ってほしいって言うから」

子供たちは大人の気配を敏感に察する。奏子は特にそうだ。

「いいよ、杏里もカナちゃんがいたほうが落ち着くだろうし」

笑いかけると、奏子はますます不安そうになった。取り繕っていることが分かるのだろう。

閉めた襖《ふすま》が、ほとほととノックされてもう一度開いた。

「あの～」

顔を出したのは三田村だ。

「俺も心配で、ちょっと。一応、副担当だし」

えへへと笑って女性陣にお伺いを立てる。

心強いわけでは決してない。だが、張り詰めた空気が紛れたのは確かだ。

「いい？」

訊くと杏里も頷いた。三田村はいそいそ上がり込み、誰に言われるでもなく部屋の隅に座った。自分の立場をよくわきまえている。

「どうして急に進学したくなったの？」

「急だったら駄目なの」

杏里は挑むように顎を煽った。

「だって勉強キライって言ってたでしょう。それなのに何しに大学行くの」

「まだ分かんないけど！　桜花女子、行きたいの！」

桜花女子は奏子の志望校だ。影響されたということか、と内心うんざりする。

「カナちゃんは高校に入った頃から大学進学を希望してたし、第一志望を桜花女子に決めるまでにいろんな大学と比べて迷ったんだよ。それを横から見て急に一緒の学校行きたいとか、」

「カナに影響されたわけじゃないもん！」

「じゃあ桜花女子で何の勉強するの」

「それは！　……今から」

その場凌ぎの言い訳をしているとしか思えない。

「偏差値だって足りてないでしょう」

「今から勉強するもん」

「全部今から？」

こらえきれず声が険を含んだ。

そこへ奏子が口を挟んだ。

「別に、わたしに影響されたわけじゃないと思うよ。わたし、杏里に桜花女子のこと訊かれたことないもん」

「そうだよ、別に真似じゃないし」

杏里が加勢に勢いを得てまた顎を煽る。奏子はとりなそうとしたのだろうが、和泉にとっては余計な口出しだった。

「桜花女子なら学部のこともわたしが相談に乗れるし……勉強だって、わたしとヒサちゃんが見てもらってる先生にお願いしたら間に合うと思う」

施設には、ボランティアで家庭教師をしてくれる大学生との繋がりがある。奏子と久志の勉強を見てくれているのは、地元の国立大に通っている大学院生だ。

「学力相談のときに、進学しないから家庭教師いらないって言ったのは杏里でしょ。杏里のレベルに合わせてたらカナちゃんとヒサの勉強が間に合わなくなるよ」

「じゃあ他の先生にお願いすればいいんじゃないかな」

「そんな都合良くボランティアの先生が見つかるとは限らないでしょ」

余計な気苦労を増やしてくれるなというのが正直なところだった。「問題のない」奏子でさえ、猪俣は進学に対する意識が低いと言った。いわんや今までのらくらしてきた杏里など。

「大体、」

苛立ちはむしろ奏子に向けて加速した。

「お金のことだってちゃんと考えたことある？」

「桜花女子は寮があるし、学費も安いから……」

「寮にだって、定員があるでしょう。入れなかったときのことは考えてるの？　学費だって松下院と比べたら安いけど、年間八十万かかるのよ。入学金だって別にいるし、毎日の生活のお金も。どうやって工面するの、そういうことまで考えてるの？」

もう杏里を咎めているのか奏子を咎めているのか分からない。

奨学金のこと調べたいんだけど、相談に乗って。

そのたった一言さえ言ってくれたら、猪俣の奨学金ファイルをすぐに渡せるのに。

学費のことは考えてるのとつついても、具体的に動き出す様子は一向に見えない。

奏子でさえ、久志と比べたら意識が低い。それを――もっと意識の低い杏里の肩を持っている場合か！

「自分のこともできてないのに、他人のお節介なんか――」

「ちょ、ちょ、ちょ――！」

ほとんど横からすがりつくように止めに入ったのは三田村である。

「和泉先生、ちょっと頭に血が昇りすぎ」

「別にそんなこと」

「いや、ちょっとおかしいですから」

三田村は和泉の両肩を摑み、子供たちから自分のほうへ体を向けさせた。

真摯な目が真正面から覗き込む。落ち着けと眼差しで押さえ込む。

「杏里は、他人じゃないでしょ？」

耳から入った言葉が脳に届いた瞬間、下瞼を水滴がいくつも乗り越えた。

「わ――!?」

今度は三田村が大パニックだ。「俺!? 俺!?」と奏子と杏里に訊くが、二人の回答は空《むな》しく「分かんない」だ。

「どうしよう、どうしよう！ い、猪俣先生……」

「やめて！」

早くも腰を浮かせかけていた三田村に、今度は和泉からすがりついた。

猪俣にこんな醜態を見せるなんて、

「杏里、話すの今度でいいよね」

そう口を開いたのは奏子だ。杏里も気が抜けたように頷いた。

奏子が杏里の手を引っ張るようにして立たせる。

「慎平ちゃん、和泉ちゃんのことお願いね」

「お、おう。……頑張る」

頼りないなぁ、と愚痴りながら二人は宿直室を出ていった。「あたし？　あたしのせい？」と杏里が心配そうに奏子にせっつく声が遠のいていく。

三田村は和泉の隣で正座のまま固まっていたが、やがて何を思ったのかぎくしゃくと腕を上げ、和泉の背中をとんとんと叩きはじめた。

「だーいじょうぶー、だいじょうぶー」

何やら変な節回しで歌いはじめ、一体何のつもりだと思ったが、おかしなリズムと妙に波長が合ったのか、不思議と心地好《よ》かった。

「……杏里の進学は反対なんですか」

「あの子は意識が低いから」

「意識って……」

三田村の声が戸惑う調子を帯びる。

「えっと、進学に対する意識ってことですか？」

「低いでしょう。今まで、勉強キライって遊び回って、進学希望なんて一回も……」

「え、でも……」

杏里を庇《かば》うのか、と心が強ばった。庇われたらどう論破するかと早くも理論武装が始まる。

だが、三田村の言葉は予想外のものだった。

「何か、俺、違和感あるんですけど」

「違和感って？」

「無理してませんか？」

怪訝に目を上げると、三田村の困り顔にぶつかった。

「進学したいって言ってる子に、意識が高いとか低いとか……何か、和泉先生っぽくない……」

ごにょごにょと縮んだ語尾が、また「わ――――っ！」と焦った悲鳴に変わる。

悲鳴を聞いて、小康状態に入った自分の涙腺がまた過活動したことを知る。

「だって、猪俣先生が」

しゃくり上げながら訴える。

「猪俣先生がどうしましたか、何しましたか⁉　連れてきますか、引き回して謝らせますか⁉」

いろいろ間違っているが一つ一つに受け答えできず、いろんな意味で首を横に振る。

「猪俣先生が、カナちゃんのこと意識が低いって」

「どういうことですか？　俺でよかったら、話……」

気兼ねしいしい尋ねてくる気立ての良さに導かれて、猪俣との行き違いをつっかえつっかえ話し出していた。

「ああ、何か……猪俣先生のポリシーなら納得です」

聞き終えた三田村がそう言って笑った。

「あの人、意外とフレンドリーですけど、絶対甘くはない人ですもん。俺も来た頃、ぐっさり釘刺されましたよ。にこにこしながら」

子供の靴箱を整頓しようとした一件だったという。

「部外者の気まぐれな親切はありがた迷惑ですって、ぐさーっと」

真似した口調と表情が意外と似ていて、少し笑った。

「こえー人だなーって」

「でも、苦手じゃないのね」

三田村が職員の中で和泉に次いで頼るのは猪俣だ。何だかんだとよく話しているし、さっきも取り乱した和泉を見て猪俣を呼びに行こうとした。

「厳しいけど、ぶれない人ですからね。男としては、ぶれないっていうのはけっこう好感度高いんです」

それに、と三田村がからかうように歯を見せて笑う。

「和泉先生だって、猪俣先生のこと好きじゃないですか」

「変なこと言わないで、結婚されてるのに」

「いや、そういう意味じゃなくて！」

ていうかそっちに飛ばれてびっくりですよ、とぶつぶつぼやく。

「尊敬してる猪俣先生と価値観が食い違っちゃったから動揺してるんでしょ？」

率直な指摘は却ってすんなり心の内に飛び込んできた。

「……猪俣先生がわたしの羅針盤だったの。この世界に入ってからずっと。わたしの志望動機も笑わずに聞いてくれたし」

「へえ。和泉先生の志望動機って何だったんですか？」

釣られてつるっと喋りそうになり、直前で三田村を睨む。

「言う必要ないでしょ」

高校生の頃の恋心を共有してもらった、なんてどの面下げて言えるものか。

思い余って児童養護の世界に飛び込むほど遠い日の恋に囚われていた、などと白状するくらいなら首を吊る。

「でも、羅針盤っていうの、ちょっと分かりますよ」

一体いつ三田村の羅針盤が猪俣になるほど親しくしたのだろうか、と疑問に思ったとき、三田村は開けっぴろげな笑顔をこちらに向けた。

「俺はこの前、和泉先生が錨でしたもん」

和泉が首を傾げると、「ほら、カナちゃんと激突したとき」と補足が来た。

「手、摑んじゃってすみません。でも、何か、錨にすがるみたいな気分だったんですよね。摑んでないと流されちゃうみたいな……」

新人の頃から猪俣を羅針盤と仰いできた。だが、その一方で、自分も三田村の錨になり得る立場になっていたのだということは、新鮮な驚きであり、発見だった。

「猪俣先生、和泉先生の判断は和泉先生がするべきだって言ったんですよね？」

こくりと頷く。

「奨学金のファイルも、どう使うかはわたしの自由だって」

「じゃあ、和泉先生の自由にしていいんじゃないですか」

三田村はごくあっさり言ってのけた。他人事《ひとごと》だと思って、と反発が頭をもたげそうになるが、その一方でそれくらいあっさり考えてもいいのかもしれないとも思った。

「和泉先生が自分で決めろってことだと思いますよ。和泉先生に判断を任すってことは、一人前だって認めてるからじゃないですか？」

「わたしなんか、まだ……」

「大丈夫ですよ」

三田村がにこりと笑った。

「俺の錨ですよ」

――こんなにまっすぐ、自分を錨だと信じてくれる人がいるなら。

そう思えた。

もう自分には自分の羅針盤があると信じてもいいのかもしれない。

「……少し考えてみるわ。杏里のことは、もっと慎重にならないといけないけど」

さすがに、進学を希望したのが唐突すぎる。思いつきや気まぐれでないかどうか、見極めなくてはならない。

「やっぱりあの子たちには進学も一つのリスクだから」

「何か切ない話ですよね」

三田村の眉が八の字に下がる。

「進学がリスクって言われちゃうの、施設の子供たちだけですよ」

「どう言い繕っても、ハンデはどうしたってハンデよ」

ハンデはハンデだし、引け目は引け目。——志望動機を打ち明けた三年前、猪俣がそう言った。やっぱり、猪俣の言葉を引いてしまう自分がいる。

だが、今すぐ羅針盤を全交換しなくてはならないということでもないのだろう。

「今まで進学したいなんて言ったことなかったんでしょう？　どうしたんだろう、急に」

それは和泉のほうこそ訊きたかった。

＊

「和泉ちゃん泣いたの、あたしのせいかな」

部屋に戻ってからも杏里はそのことを気にしていた。

「でも、カナの進学は応援してるんだから、あたしだって応援してくれても……」

そんなことも言い出して、奏子としてもさすがに少しむっとした。

「わたしだって慎重に考えなさいってずっと言われてたよ。こないだも就職しながら資格取る道もあるよって言われたし」

二年の秋になって急に進学したいなどと言い出したら、和泉が難色を示すのも当然だ。

「杏里は今まで一度も進学したいって言ったことなかったじゃない。やっぱり急だなって思うよ。ほんとにちゃんと考えた？」

杏里は口の中でもごもご言いながら目を逸らした。

「何で桜花女子、行きたいの？」

「……カナの真似じゃないよ」

「分かってるよ、でも何で？」

杏里はしばらく俯いて黙りこくっていたが、やがて顔を上げた。

涙目だ。

「同じクラスの友達が……桜花女子、受けるって。そんで、杏里も志望校が決まってなかったら桜花にしようって」

「結局その子の真似じゃん」

「最初は無理だって断ってたよ！　でも……」

絶対進学はしといたほうがいいって！　うちのママも言ってたもん！

友人はそう強く説得してきたという。

あたしも杏里と一緒の大学行けたら楽しいしさ！　一緒のサークルとか入ろうよ！

え、何で？　何で駄目なの？　お姉ちゃん、進学許してくれないの？　ひどいよ！

お姉ちゃんだって大学行ったんでしょ⁉　何で杏里は駄目なの⁉

お母さんがいないからとか、理由になんないよ！　だって奨学金とかあるし、学費なら何とかなるって！

分かった、じゃああたしがお姉ちゃんに話してあげる！

——義憤に燃える友人をかわしきれなかったということらしい。

「そんで、お姉ちゃんと会うためにうちに来るとか言うから……」

施設のことをひた隠しにしている杏里にとっては、絶体絶命の大ピンチだ。暮らしているのは施設だし、和泉はお姉ちゃんではない。

施設のことを打ち明けるくらいなら進学に踏み切る。とても杏里らしい選択だ。

「でも、その友達、人の事情に立ち入りすぎじゃない？」

「ノリがよくて面倒見がいい子なの。きっと、あたしのことすごい考えてくれて……進学させてもらえないなんて許せないって怒ってくれたんだと思う」

「でもさぁ」

施設だからと差別するならそこまでの相手だ。そう割り切っている奏子にとって、杏里の苦悩は子供じみたものに思える。

子供じみているので、ごく自然に諭した。

「その場凌《しの》ぎでごまかして何になるわけ？　卒業して退所したら、和泉ちゃんだってお姉さんのふりなんか付き合えないよ。忙しいんだから」

今は学校の行事はすべて和泉が姉の名目で行っている。だが、卒業したら和泉が姉ではないとすぐばれる。

「どうせいつかばれるんだよ」

「ばれそうになったらそのとき考えるし！」

「ていうか、いつまで騙《だま》すの？」

言った瞬間、杏里の表情がガチンと強ばった。痛いところを衝かれたからだ。そう思った。正論を突きつけた高揚がますます言葉を募らせた。

「友達、杏里のためにお姉ちゃんを説得してあげるって言ってくれたんでしょ。そこまで杏里のこと考えてくれる友達、騙したままでいいの？」

杏里は強ばった顔のまま答えない。当たり前だ、反論できるわけがない。

「打ち明けるいい機会じゃない？　施設だからって態度が変わるならそこまでの相手なんだしさ。もしもそんな相手なら、その場凌ぎの嘘ついてまで友達続ける意味ないじゃん」

返事の代わりに、顔に向かって物が飛んできた。雑誌だ。

杏里が好きなファッション誌で、友達が読み終わったのを毎月もらってくる。好みが違いすぎて奏子は一度も開いたことがない。

「何すんの！」

食ってかかって、——ぎょっとした。

杏里は燃え盛るような猛々《たけだけ》しい目で奏子を睨んでいた。

「えらそうなこと言わないでよっ！」

その弾劾に心が怯《ひる》んだ。自分では正論のつもりだった。杏里にはえらそうと響いていた。

「別に騙してないもん！　言えなかっただけだもん！」

自分の言葉の何が地雷を踏んだのか、それも詰られてようやく分かる。

ごめん、言い過ぎた——折れようとした鼻先で、今度は自分が地雷を踏まれた。

「えらそうなこと言ってるけど、カナだってヒサの受け売りじゃん！　施設だからって差別するならそこまでの相手だって、最初はヒサが言ってたんじゃん！」

受け売りという言葉がこのうえなく正確に神経を逆撫《さかな》でした。

「カナだってヒサの真似ばっか！」

「いいと思った意見は認めてるだけだし」

「嘘つき、ヒサのこと好きだからでしょ！」

脳を通さずに体が動いた。投げられた雑誌を力いっぱい投げ返し、投げ返してから自分が雑誌を投げたことに気づいた。

お互い一歩も退《ひ》かない。退けない。そうなったときは——

「カナなんかだいっきらい！」

金切り声を上げた杏里が部屋を飛び出していく。

小学生の頃から何度も繰り返しているパターンだった。

＊

――まさか、一晩に二人の女性の涙に立ち会うことになろうとは。

「ま、お茶でも」

三田村は表で買ってきたペットボトルの温かいお茶を杏里に渡した。

先ほどまで和泉が泣いていた宿直室で、今泣いているのは杏里である。

「アップルティーがよかった」

鼻をすすりながらも口は減らない。

「文句言うなよ、おごりだぞ」

退勤して帰る途中、携帯に杏里から電話がかかってきたのである。

話がしたいと涙ながらに訴えられて、慌てて戻った。

「もうすぐ猪俣先生も来るから」

宿直がちょうど猪俣だったので、事情を話して立ち会ってもらうよう頼んだ。まだ素人同然の三田村で、適切な対処ができるとは思われなかったためだ。

一緒に退勤した和泉を呼び戻すことも考えたが、まだ杏里の気が退けるようだった。

やがて猪俣が到着すると、杏里は水を向けるまでもなくいきさつを吐きに吐いた。泣きながらも愚痴をまくし立てたいタイプらしい。

急に進学を言い出した理由も分かった。——友達に施設のことを話したくないから。思いつきでも気まぐれでもなく、追い詰められたのだ。

「ひどいでしょ、カナ。あたし、騙してなんかないのに」

杏里の突っかかる先は、もう和泉から奏子にシフトされたらしい。

「大体、カナだってヒサの真似ばっかりじゃん。ヒサのこと、……」

杏里の声にはそこでブレーキがかかり、しばらく迷って「仲いいのは分かるけど」と着地した。

施設のことを隠しておきたい杏里の気持ちも分かるし、隠すことを無意味だという奏子の言い分も分かる。

どうとりなすか、迷いに迷って、口を開こうとしたときに、猪俣が何気ない様子で言った。

「このままだと騙しちゃうことになるよって心配したんじゃないかな」

三田村は猪俣の横顔を穴が開くほど見つめた。

今、俺もおんなじこと言おうとしてました！

まるで、正解をもらったように心が奮い立った。同時に、猪俣と意見が食い違って動揺した和泉の気持ちも少し分かった。

和泉は猪俣のことを羅針盤とまで言ったのだ。

杏里は猪俣の言葉にむっつりと黙り込んだ。——響いている。三田村が言っていたら、三田村も響かせることができていたということだ。ますます奮い立った。

「今、むりやり進学してごまかしても、いつか分かってしまうだろ。隠していた時間が長ければ長いほど、友達はショックを受けるんじゃないか？」

「……イノっちだったらショック？」

「ショックだよ。信用されてなかったってことだからね」

杏里がはっとしたように目を見開いた。

相手がどう思うか、ということには今まで思い及ばなかったらしい。

「友達、怒ると思う？」

「怒るかもしれないな」

「どれくらい？」

「それは杏里のほうが想像がつくんじゃないか？　杏里の友達だろ」

杏里は無言で俯いた。その表情で、忙しく思いを巡らせていることは分かった。

「杏里はいつまでその子と友達でいたいんだ？」

「……ずっと」

「高校を卒業するまでかい？　卒業してからもかい？」

「……ずっとだよ」

具体的な時間は区切らず、杏里はただ「ずっと」と繰り返した。

「大人になっても友達でいたいなら、今のうちに杏里のことを分かってもらったほうがいいと思うよ。和泉先生がお姉ちゃんじゃないことはいつか必ず分かってしまう」

ごく当たり前の道理だが、杏里には大変な難題らしい。

苦悶《くもん》するような杏里の表情に、よく語られる施設の子供たちの特徴が思い返された。

――施設の子供たちは、将来を考えることが苦手な子が多い。

ずっと友達でいたいと言いながら、その場凌《しの》ぎのごまかしが「ずっと」を邪魔することに思い至らない杏里もそうだ。

今を生き延びることに精一杯な状態で収容された子供が多いせいなのか、あるいは将来のロールモデルを見せてくれる身近な大人がいなかったせいなのか。

子供にとって未来というものはあまりに茫漠《ぼうばく》としすぎているのかもしれない。その果てしなさが恐ろしくて、近しい大人に庇護《ひご》されているという環境が得られないと、向き合うことが難しいのかもしれない。

大人になった三田村でさえ、自分の未来である老後を考えると不安に駆られるのだ。

ひたひたと押し寄せてくる時間に、子供が自力で立ち向かうのは、やはり苛酷なことなのだろう。

「ねえ！」

杏里がすがりつくような眼差しで猪俣を見つめた。

「もう騙したことになっちゃうと思う？」

猪俣は首を横に振った。

「今なら言えなかっただけだと思うよ」

杏里はまた目を落として無言になった。

「杏里は進学のことより友達のことを考えるほうが先だと思うよ」

「うん……」

杏里は考え事に気持ちを囚われているのか、やがて生返事で居室へ帰っていった。

「戻って大丈夫ですかね、カナちゃんと……」

三田村としてはそれが心配だったが、猪俣は「大丈夫でしょう」と気にした様子もない。

「でも、カナちゃんは杏里のこと、施設が一緒じゃなかったら知り合ってないって。タイプも違うし、あんまりそりが合わないんじゃないですか？」

「それでも小学生の頃から一緒に育ってるんです。衝突もたくさんしてますし、和解もたくさんしています。仲直りの作法も二人なりに確立してますよ」

そういうものか、と納得できるようなできないような。

「進学したいわけじゃなかったんですね、杏里……」

「友達との関係性が解決したら、進学の希望は薄れると思いますよ。元々、進学には向いていない子供ですからね」

「……向いてませんか？」

和泉から話を聞いていたせいで、探るような口調になった。すると、やはり猪俣は明快な口調で言い切った。

「意識が低いですから」

「猪俣先生の合格ラインって、ヒサですか？」

猪俣が苦笑する。

「和泉先生に何か聞きましたか」

「はあ、まあ……」

「まあ、あくまで私の基準です。和泉先生には和泉先生の基準がおありでしょう」

「和泉先生、猪俣先生のこと羅針盤だって言ってました」

とっさに口走ってしまったのは、猪俣の口調が突き放しているように聞こえたからだ。頑なと言っても言いすぎではないような――

「光栄ですがね」

猪俣はまた苦笑だ。

「どうしてカナちゃんは猪俣先生的にアウトなんですか」

「それも和泉先生から聞いてませんか？」

「それは、まあ……」

久志は進学費用のことをもっとリアルに考えている、とのことだった。学費が免除される防衛大を志望し、自衛隊についても地連に積極的に話を聞いているという。

「でも、それって……」

聞いたときから朧気《おぼろげ》に思っていることがあったが、口を開いたものの自信がなくて尻すぼみになる。

猪俣が「どうぞ」と促した。

「遠慮は要りませんよ」

「……ヒサの意識が高いのは、それしか選択肢がないからじゃないでしょうか」

猪俣はしばらく考え込み、「どういうことでしょうか」と尋ねた。

「ヒサって、進学のことで頼れる大人が誰もいない境遇ですよね」

奏子と親しいので、久志の家庭環境は三田村もある程度把握している。

久志の生い立ちは『あしたの家』でもかなりヘビーな部類に入り、幼い頃に両親の暴力で強制保護されている。金銭的な援助を頼める親戚との付き合いも全く絶たれている状態だ。

「もちろん、ヒサは頭のいい子ですけど……」

三田村などにとっては、ときどき自分よりも年上じゃないかと思えるほどだ。

「誰も頼れないから自分で考えるしかないっていうか……それって、意識が高いっていうんじゃなくて、悲しいっていうか、苛酷っていうか」

泳げなくても、海に叩き込まれたらもがくしかない。もがいて、たまたま泳ぐ形が取れた──久志の聡明《そうめい》さはそうしたものではないのかと三田村には思える。

「そうとでも考えなくちゃ、昔の俺と今のヒサとで差がありすぎて情けないだけかもしれないですけど」

へへっと決まり悪く頭を掻く。

「でも、泳げないのに海に叩き込まれたら溺《おぼ》れる子供のほうが多いですよね。ヒサが泳げたのは、ヒサがすごいからです。ヒサとカナちゃんを比べたら物足りなく見えるかもしれないけど、ヒサを基準にするのも違うと思う」

奏子には裕福ではないが母方の祖母との交流が残っており、たまには必要なものを買ってくれたり、小遣いをくれたりすることもあるという。

「俺だったら、おばあちゃんのこと期待する。だって大人だし」

自分が高校生のときは、親の懐具合など気にしたこともなかった。ましてや祖父母など。

「そんでも、学費高いとこは無理だって思ってる分、カナちゃんのほうが昔の俺より大人です。おばあちゃんにそんなにお金がなさそうだってこと、ちゃんと分かってるんだから」

まじまじと猪俣に見つめられて、急に居心地が悪くなった。

「……やっぱ、違いますか」

「いえ。一つの意見だと思います」

認めてもらえたのかと前のめりになると、すかさず「私の意見とは違いますが」と続いたのでがっかりだ。

「和泉先生と話してみたらどうですか。同じ班の担当なんだし」

「はあ……分かりました」

取り敢えず、明日は和泉に今夜のことを報告しなくてはならない。

「立ち会いありがとうございました。俺、お先に失礼しますね」

三田村が腰を上げると、猪俣が「三田村先生」と呼び止めた。

「さっき、ヒサとご自分を比べましたね。カナとも」

「ええ……」

大人げないと注意でも来るのだろうかと身構える。すると猪俣は真顔で言った。

「大事にしてください。子供たちと同じ年頃に、躊躇なく自分を戻せるのは、得難い能力です」

表現を婉曲《えんきょく》にしただけで、やはり大人げないと言われているように思えた。

＊

杏里に雑誌を投げつけられ、自分も杏里に雑誌を投げ返し、それから数日はお互い口数少なく過ごした。

そんなある日のことである。もうすぐ夕食が始まる頃合いだった。

「カナぁ――――！」

杏里がこの数日分を振り切ったようなテンションで居室に飛び込んできた。

驚いて勉強机から顔を上げると、肩で息をしている杏里と目が合った。

目が合った途端、杏里の顔がくしゃっと歪《ゆが》む。そのまま泣き出した。

「カナぁ〜〜〜〜」

駆け寄ってすがりつかれたので受け止める。

「どうしたの」

「と、友達に話した。『あしたの家』のこと」

しゃくり上げる杏里に、ぎくりと胸が冷えた。桜花女子に行こうと誘ってきた友達だろう。施設のことを話して、どうなったのか。

冷たくされて、泣きながら戻ってきたのだとしたら、その場凌ぎの嘘など何になるのかと煽った奏子のせいだ。

もし、施設のことで態度が変わってしまうとしても、杏里は少しでも長い間友達でいたかったはずなのに。

「どうなったの」

すがりつく杏里を支えているのか、自分が杏里にすがっているのか分からない。

「ねえったら！　泣いてちゃ分からないよ！」

杏里の両肩を摑んで揺すると、杏里は喉の奥でひいひいとしゃくり上げた。

その泣き方は、子供の頃からまったく変わらない。

「何で……言ってくれなかったのって、」

切れ切れの言葉をつなぎ合わせるのがもどかしかった。

「ちょっと、怒られた。でも、」

固唾《かたず》を吞んで待ち受ける。

受け入れられたのか、それとも。

「打ち明けてくれて嬉しいって〜〜〜〜」

ほっとして、張り詰めた気持ちが一気にほぐれた。あんまり一気にほぐれすぎて、涙腺も緩んだ。

「よかったね〜〜〜〜！」

「よかった〜〜〜〜！」

二人で抱き締め合ってわああ泣くなんて、随分久しぶりのような気がした。

そんでね、とやがて泣きやんだ杏里が言った。

「友達が施設に遊びに来たいって。だから明日の土曜、午後から部屋空けてね。友達とゆっくり話したいし」

「ちょっと、なに勝手に決めてきてるの〜〜〜⁉」

「だってぇ」

「そういうのは先に相談してくれないと！　共同生活なんだから！　杏里だって明日いきなりわたしに出ていけって言われたら困るでしょ⁉」

奏子が友達を連れてくるときは、必ず杏里の都合を聞いてから日を決めている。

「早く連れてきたかったんだもん」

唇を尖らせた杏里が、わざとらしく小首を傾げた。

「だめ？」

勝手に来客の予定を決めるのはルール違反だ。だが、

「──今回だけだよ」

杏里が初めて友達を連れてくるのだから、今回くらいは大目に見てやってもいい。

＊

杏里が初めて連れてきた学校の友達は、杏里とよく似た髪の色をして、杏里とよく似た派手な服装をしていた。きっと制服も杏里とよく似た着崩しをしているのだろう。

だが、職員と行き会う度に、大きな声で「どうもー」「お邪魔してまーす」などと挨拶しており、根は悪い子ではなさそうだった。それも杏里と似ている。

杏里は、食堂や風呂など共同の設備を嬉しそうに案内して回り、友達も面白そうに見て回った。

「風呂、古っ！　掃除とか大変そ〜！」

「大変だよ〜、カビ取れない取れない！」

「自分らで掃除すんの？」

「縦割りグループで当番回ってくんの」

「へえー、えらいね！」

施設では当たり前の当番仕事だが、誉められた杏里はとても嬉しそうだった。

二人の様子を遠目に眺めつつ、三田村の相好は勝手に崩れた。

「いやー、いいなぁこの光景！」

ねえ、と和泉を振り返ると、和泉は何故か冷めた目だ。

「……何ですか？」

「女子高生見ながらにやにやしてるのって、あまり外聞がよくないわよ」

「し、失礼な！　そんな不純な目で見てませんよ、俺！　あくまで担当の子が友達を連れてきたのが嬉しいってことであって……」

「冗談よ」

「やめてくださいよ、和泉先生は冗談がヘタなんだから！　そういうとこ猪俣先生とそっくり！」

言ってからしまったと思った。そして、案の定和泉はぎこちなく笑った。猪俣へのわだかまりはまだ解消されていないらしい。

「あのぅ」

杏里が友達とはしゃぎながら階段を上っていった。これから居室へ向かうのだろう。

三田村は恐る恐る和泉に尋ねた。

「二人に、ケーキとか買ってきてあげたりって……」

これも気まぐれな親切の範疇になってしまうかなと切り出しながら内心ひやひやだ。だが、杏里が初めて施設に友達を連れてきたのだ。ささやかなお祝いくらい、罰は当たらないのではないか——

「別にわざわざ買いに行く必要ないわ」

あ、やっぱり駄目か。がっくりしたとき、和泉が「ドーナツでよければあるから」と続けた。

「駅前のお店で全品半額だったの。夜食にしようと思ったんだけどちょっと買い過ぎちゃったから」

誰にともなく言い訳するような口調がおかしい。

「わたしの机に箱で置いてあるから、後で出してあげて」

「ちなみに、夜食にいくつ買ったんですか」

「……五つ」

「太りますよ」

「三田村先生にもお裾分けしようと思ったんだけど、そういうこと言うならやめる」

「じゃあ俺の分はカナちゃんにあげてくださいよ」

奏子は夕方まで外出だ。初めて友達を連れてくる杏里のために部屋を空けてくれたという。

「カナちゃんの分は最初からあるわよ、当たり前でしょ」

杏里と友達、奏子に和泉、そして三田村。なるほど、全部で五つだ。

「カナちゃんのはポンポンリングね」

「了解です」

しゃちほこばって敬礼すると、和泉が小さく吹き出した。笑わせたかったので本望だ。

「……カナちゃんって、いい子ですよね」

「……いい子だけど？」

和泉は今さら何をと言わんばかりの口調だ。

「よく手伝ってくれるし、気も利くし」

「そうね」

「いつも俺たちのこと助けてくれるんだから、俺たちのほうから助けてあげてもいいんじゃないかと思います。お返しっていうか」

和泉がわずかに目を見開いた。

「ヒサは意識が高いけど、それは選択肢がないからだと思うんです。ヒサには、誰もいないから。全部自分でするしかないから」

猪俣に話したことを繰り返す。

「お小遣いをくれるおばあちゃんがいたら、最初は身内を当てにしますよ。俺だって高校生の頃、おばあちゃんの年金の額なんか知らなかった。そういうの確かめたほうがいいよって言うのは、別に甘やかしてるうちに入らないと思います。奨学金のこと教えてあげるのも」

和泉は黙って聞いている。聞き入られると何やら釈迦に説法をしているような気分になってきて、どうにも気まずくなってきた。

「俺、ドーナツ出してきますね」

むりやり話を打ち切って、逃げ出すように職員室に向かった。

*

友達が施設に遊びに来てからしばらく——

杏里は「やっぱり就職する」と進路変更の報告をしてきた。

「それでいいのね？」

和泉が念を押すと、杏里はあっけらかんと頷いた。

「やっぱり、お金が大変だし。友達も、就職したらいっぱい稼いでおごってあげるって言ったら喜んでくれた」

元々、施設のことをごまかすための進学希望だった。友達との関係性が解決されたので、無理に進学する必要はなくなったということだろう。

「イノっちにもお礼言っといて。イノっちのおかげで友達に話せたから」

「……分かった」

猪俣が杏里を諭してくれたことは三田村からも聞いている。

「よく考えたらカナと一緒のこと言ってるんだけど、イノっちの言うことだと何だか素直に聞けたんだよね〜。何でだろ」

どんなふうに杏里の心を解きほぐしたのか、その様子はやはり見ておきたかったと思う自分がいる。羅針盤の示す先が変わってきたとはいえ、尊敬が失われたわけではない。

いつまでも後を追いたいと思うことが甘えなのだろう。猪俣には猪俣の、和泉には和泉の判断がある。奨学金の一件で、猪俣は最初からそう言っている。

やがて、杏里と入れ違いで猪俣が職員室に戻ってきた。

「猪俣先生、杏里がお礼を言ってました」

「はて。何かしたかな」

「さっき、進学希望を取り下げに来て……友達に施設のことを話せたのは猪俣先生のおかげだと言ってました」

「ああ、それか」

猪俣は軽く頷いた。猪俣にとっては特別なことをした意識もないのだろう。

「お借りしている奨学金のファイル、カナちゃんに見せようと思います」

努めて何気なく口を開いた。猪俣にそのように聞こえているだろうか。

「カナちゃんは、いつも先回りしてわたしのことを助けてくれています」

高校の三者面談も、和泉が困る前に杏里についてやってほしいと申し出てくれた。

「だから、あの子の将来のことくらいは、わたしが先回りして助けてあげたいと思います」

猪俣は黙って和泉を見つめた。

和泉も見返す。

「考える材料を渡すくらいのことは、してあげてもいいんじゃないかと思うんです。わたしだって子供の頃、親のお金のことなんか何も知らなかった。それに比べたら、今のカナちゃんのほうが昔のわたしより大人です」

猪俣の目尻がふっと緩んだ。

「それが和泉先生の判断なら、私が口を出すことではありません」

「はい」

もう突き放されたとは感じない。

席を立とうとすると、猪俣が「和泉先生」と呼び止めた。

「いい副担当に恵まれましたね」

陰気な顔で微笑みかけられ、久しぶりに猪俣に向けて屈託なく笑った。

「はい」

揺るぎなく、そう頷いた。

九年前のこと。（杏里）

＊

生活困窮による養育困難で『あしたの家』にやってきたその子は、小学校の二年生だった。

五人姉弟の長姉で、名前は坂上杏里。

呼び名はそのまま杏里になった。

こまっしゃくれており、早くも大人に小生意気な口を叩く。しかもわがままで我慢が利かない。

副施設長の梨田克彦にとっては、最も苦手とすると同時に、最も厳しく当たるべきタイプの子供であった。

「イヤ――――ッ！」

脳天を突き抜けるような金切り声が屋内をこだまする。

またか、と梨田は顔をしかめた。辺りにいた子供たちも一様に。

聞こえる範囲にいる者をみな同じ顔にせしめるその声は、ある種の暴力的な意図を伴っている。力のない子供が周囲を屈服させようとしたとき、武器として最も効果的に使えるのは声だと自覚して発しているとしか思えない。

「イヤッ！　イヤッたらイヤッ！」

目をつぶっていても、声を頼りにしたら勝手に本人のところへたどり着く。そんな金切り声は、学習室が震源地だった。

「ちょっと待ってって言ってるだろ。また後で」

杏里を担当している猪俣が何やら言い聞かせているが、学習室のほかの子供たちは勉強どころの騒ぎではない。

せっかく宿題をしていたのに、勉強道具を抱えて逃げ出してしまう者もいる。

「後じゃイヤッ！　今！　いーまー！」

「杏里！」

今年で三年目の猪俣は子供に根気強く当たるほうだが、その猪俣ですら声に苛立ちがにじんでいる。

「猪俣先生！　今度は何ですか！」

「すみません。宿題を見ろと言うんですが、ボイラー工事の立ち会いがあるもので後でと……」

「またか！」

後にしてね。

ちょっと待ってね。

忙しい職員が杏里の頼みを断ると、途端に壊れたサイレンのような杏里の金切り声が鳴り響くのである。

夜中などは余裕で隣近所に筒抜けるので、苦情も頻々と舞い込んでいる。

「ボイラーを直してもらわなくちゃ、今日はお風呂に入れなくなっちゃうだろ。困るだろ」

「イヤッ！　困らないッ！　昨日も入ったからいいッ！」

「杏里が困らなくてもみんなは困るよ」

懇々と言い聞かせる猪俣も、梨田にとってはもどかしい。

こんなわがままにいちいち付き合ってやるから付け上がるのだ。

「いいかげんにしろ！」

梨田が一喝すると、杏里がびくっと縮み上がってサイレンがやんだ。大学生の頃はグリークラブに入っていたので、今でも腹式呼吸はお手の物だ。

「猪俣先生は用があるって言ってるだろ！」

行きなさい、と猪俣を促そうとすると、

「イ――――――ヤ――――――！」

もはや怪獣としか思われないような超音波が返ってきた。

「先生、うるさくしないでよ！」

我慢強く学習室に残っていた子供たちから、何故か梨田のほうに苦情が入る。

「俺じゃないだろ、杏里が……」

「杏里、言ったって聞かないよ。大人でしょ、学習しなよ！」

何で俺のほうが注意されなきゃならないんだ、わがままを言っているのは杏里じゃないか――と大人げなく言い返したいところをぐぬぬと歯軋りでこらえる。

「梨田先生」

何とか杏里をなだめようとしていた猪俣が、疲れた顔で梨田を振り返った。

「ボイラーの立ち会いお願いできますか。私は杏里の宿題を見ますから」

それを聞いた瞬間、杏里がしてやったりの笑顔になった。梨田が目を剝くと慌ててそっぽを向く。

その小賢《こざか》しい態度がことさらに癇に障《さわ》った。

「しかし、こう一々わがままを聞いていたら躾が……」

「業者さんも時間がありますし」

とにかくボイラーは直してもらわなくては、風呂を焚くのに差し支える。納得したわけではないが、仕方なく梨田はボイラー室へと向かった。

「この一ヶ月、ずっとこんな調子ですよ」

梨田は苦々しく吐き捨てた。あらまあ、と施設長の福原が目をぱちくりさせる。

声の圧迫を伴った杏里のわがままは一向に収まる気配がなく、ついに施設長に報告することになった次第である。

「入ってきたときは聞き分けのいい子だと思ってたんですが……」

ずっと杏里のわがままに付き合ってきた猪俣には疲労の色が濃い。退勤した猪俣を呼び戻せと杏里が騒ぎ、宿直の職員が言い聞かせることができず夜中に呼び出されるようなことも度々だ。

「慣れてきて本性が出たんだ、そんなもん」

梨田が吐き捨てると、猪俣が眉をひそめた。

「そういう言い方はちょっと……」

「本性が出た以外に何があるんだ」

「子供が問題行動を起こすときは、何らかの理屈があるはずです。それを探り出せてないことが問題なんです。子供の資質のせいにするべきじゃありません」

猪俣のこうした理想主義的なところも梨田には気に食わない。

「じゃあ、その問題を探り出すのは担当者の仕事だろう」

「それは……力が及ばず申し訳ない限りですが」

「大体、あんたが甘いから付け上がるんじゃないのか」

「甘くしてるつもりはありません、ちゃんと言い聞かせるようにしています」

「言い聞かせが成功してないからこのザマだろうが！」

梨田と猪俣で口論になりかけたとき、福原が「脱線しないでくださいな」と柔らかに諭した。

若造が、と不本意ながらも口をつぐむと、猪俣は猪俣で不本意そうなへの字口だ。

「とにかく『待てない』ということね」

福原の確認に、猪俣が「ええ」と途方に暮れたように頷いた。

「言いつけや注意はよく聞くんですが……」

職員に生活態度を注意されても、すぐに「ごめんなさい」と言える。あまり懲りていないようにも思えるが、反抗的な態度に出ることは少ない。その点では聞き分けがいいほうだ。

ところが、杏里の頼みを「後で」と断ると途端に怪獣の超音波である。「イヤ！」「今！」と喚き、自分の意向が通るまで絶対に引かない。

「とにかく、このままじゃ他の子供にも悪影響だし、猪俣先生も保ちません」

梨田がそう言うと、猪俣が意外そうな顔をした。

「何だ」

「……ご心配ありがとうございます」

「別に心配してるわけじゃない。理想主義の若造に勝手に自滅されたら後の者が迷惑なんだ」

そんなことも分からんのか、と吐き捨てる。だが、猪俣はそれ以上は反発しようとしなかった。

「杏里ちゃんは、子供同士でも待てなくて喧嘩になったりするのかしら」

「いえ……」

答えたのは猪俣だ。

「子供同士ではけっこう折り合っているようですが」

「職員を困らせるための問題行動ですよ」

梨田は断言した。子供が職員を困らせようと駄々を捏《こ》ねるのは毎度のことだ。

「とにかく抜本的な対策を講じなければなりません。早急に全体会議を」

「そうねえ……」

しばらく考え込んだ福原は、「でも」と逆接を繋げた。

「誰かが一度徹底的に付き合ってあげたら、気が済むかもしれないわ。杏里ちゃんの『待てない』が始まったら、私のところへ連れてきてくださいな」

「施設長」

梨田は苦虫を噛みつぶした。前任の施設長が引退するとき、わざわざ就任を請われて『あしたの家』にやってきた福原だが、梨田としては子供に甘いところが折り合わない。

「特別扱いして図に乗ったらどうします」

「それはそのときのことにしましょう」

「施設長！」

「これはおばさんの勘だけど」

福原はにこにこ笑ってそう言った。

「話せば分かるような気がするのよ。だって、ほかのことだったら聞き分けがいいんでしょう？」

言い聞かせなら、猪俣が相当根気強く取り組んでいる。理想主義の若造とはいえ、猪俣の根気は梨田も認めるところである。

このうえ相手が代わっただけでどうにかなるとは思われなかったが、施設長が直々に取り組むと言っているものを拒否はできない。

「猪俣先生、よろしくお願いしますね」

猪俣も半信半疑の様子ではあったが、杏里が騒いだときは福原に預けるという措置になった。


福原が不在で引き継げないことが何度かあったが、杏里が福原に預けられるようになってからしばらく、呆気《あっけ》ないほど簡単に杏里の問題行動は落ち着いた。

「杏里ちゃんに待ってもらうときは、待つ時間を決めてあげてちょうだい」

福原の指示はそれだけだった。「後で」と言う代わりに十五分とか三十分とか具体的な時間を区切る。

すると、杏里はすんなり引き下がるようになった。言われた時間をタイマーのようにきっちり計り、「まだ?」と飛んでくる。

怪獣の超音波はすっかりなりを潜めた。

「後でって言われるのが嫌なんですって」

福原はそう種明かしをした。

「杏里ちゃんはきょうだいが多くて、一番年上でしょう。おうちでも待ってばっかりだったんですって」

杏里の家庭は母子家庭で、母親は働きながら手のかかる下の子の面倒を見なくてはならず、杏里が甘えてもなかなか応じることができなかったらしい。

それは施設に来ても変わらなかった。

待ってねと言われて聞き分けよく待っていても、忙しい職員は子供のちょっとした頼みは仕事に忙殺されて忘れてしまう。待っても待ちぼうけで終わってしまう。

待っても報われないという失望が、待たないという問題行動に繋がったのだ。

「すみません、確かに……」

猪俣も、思い当たる節は多々あるようだった。問題行動が出るようになってからの言い聞かせも、どうして今相手ができないのかを教え諭す方向で、杏里が「どうして待てないか」を問い質したことはなかったらしい。

「行き届かず申し訳ありません」

詫《わ》びる猪俣に、福原は笑ってかぶりを振った。

「いいえ、猪俣先生のおかげですよ」

猪俣は首を傾げ、梨田も首を傾げた。

「子供が問題行動を起こすときは、子供なりの理屈があるって仰ったでしょう。聞き分けのいい子なのに待つことだけができないのはおかしいと思って、それで待てない理由を聞いてみようと思ったのよ。私は猪俣先生の代わりにいいとこどりをしただけですよ」

猪俣は恐縮しきりという様子で頭を掻いた。


「すみません」

梨田が改めて福原に詫びると、福原は何を謝られたのか分からないような顔をした。

「施設長の措置は、子供を甘やかすことにしかならないと思っていました」

しかし、結果的に福原の措置は非常に合理的だった。待っても嫌なことしかないという思い込みが解消されて、杏里はすっかり落ち着いた。

ネガティブな条件付けをポジティブに変換したということになるのだろう。躾だと声を荒げるだけでは、こんな解決は見られなかった。

「私が落ち着いて子供たちに当たれるのは、梨田先生がいるからですよ」

福原はそう言って笑った。

「誰かは厳しくしてくださらなくちゃ。甘やかすだけではねえ。私は厳しくするのが苦手だから、いつも助かってますよ」

福原の悠長さを物足りなく思うことも多いが、杓子定規な自分の価値が認められていることは素直に誇らしかった。

「私は甘やかすことが苦手ですから、施設長や若い連中にそこは助けられているんでしょうな」

総じて『あしたの家』のチームワークはなかなかのものなのだろう。

3

昨日を悔やむ

*

週に一度の職員会議では、職員たちが担当児童の指導方針や施設の運営についての相談を行う。

日常の細かな報告は毎日の朝礼で申し送りを行うが、長期的な問題を話し合うための時間だ。午後に時間が取られ、大抵は児童の家庭環境についての相談が主になる。

「それでは最後に提案がある方はいますか」

梨田がこう言うと会議も終盤だ。ちょっとしたことはこのときに提案する。例えば季節の行事で特別なデザートを出したい、というようなことだ。

ちょっとしたことではないかもしれないが、その日は発言しようと決めていた。

「はい」

和泉が手を挙げると、近くの席から三田村が「和泉先生、頑張ってー!」と声援を送った。黙れ、という意思を籠めて睨みつけると、しゅんと俯く。

梨田は首を傾げながらも、「どうぞ」と和泉を指名した。

「子供たちの進路指導についてなんですけど……」

斜め向かいに座っていた猪俣が、顔を上げてこちらを見た。

猪俣のほうを向いていたわけではないのに周辺視野に捉えてしまうのは、やはり誰よりも猪俣を意識しているからだ。

「進学の可能性についても、もっとアナウンスしていってはどうかと思うんですが」

はぁ？　と分かりやすく怪訝な顔をした梨田よりも、ふっと息をつくように笑った猪俣のほうにプレッシャーを感じた。

「子供たちは進学が難しい経済状態の者が多い。施設が就職を推奨するのは、当然のことだ」

梨田の反応は予想のとおりだ。

「就職推奨について反対しているわけではありません。ですが、進学という道があることを示唆するくらいは……」

現状では、子供たちが自発的に進学を希望しない限り、施設職員から進学を勧めることはない。進路相談で紹介する卒業生の事例も就職例ばかりだ。退所後の生活設計についての指導も、就職した場合だけであり、進学の場合は子供たちが自力で生計を模索するしかない。

施設の進路指導に従っていたら、自然と就職一択になる。

「安易に進学を勧めて、子供の人生が破綻したらどうするんだ」

「それは……」

和泉が言いよどむと、三田村が「はいはいはーい！」と手を挙げた。

「就職したって生活が行き詰まる可能性はあると思います！」

「確率の問題だ！」

梨田が苛立った声で一喝した。

「就職と進学を比べたら、進学のほうが行き詰まる可能性は高い！　就職は定期収入があるが、進学はない！　そんなことも分からんのか！」

猪俣が言っていたのとまったく同じ論理だ。むしろ猪俣の師が梨田というべきか。

「奨学金があるじゃないですか！」

三田村が更に突っ込む。何かと不調法で大雑把、そして物知らずでもあるが、それだけに恐いもの知らずな面がある。鉄壁の就職主義である梨田に、進学指導について提案するのは和泉でも胆力が必要だった。

「今は企業奨学金とかもたくさんあるし、いろいろ組み合わせたら行けるんじゃないかと思うんですよねー」

「奨学金は返さなきゃならないんだぞ！　子供の人生にとって負担になる！」

「え、でも、返さなきゃいけないのは一般の子だって一緒じゃないですか」

ぐうっと梨田が言葉に詰まった。思ったことを思ったまま言い放つ三田村は、たまに相手の痛いところを衝くことがある。

「今って一般家庭の子でも奨学金とか取るの普通ですよ。それ、さすがに親に返してもらったりはしてないと思います」

「……いざというとき頼れる親があるとないでは違う！」

「アルバイトも当然するでしょうし」

和泉は慌てて口を挟んだ。このままでは梨田が怒鳴って議論を押し切ってしまう。

「大学によっては特待生の枠を設けているところもあります。もちろん、意識が高い子供にしか進学は勧められないと思いますが……」

また、周辺視野で——猪俣が、ふっと笑うのが見えた。意識が高いという言葉を、梨田に対する方便として使ったことは見透かされている。

「これは猪俣先生もご賛成のことですか」

梨田の苛立ちがあらぬ方向へ飛び火した。猪俣が異なことを聞いたように目をしばたたく。

「いいえ。私の意見は就職推奨ですから」

ふん、と梨田が気に食わなさそうに鼻を鳴らす。

「猪俣先生には特にご相談していません。あくまでわたし個人の――」

和泉が口を挟むと、三田村が横からするっと「それと俺の」と乗っかってきた。心強いような気恥ずかしいような気分で「――意見です」と締める。

梨田が和泉ではなく他の職員たちを見やった。

「他の先生方のご意見はどうですか」

梨田の問いかけに誰も答えなかった。ドラマや映画のように強力な援軍登場、などという展開を期待していたわけではないが、空気にさざ波ひとつ立たないことに少しがっかりする。

「進学はリスクが高いからね」

やはりその意見が大勢を占める。

「施設としては子供の経済的な自立を優先せざるを得ませんし……」

「勉強がしたかったら、就職して経済状態が安定してから夜間大学に通うという手もある」

とにかく、就職さえさせてしまえば。自立さえさせてしまえば――その論理は児童養護施設には根強い。

「でも、それって強いられた自立ってやつですよね」

三田村が唇を尖らせる。

「一昔前は中卒で就職も当たり前だったって。そんなん、貧困の連鎖を生むだけじゃないですか」

児童養護施設に入所する子供の多くが貧困家庭の生まれだということは残酷な現実だ。遡ると両親もやはり貧困家庭出身であることが多い。

貧困家庭に育った子供たちは、貧困を抜け出すロールモデルを身近に持っていない。貧困を抜け出す最も手っ取り早い手段が学歴だが、高校教育以上の教育を受ける経済力がないのだ。

「中卒も当たり前だったのが今ではほとんどの子が高校まで行けるんだ、充分だろうが！」

「そんなもん本人が決めることでしょー、周りが決めるこっちゃないでしょー」

三田村が机を叩いてブーイングする。まるで子供だ。

「やかましい！」

とうとう梨田が爆発した。頑固一徹の梨田と不調法で恐いもの知らずの三田村は、何かと相性が悪い。

「はしかみたいなもんだ、若い職員の理想論なんか！　せめて勤めが三年続いてから言え！」

「和泉先生は三年でーす」

「減らず口を叩くな！」

「だって」

三田村は一向に恐れ入る様子はない。

「たかが進学が理想論になっちゃう現状のほうがおかしいでしょ？」

物知らずなだけに、三田村はときどき身も蓋もない現実を衝く。現場の職員たちが薄目を閉じて見ない振りをしている居心地の悪さに直面させる。

「あの」

はしか呼ばわりで折れかけていた気持ちを立て直し、和泉はもう一度挙手した。

「進学を推奨しようってことじゃないんです。でも、もう少し進学についての情報が手軽に手に入ったら、意識の高まる子供が増えると思うんです。――例えば、奨学金情報とか」

周辺視野で猪俣がまた笑う。

はしかみたいなことを言い出した自分を、一体何と思っているのか。気にかかって仕方がない。

「そうそう、『あしたの家』の情報はお粗末ですよ。日本学生機構しかパンフレット置いてないんだもん」

三田村が不平を鳴らすと、「では」と笑みを含んだ静かな声が割り込んだ。

猪俣だ。

「進学情報を集めて充実させるのも、一つの方法ですね。梨田先生も、それには反対なさらないと思いますよ」

言外に、自分の資料を提供する気はないと言っている。

失望しないでいることは難しかった。

一方、梨田のほうは、猪俣の提案でも渋い顔だ。

「……大体、お前たちは考えが浅いんだ」

苦虫を嚙みつぶしたような顔で梨田が吐き捨てる。

「いくら情報があっても、無理なものは無理だという子供のほうが多いんだ。なまじ下手な夢を見せるほうが残酷なことだってあるんだ」

言い返す言葉がとっさに思い浮かばない。怒号で押し切られるよりよほど刺さった。

実際、和泉も家庭の事情で進学できない子供の悩みを聞いたことが何度もある。

だが――

「だからって俺たちが諦めたら、何にも変わらないじゃないですか！」

ここで言い返せてしまうのが三田村の強さというべきか、無神経さというべきか。

「俺が『あしたの家』の子供だったら、たとえ自分が無理だとしても情報がちゃんとあるほうがいい。自分が無理だからって、みんな等しく可能性を摘み取られるほうがイヤです。だって何だか自分のせいにされてるみたいだ」

「お前は『あしたの家』の子供じゃないだろうが！」

梨田の怒号に、ほかの職員たちの苦笑が重なった。しかし、和泉の周辺視野で――猪俣は笑っていなかった。

一人ブーイング中の三田村を真顔で見つめている。

「施設長～！」

三田村がまるで担任の先生でも呼ぶように声を上げる。

センセーはどっちが正しいと思いますか？

にこにこ笑って議論を見守っていた福原が口を開いた。

「そうですねぇ……梨田先生のご意見は、長年の経験に裏打ちされたことですから、ごもっともだと思います」

ほら見ろ、と梨田が鬼の首を獲《と》ったように三田村に顎を煽る。

「でも」

続く逆接に梨田が「何⁉」と言わんばかりに福原を振り向いた。

「和泉先生と三田村先生の仰ることも、現場の一意見として聞くべきところはあると思います」

今度は三田村が梨田に顎を煽った。

「ですが、施設全体の方針とするには拙速すぎるような気がするので……」

更に梨田が三田村に顎を煽り返す。まるっきり子供の喧嘩だ。

「各自が、自分の信じる方針で担当の子供たちに当たることにしてはどうでしょう。ただし、責任の取れる範囲内で」

三田村と梨田は、お互い自分が顎を煽れるかどうか判断に迷ったらしく、むむぅと長考だ。

「これまでも進学希望の子供たちには個別に対応してきたわけですし、方針が大きく変わるわけではありませんね」

猪俣のまとめが趨勢《すうせい》を決した。――『あしたの家』の進路指導方針は実質変更なし。

「責任の取れる範囲内で、だぞ！　無責任に進学を煽ったりするなよ！」

梨田が更に駄目押しだ。

職員の空気は何も変わらず、会議は終わった。


「ちぇー!」

職員室に戻った三田村が盛大にぼやいた。

「みんな事なかれ主義なんだから―」

大声でそんなことを言い放っても許されるキャラクターは、もう施設内で確立している。

三田村の後ろを通り過ぎながら、男性職員がぽかりと頭に一発食らわせた。

「子供の人生を左右することだぞ、慎重になって当たり前だろう」

気持ちは分かるけどねえ、と女性職員が笑う。

「でも、やっぱり施設の子供たちに進学はリスクが高いわよ。進学に意欲のある子を受け持つとつい高望みになるけどね」

台詞の後半は、和泉に向けている。つい先日までは自分も彼らの側で、立ち位置を迷うことさえしなかった。

「なかなか思い切った提案をしましたね」

そう声をかけてきたのは、迷わせた張本人である猪俣だ。

ハンデのある中で、進学を選ぶ資格があるのは、意識の高い子供に限られる。——その言い分に、和泉が頷くわけにはいかない。

奏子の意識が低いと言い放った猪俣の意見に従うわけにはいかない。

「進学の意識が育つかどうかは、情報が充分に与えられているかどうかによると思います。情報を与えずに意識の有無を問うのは、進学のハードルを上げすぎではないかと思うので……」

平坦《へいたん》な声に努めた。猪俣にこの問題について話すとき、自分の声は頑なになりがちだ。

「一つの意見ですね。梨田先生は強敵だと思いますが……」

頷いた猪俣の口角が笑顔の形に上がった。

横から「負けませんよ」と混ぜっ返したのは三田村だ。

猪俣が三田村にも小さく笑う。

「私は応援しませんが、健闘を祈ります」

声は笑みを含んでいる。だが、響きは頑なだった。和泉が思わず猪俣の顔を見つめ返すと、口元は笑顔の形を保っているが、目尻は緩んでいなかった。

「そんなこと言わずに応援してくださいよー」

せがむ三田村を「そうはいきません」と一蹴して猪俣は立ち去った。

「なーんか頑なだよなぁ、猪俣先生って」

三田村が、むくれたように猪俣を見送る。三田村にも猪俣が頑なに見えるのだ、とどきりとした。

頑なになっているとしたら、理屈では突き崩せない。猪俣とはこのことに関しては分かり合えないのかと気持ちが沈む。

「猪俣先生が味方してくれたら、かなり風向きが変わるんだろうけど……」

分かり合えない岸辺に追いやりたくないという未練がついそう呟かせた。三田村も「そうですね」と笑う。

「でもまあ、まだまだこれからですよ。次、どうしましょうか」

「次？」

「次ですよ、次。今度はいつ提案します？」

「いつって……」

進路指導の方針については、提案したものの現状維持で終わった。和泉としては、そういう認識だ。どこに次だの今度だのという展望が出てくる余地があるのか。

「それとも猪俣先生の挑戦を受けるのが先かな」

「挑戦って？」

「進学情報を充実させてみたら？　って猪俣先生が言ってたじゃないですか。あれ、自分の資料は提供する気ないけど、自分たちで資料作って提供するのは勝手にどうぞってことでしょ？　挑発ですよ、明らかに」

和泉は突き放されたような失望を覚えるばかりだったが、三田村はむしろ負けん気を煽られた様子だ。

「やれるもんならやってみたらどうですか、ふふん。ってことですよ」

妙な口調は猪俣の口真似のつもりのようだが、あまり似てはいない。猪俣が見たら「私、そんなですか？」と軽く打ちのめされそうだ。——その様子を想像して思わず吹き出した。

「正直、施設の業務を回しながら猪俣先生のレベルまで資料整えるの、すっごい手間だとは思うんですけど……その覚悟を試されてるわけですから、見せつけてやったらいいんですよ！　ここで引き下がったら男が廃《すた》ります！」

「……挫《くじ》けないのね、三田村先生って」

「え、だって挫ける要素どこにもないじゃないですか」

三田村はむしろ怪訝な顔だ。

「けっこう挫ける要素が満載だったような気がするけど……」

会議では誰の支持も得られなかった。

「何言ってるんですか、あの程度で挫けてたら営業なんてできませんよ」

三田村が鼻息荒くふんぞり返る。

「飛び込み営業で電話も取り次いでもらえないことに比べたら、これくらい。好きにしなさいって言ってもらえるだけ全然勝ちです」

三田村の言い分を聞いていると、何だか提案が前向きに報われたような気になる。

「進学の資料を充実させるのと並行して、よその施設の進学状況も調べたいですね。特に、子供の進学について前向きな施設の取り組み。梨田先生を説得する材料になるかもしれません」

「……覚悟を見せつけてやったら、風向きは変わるかしら」

呟くと、三田村が笑顔になった。

「変わりますよ、きっと。猪俣先生だって」

一番気にかかっていることを言い当てられたことがやけに悔しく、

「別に猪俣先生のことだけ言ってるわけじゃないから」

口調はついつい突っぱねるようにきつくなった。

＊

二十二時の中学生の消灯から、しばらく経《た》った頃である。

トイレから出てきた奏子が、足早に階段を上っていくのが見えた。最上階は屋上へ続いている階段だ。

遠目に眺めた横顔が険しかったような気がして、久志は後を追いかけた。

果たして奏子は屋上のドアの前に腰を下ろして膝を抱えていた。

「どしたの、カナ」

階段の下から声をかけると奏子はちらとこちらを見たが、また膝頭に目を落とした。

「別に」

「別にって態度じゃないだろ」

階段を上っていって奏子の隣に腰を下ろす。

「くっだらないことだよ」

「トイレで何かあった？」

水を向けてみるとビンゴだ。

「悪口だったらせめて聞こえないとこで言えばいいのに」

「誰？」

「ユカ」

奏子が名前を挙げたのは、職員に反抗的な態度を取ることが多い高校生の女子だ。もっとも、ユカが特別というわけではない。施設の子供は、規則のことなどで職員に突っかかることが多いので、ユカのほうがスタンダードといえる。

「ドア閉まってる個室があったら文句は控えるのが集団生活のマナーじゃん。言ってもいいけど場所選べっての。自分の部屋でやってほしいよ」

「何か揉めたの？」

「特に」

ということは、何を言われていたのか大体想像がつく。

「先生のご機嫌取りばっかでむかつくとか、いい子ぶっててうざいとか」

大人への不満が多いスタンダードな子供と違って、「問題のない子供」は職員との関係が良好だ。それが他の子供たちには鼻につくことも多いのだろう。

「ご機嫌取りとかじゃないじゃん。施設に規則があるのは当たり前じゃん。わざわざ怒られるような真似するほうが悪いんでしょ、もっと上手くやればいいのに」

「今回は誰のご機嫌取ったことになってんの」

「イノっち。洗面所の電気点けっぱなしにしてて怒られたんだって」

「あー。イノっち、そこ譲らないからなー」

猪俣は事情があれば門限などにかなり融通を利かせてくれるが、その代わり日常の細かな規則には厳しい。特に電気やテレビの点けっぱなしや、物の出しっぱなしにはうるさい。

電気なども、普通なら張本人を捜すほうが面倒なので、形ばかり周囲に「誰!?」と小言を言いながら自分で消してしまったりするが、猪俣は絶対に曖昧では済まさない。点けっぱなしにした本人が見つかるまで子供たちの居室を尋ね歩き、自分で消させる。

「生活習慣の乱れは心の乱れって信念があるからねー、あの人」

どうしてそこまで拘《こだわ》るのか、久志は訊いたことがある。

猪俣は「規則というより躾だからね」と答えた。

躾などという言葉が空しく響くばかりの家庭で育ってきた子供も少なくないのに、猪俣は絶対にそこを譲らない。もしかしたら、躾という言葉が空しく響く家に育った子供が多いからこそ、拘っているのかもしれない。

そう思うのは、久志自身が「ぱなし」で猪俣に捉《つか》まったことがあるからだ。学習室で、辞書の出しっぱなしだった。まるで熟練の刑事のように粘り強く追跡調査され、片付けに連れ戻された。

猪俣と親しかったこともあって、これくらい見過ごしてくれてもと反発を抱いた。実際に口に出しもした。

普通の家の子だって、ちょっとくらいだらしないことあるんじゃないの。

すると猪俣は、日頃よりも頑なな顔で答えた。

普通の家の子供は「だらしない子だな」で終わるけど、ヒサは「これだから施設の子は」って言われるんだぞ。

横顔は二重の意味で険しかった。輪郭も尖っているし、表情も厳しく尖っていた。よその子供と同じやんちゃをしても、自分たちのほうがハンデが厳しいのだ——とその尖った横顔が何よりも雄弁に伝えた。

「そんでイノっちの肩持ったんだ」

「だって、そんなんで『むかつくよね』とか言われたって。怒られたくなかったら、電気消したらいいんだし。次から気をつけますって頭下げときゃいいのに、わざわざ突っかかって長引かせたのは自分じゃん」

「ありがとね、イノっちの味方してくれて」

別に、と奏子がそっぽを向いた。

「イノっち、変に突っかからなかったらやりやすい先生だし。わざわざ突っかかったユカがバカなんだよ」

「まあ、突っかかることで甘えてるんだろうけど……」

「ほんと子供なんだから。バカみたい」

重ねて腐すことで、却って傷ついていることが分かる。トイレの個室で自分の悪口が聞こえてきたら、誰だって平静ではいられない。

「こき下ろしてる当の本人がその場にいることも気づかないでさ。脇が甘いんだよね。急に声が小さくなって皆《みんな》でこそこそ出て行ったから、個室が閉まってることに途中で気づいたんじゃないかな。もしかしたらカナかもって焦ったんじゃない？」

ざまーみろ、と強がるが、個室の中で一体どれほど辛い思いをしていたことだろう。

百人近くが同じ屋根の下に暮らしていて対立が起こらないはずはない。しかし自分が疎まれていることに直面するのはまた別の話だ。

奏子の言ったとおり、表立った対立を避けるための作法というものがある。

「別にいい子ぶってるわけじゃないのにな。生きやすくしてるだけなのに」

施設に暮らしていたら、規則があることは当たり前だ。職員が規則を守らせる立場にあることも当たり前だ。むやみに突っかかるより折り合ったほうが過ごしやすい。久志や奏子にとっては自明の理だが、反抗期中の子供たちには職員に媚を売っているように見えるらしい。

「贔屓《ひいき》されてずるいとか、くだらないよ。別に贔屓なんか……」

「贔屓はされてると思うけどね」

　奏子が不本意そうに唇を尖らせた。だが、「問題のない子供」とそうでない子供で職員の手心が違うのは明らかだ。

「ずるいって言う奴の気持ちも俺は分かるよ」

奏子が「またそれ」と膨れっ面になる。

「だって、俺やカナが言ったほうが通りやすいことが多いのは事実だよ。先生だって人間だから、聞き分けがいい子供にお目こぼしが多くなるのが当たり前。贔屓されてずるいって言うなら、自分も贔屓してもらえるように上手く立ち回ればいいんだ」

「……ユカとか聞いたら、すっごい怒りそう」

「いい迷惑。贔屓されるには贔屓されるだけの努力ってもんが必要だろ？　俺たちは努力してる。努力もしないで結果だけ羨ましがられてもな」

奏子が小さく吹き出した。そして慌てて顔を逸らす。何気なく髪を掻き上げた振りをした手が目元を経由して拭う仕草をした。

階下から足音が上ってきた。踊り場から顔を出したのは三田村だ。

「また話し込んでんの？　もうすぐ消灯だよー。……あれ」

三田村の表情が露骨に曇る。

「カナちゃん、どうかした？」

気づかなくていいことに気づくのも、それを口に出してしまうのも、困った若気の至りだ。

「別にっ」

奏子は投げ出すようにそう言って立ち上がると、上ってこようとする三田村の横をすり抜けて階段を駆け下りていった。

三田村が追うか見送るか迷った様子だったので「空気読んでね」と釘を刺す。

すると、三田村は久志のほうへ上ってきた。

「どしたの、カナちゃん」

「別に大したことじゃないよ。子供同士のよくあるいざこざ」

えっ、と三田村が血相を変えた。

「カナちゃん、誰かにいじめられたの」

「そんな深刻なことじゃないけどね。『問題のない子供』って、そうじゃない子から反発されることも多いからさ」

「そうなの⁉」

三田村にとっては衝撃の事実だったらしい。

「俺、ヒサやカナちゃんって子供同士でも上手くやれてると思ってた……」

「上手くやれてないみたいに言わないでよ、ずっと上手くやり続けるなんて、誰にも不可能だろ。たまにはぶつかることもあるよ。慎平ちゃんだって自分で言ってたろ、どこの会社だって全員と上手くいくわけじゃないって」

三田村が「もう言わないでよ」と苦笑した。

「施設と会社を一緒くたにするような不適切な発言はもうしません」

宣誓のように左手を挙げるところがかわいげだ。

「そんで、カナちゃんはどうしたの？」

「イノっちの肩持って反感買っちゃったみたい」

事情が気になるようなのでいきさつを簡単に説明してやると、三田村は「そっかぁ」と溜息をついた。

「ヒサやカナちゃんみたいな子って、職員と子供たちの間もとりなしてくれたりして、俺たちにとってはすごくありがたいんだけど……そのせいで居心地悪くさせちゃったりすることもあるんだな」

「そうそう、感謝してよ」

久志がおどけると、三田村はまた溜息をついた。

「猪俣先生もなぁ……カナちゃんがそんな思いしてまで職員に協力してくれてるってこと分かってくれたらいいんだけど……」

ついうっかり。油断して。口が滑って。——そうした種類のぼやきであることは、明らかだった。

だが、久志としては聞き流せない内容だった。

「どういうこと。イノっちがカナのこと何か言ってるの」

三田村はうろたえてあわあわしたが、久志はかまわず詰め寄った。

「ごまかしたら怒るよ」

三田村は脅しに簡単に屈した。「カナちゃんには言うなよ」と口止めしてから白状する。

「猪俣先生、カナちゃんの進学にあんまり好意的じゃなくて……」

「何で？　俺の進学、応援してくれてるよ」

「うん。でも、施設の子供が進学することには元々あまり賛成してないみたいでさ。主義みたいだよ、何か」

まったく意外な話だった。猪俣は、久志の進学希望に一度も反対したことはない。むしろ積極的に応援してくれた。

どうして他の子供は——奏子は応援してくれないのか。

「ヒサはしっかりしてるから応援できるって」

「カナはしっかりしてないってこと？」

「猪俣先生にとっては物足りないんじゃないかなぁ。進学に関してはヒサのレベルで物考えてるから、あの人」

「レベルって何だよ。俺だって別にそんな……」

思わず食ってかかると、三田村は慌てて言い添えた。

「猪俣先生も意地悪でカナちゃんのこと応援してないわけじゃないんだ。でも、カナちゃんも家に進学費用とか頼れないだろ。進学するより就職するほうが安全だからって……正直、俺も全然知らない他人の話だったら、猪俣先生に賛成するよ」

奏子は知らない他人じゃない。——久志がそう思った同じタイミングで、三田村も

「でもカナちゃんは他人じゃないから」と続けた。

「カナちゃんの担当は、和泉先生と俺だから。俺たちはちゃんとカナちゃんの進学を応援してるし、いろいろ協力するからさ」

「……頼むよ、ほんとに」

「任せとけって」

三田村がどんと胸を叩く。あまり頼もしくない。

胸を叩いてくれるのが猪俣だったら何の心配もしないのに、とつい思ってしまう。

「猪俣先生、子供の進学に関しては何か頑ななんだよね。ヒサのこと応援してるのも猪俣先生的にはすごいイレギュラーなことみたいで」

全然気づかなかった。他の子供もきっと同じように応援するだろうと思っていた。

子供の進学を応援しているから久志のことも応援してくれるのだとばかり――

「そのくせ奨学金のこととかはすっごい詳しく知ってるし、資料もたくさん持ってるんだよね。あれで進学推奨派じゃないなんて詐欺だよ」

最後はぼやきに戻った三田村が「いけねっ」と腕時計を見た。

「消灯消灯！　もう十一時過ぎてる！」

三田村に急《せ》き立てられ、慌てて二人で階段を駆け下りた。

＊

宿直明けは土曜の昼になった。

学校が休みなので平日ほど慌ただしくないが、それでも細かい用事で時間を取られ、猪俣が『あしたの家』を出たのは十四時を回ってからだった。

駅に向かって歩いていると、

「イノっちー」

後ろから追いすがってきた声は久志である。

「ヒサも出かけるのか」

「うん。地連の人に呼ばれてて」

「基地の見学でもさせてくれるのかい？」

「ううん、紹介」

紹介とは一体何ぞや、と首を傾げたタイミングで久志が答えた。

「俺みたいな境遇で自衛隊に入った人がいて、今、働きながら夜間の大学に通ってるんだって。話が聞きたかったら紹介してあげるって言ってくれてて、今日会うことになったんだ」

「そうか、ありがたいな」

自衛隊地方連絡部の紹介で自衛隊に入隊した『あしたの家』の卒業生は、過去にも何人かいる。担当者もその分親身になってくれるのだろう。

「その人に話を聞いてみて、もし、働きながらでも勉強できそうだったら、志望校は防衛大一本に絞ってもいいかなぁって思ってるんだよね。すべり止めとか受けると、やっぱりその分受験料がかかるし……」

久志の考えは、いつも堅実で無理がない。猪俣がいてもいなくても、進学について的確な判断をするに違いない。

だからこそ猪俣も久志の進学希望を手放しで応援できる。

急に強い風が吹きつけた。

「さむっ！」

久志が、亀の子のように首をすくめる。厚手の長袖シャツを一枚羽織っているだけなので、不意を衝く風の冷たさがこたえたらしい。

「夕方になったら寒くなるぞ、それじゃ」

「んー、でもまだダウンとか大袈裟《おおげさ》だし……」

施設の子供たちは合い服をあまり持っていない。

中学生以上になると、施設から被服費を支給されて自分で服を買うようになるが、年間三万円でやりくりしないといけないので、シーズンが短い合い服のアウターにはなかなか手が伸びないらしい。

「マフラーとか持ってないのか。首回りに巻物するとあったかいぞ」

「巻物って。すげぇ年寄りくさいよ」

何やら久志の笑いのツボにはまったようだ。

「マフラー、去年落としちゃって。新しいの買わずに乗り切っちゃったから」

小物類も購入の優先順位は当然下がる。

「これ、していけよ」

猪俣は自分が巻いていたマフラーを外して渡した。

「いいよ、イノっち寒いじゃん」

「私はもう家に帰るだけだから。その代わり落とすなよ、カシミアだぞ」

「おっ、すげえ！」

久志は素材を聞いて素直に借りる気になったらしい。

「カシミアって高いんだよね？　本でしか読んだことないや、俺」

いそいそとマフラーを首に巻いた久志は、嬉しそうに生地を手で撫でた。

「もけもけしてないね。すべすべだ」

猪俣が高校生の頃、カシミアのマフラーなどもちろん持ってはいなかったが、両親の衣類にはいくつかカシミアの物があった。家の中で手触りを味わうことはできた。

「俺の好きな小説の主人公がさ、バーバリーのトレンチに、黒いカシミアのマフラー巻いてるの。そんで、ずっとどんなだろうって思っててさ」

久志にとっては自分の生活圏内に存在しない素材で、本で読んで憧れる素材なのだ。

そんなふとしたことから、子供たちの恵まれてはいない家庭環境が思い起こされる。

やりきれなさをやり過ごすのもすっかり慣れた。伊達《だて》に十年以上も勤めていない。

「俺もいつかこういうの買おうっと」

「ヒサが卒業するとき、私が買ってやるよ」

「えー、児童の公平性を保つ観点からよろしくないんじゃないの？」

『あしたの家』の子供たちが親族以外の第三者からの援助を受けることは禁止されている。施設全体への援助ならいいが、特定の児童への援助は不公平に繋がるからと、一律に断る規則だ。

「だから卒業するときだよ」

ただし、規則が適用されるのは卒業するまでだ。外部から見たら意味がないような建前論だが、施設を運営していくためには建前が必要な局面が多々ある。

「高いんじゃないの。施設職員、薄給でしょ」

「今からバーゲンで掘り出し物を探しとくよ」

「やった。じゃあ受験勉強がんばろ、俺」

駅に着いた。猪俣は定期を持っているが、久志と一緒に券売機に並ぶ。久志は徒歩通学なので定期は持っていない。

「地連の本部だったら西三日月《にしみかづき》だな」

切符を往復で買ってやる。大人にはたかが数百円だが、施設の子供たちにはされど数百円だ。これくらいはお目こぼしの範囲である。

「そういえばさ」

改札を通りながら久志が思い出したような口調で言った。

「イノっちって、カナの進学は応援してないの？」

振り向くと、久志は真っ向から猪俣を見つめていた。

咎めるような、訴えるような眼差しを受けて——初めて久志の耳には入ってほしくなかったことを自覚する。

だが、後ろ暗いことでもないし、ごまかすようなことでもない。ただ、久志に雑音を入れてしまったことが悔やまれるだけだ。

「カナだけ反対してるわけじゃないよ。もともと私は、施設の子供の進学にはあまり賛成してないんだ。……その話は和泉先生から聞いたのかい？」

「うっかり口滑らすとしたらどっちか分かるでしょ」

うっかり口を滑らせて泡を食っている三田村の顔が容易に思い浮かび、小さく笑いが漏れた。

その笑ったことが久志の気分を害したらしい。

「カナは自分の立場が悪くなっても子供たちの中でイノっちのこと庇ったりしてるよ。それでも応援してくれないの」

声がはっきり抗議の調子を帯びた。だが、そういう子供たちの声は受け止め慣れている。

譲れないものは譲れない。

「カナの気持ちはありがたいが、私は庇われなくちゃいけないようなことをしているつもりはないから大丈夫だよ。カナも自分の立場を悪くしてまで私の肩を持つことはない」

「そうじゃなくて」

久志の声がもどかしげにねじれる。

「カナの心意気に返す気持ちはないのかって言ってるの」

「カナの将来を心配してるよ。だから、安易に進学に賛成はできないんだ。経済的なリスクが伴うことだからね」

「一般的には今は進学しない生徒のほうが少数派だよ。学力足りてて意欲があるなら、進学して将来の選択肢を広げたいって思うのは当然だろ。高卒で就職したって、転職しなきゃいけないことあるだろ。そういうとき、高卒じゃ応募もできない会社だってあるじゃないか」

「カナも同じようなことをよく言ってるね、ヒサの影響で」

だが、カナ自身で練られた意見ではない。

「カナはヒサの後追いをしているだけだ」

『あしたの家』で久志と一緒にいる今は、奏子は久志のように振る舞うことができる。しかし、退所して一人になったときにも、久志のように振る舞えるのか。——猪俣の見立ては否である。

「カナのほうがヒサよりも心配だから、リスクの多い進路を選んでほしくないんだ。

保護者の援助を受けられない進学は、生活が行き詰まる可能性が高い。それに、カナは女の子だからね」

「男女差別？」

「差別じゃない。区別だ」

その先を言うかどうか迷ったが、久志には理解できるはずだという判断に傾いた。

「女の子は身を持ち崩すのが簡単だ」

奏子個人の資質を言っているのではなく、一般論だということが、久志には分かるはずだ。

分かるはずだが、久志の顔は強ばった。

「……カナはそんなことしない」

「するかしないかの問題じゃない。追い詰められたとき、手っ取り早くお金を稼げるルートが世の中に存在してることが既にリスクなんだ」

男が同じように稼ごうとしても、ニーズやその他の問題で女よりは門戸が狭まる。女性は自分がその気になれば、大多数にそのルートが開ける。

「確率の問題だよ。カナが若い女性である以上、ヒサより身を持ち崩す可能性が高い。それは事実だ」

「……イノっちの言い分だと、女子は誰も進学すんなってことになる」

「女子に積極的に進学を勧めたくないのは確かだね」

踏切の音が鳴りはじめた。先に来るのは久志が乗る電車で、ホームは向かい側だ。

「ほら、乗り遅れるぞ」

促したが、久志は粘った。

「イノっちが俺のこと応援してくれるのは、俺がしっかりしてるから？」

「まあ、そうだね」

久志は自分で無理のないプランを考えている。そうでなければ久志のことも応援はしていない。

こちらが示唆してやらないと具体的なプランに考えが至らない子供を応援するべきではない。

ハンデのある中で進学を選ぶ資格があるのは、意識の高い子供だけだ。その信念が揺らぐことは、もうない。

「俺がしっかりしてるのは、カナに大人ぶりたいからだよ」

思いがけない方向から打撃を食らった。——そんな感じだった。

「カナがいなかったら、俺だってしっかりしてないよ。施設を出たって、俺はカナにかっこつけてたい。カナだって俺と肩を並べたいはずだ」

緩やかにカーブした線路の奥から、車両の鼻先が見えた。久志が向かいのホームに渡る陸橋へ数歩踏み出す。

だが、まだ粘るように猪俣のほうを向いている。

「施設を出ても終わりじゃない。支え合うのは離れててもできる」

電車がホームへ滑り込んでくる。

「――マフラーありがと！」

久志が猪俣に背を向け、階段へとダッシュした。あっという間に陸橋の屋根の下に見えなくなる。

風を巻いて滑り込んできた電車が、停まる。扉が開く。乗客の乗り降り。――扉が閉まる。

重たい一呼吸を吐いて、電車がゆっくりと動き出す。

電車が走り去ったホームに、久志の姿はなかった。間に合ったらしい。

入れ違いで、猪俣の側のホームにも電車が滑り込んできた。

――猪俣が『あしたの家』に勤めはじめてまもなくの頃だった。

受け持っていた縦割りグループで、高校生の女子が猪俣に進路を相談してきた。施設ではアッコと呼ばれていた。アッコの班の担当は別の職員だったので、本来は進路の相談もその職員が受け持つはずだった。

担当の先生に相談したほうがいいんじゃないか、と諭した猪俣に、アッコは答えた。

「でも、イノっちって寛政《かんせい》大卒なんでしょう？」

話を聞くと、寛政大を志望しているので猪俣に相談したいとのことだった。

アッコは成績が良く、偏差値的には充分合格を狙えたが、問題は学力以外のところにあった。

「私立だし、けっこう学費高いぞ」

施設の子供が志望するには経済的に敷居の高い大学である。

「うん、でも……お母さんの母校だから」

アッコが中学生のときに母親は亡くなっている。母子家庭で母親が病に倒れて生活が困窮し、アッコは一時的な措置として『あしたの家』に入所したが、母親は闘病の甲斐《かい》なく永眠した。

離婚して新しい家庭を持っていた父親は引き取りを拒否し、祖父母を含めた親類も経済状態が厳しく、アッコはほかに行く先がないという状態で『あしたの家』に正式入所した。

家庭が荒れていてやむを得ず入所したわけではないので、アッコは情緒的にも安定しており「問題のない子供」の代表のような子供だった。

新米だった猪俣も、子供との関係性を築くうえで、アッコに助けられたことが多々あった。

「お母さん、わたしも同じ大学行ってほしいってずっと言ってて……生活苦しかったのに学資保険も積み立ててくれてて。だから、お母さんの夢を叶《かな》えたいの」

いつも職員を陰に日向《ひなた》に支えてくれているアッコである。母親の遺志に応えたいという切なる願いを聞いて、当時の猪俣に賛成しない選択肢はなかった。

母親が遺した学資保険は、積立期間が短くて入学金くらいしか賄えなかった。大学入学時まで積み立てるはずが、中学生の時点で頓挫してしまったのだから無理もないことだった。

寛政大は特待生の制度がないので、足りない学費はアルバイトと奨学金頼みだ。

就職推奨派の梨田が取りしきる『あしたの家』には奨学金の情報が乏しく、猪俣は独自に奨学金情報を集めた。アッコは少しでも進学に向けての蓄えを作るため、受験勉強の傍らアルバイトに精を出した。

決して時間的な余裕はないはずなのに、それでもアッコは縦割りグループで年下の子供たちの面倒を見ることを嫌がらず、職員の手伝いも快く引き受けた。

きっと亡くなった母親の育て方がよかったのだろう。そんな健気な様子を見ていると、自分がやれることなら何でもやってやろうと思えた。

梨田はそんな猪俣にいい顔はしなかった。

「今からでも就職に切り替えさせたらどうだ」

事あるごとにそう言われた。

「どうしてですか」

言われる度にそう返した。

「アッコの学力は充分足りてます。学習意欲も高い。そんな子供が、よりよい進路を志望するのは当然のことでしょう」

「進学がよりよい進路になるとは限らんだろう」

「学歴とお金はどれだけあっても人生の邪魔にはなりません」

「アッコには学歴を取得するための金がないだろうが！」

気が短い梨田は沸点が低く、いつも声はすぐ苛立った。

「施設の子供にとって進学は立派な経済的リスクだ！　施設職員は学校教員とは違う

んだ、子供の希望に寄り添うよりも苦言を呈するべきだろう！」

「何で子供の意欲に水を差すようなことをしなくちゃならないんですか」

「しつこく水を差しても折れない子供だけが進学すればいいんだ！」

当時、梨田の信念とはまったく折り合わなかった。物理的に業務を妨害できるわけではないので猪俣は途中で取り合わなくなったが、アッコには梨田の苦言ははっきりと雑音になっていた。

「やっぱりわたしが寛政大に行くのは無理があるのかな……」

アッコの弱音を聞くたびに、無神経な梨田に腹が立った。受験でナーバスになっている子供に聞こえよがしに負担をかけるなど。

「そんなことはないよ、模試だって合格圏内じゃないか」

「うん、でも、お金のこと……」

「アッコみたいな子が進学できるように奨学金制度があるんだよ」

奨学金は返済義務のあるものとないものを組み合わせて、いくつか申請することにした。

アッコの成績と内申点なら充分に手が届く。

「でも、寮に入れなかったら……」

大学進学後の生活プランは、学生寮への入寮を前提に組み立てていた。奨学金だけでは心許ないが、アルバイトをすれば大学生活を維持していける。

「推薦が取れたら大丈夫だよ」

寛政大の寮は、早い時期に合格が決まった学生を優先的に受け入れている。推薦枠は寮の収容人数より少ないので、推薦で合格したら入寮も確実だ。

「でも、推薦が無理だったら……」

「三年生までは二人部屋だから、一般入試の学生の入寮希望は少ないんだ。私の時代は入寮者が少なくて部屋が余ってるときもあったくらいだよ」

そういう猪俣も寮は避けたクチだ。せっかく大学に行くのなら余暇も楽しみたいし、そのためには門限や規則のある寮はいかにも窮屈だ。それに、初対面の人間と同室になるというのも一般家庭の子供には気が重い。

「それに、入寮できなかった学生には学生課が下宿を斡旋《あっせん》してくれるんだ。寮よりは割高だけど、一人暮らしをするよりは安いはずだ」

いわゆる「下宿のおばちゃん」スタイルの下宿屋だ。そうした提携の下宿がいくつかあることも確認してある。

学力には問題がないのに、費用のことでたびたび弱気になるアッコを励ましながら、推薦入試の時期を迎えた。

アッコは見事に志望していた英文学科に合格した。将来は翻訳家になるのが夢だという。入寮も無事に決り、猪俣が調べておいた下宿の情報はめでたく無駄になった。

高卒の退所時に行政から支給される三十万円弱の自立生活支度金で生活用品を調え、アッコは無事に『あしたの家』を退所していった。


アッコは退所してしばらくの間はたまに施設に顔を出したり、ハガキを寄越したりしていたが、やがて連絡は間遠になった。新しい生活が始まって忙しいのだろう、と特に疑問は持たなかった。

施設から卒業した子供たちは、やがて連絡が疎遠になっていくのが普通だ。職員の側も日頃の業務が忙しく、卒業した子供たちのことまでこまめにかまっている余裕はない。

一年が過ぎ、二年が過ぎた。

アッコが順調に進級していれば大学三年になっているはずの夏のことだった。

市民図書館で廃棄本の大規模な放出があり、『あしたの家』からも見繕いに出た。見繕いには施設長の福原が直々に足を運び、猪俣も同行した。

年季の入った図書が並べられたフロアで、程度のいい児童書を何十冊か確保して、ふと気づくと海外ミステリの原書があった。

和訳されたものが毎回ベストセラーに入るようになってきた新進のアメリカ人作家である。在日アメリカ人の購入希望に応じて購入したものの、需要がほとんどなくて放出になったらしい。

アッコのことを久しぶりに思い出した。英文科に進んで、翻訳家を目指すと言っていた。翻訳家になれなくても、英語を修めていれば就職に有利だからと堅実だった。

あらぁ、と福原が首を傾げた。

「それは子供たちには難しすぎるんじゃないかしら」

施設の蔵書として手に取ったわけではないことくらい分かりそうなものだが、福原はそれが素である。

「いえ、アッコにどうかなと思って……翻訳の仕事をしたいと言っていたので」

「まあ、アッコちゃんに」

福原は合点が行ったように微笑んだ。

「いいんじゃない？　もらっておいておあげなさいよ」

その言葉に甘えて、猪俣個人の物として譲り受けた。

アッコに久しぶりに手紙を書いた。元気ですか、そろそろ就職活動が始まりますね。英語力を生かした仕事は探せそうですか？

翻訳家になる夢は健在でしょうか。

先日『あしたの家』で市民図書館の廃棄本をもらいに行き、ジェフリー・ビーバーの原書を見つけました。翻訳の勉強に役立つのではないでしょうか？　先生は原書で読めるほど英語が堪能《たんのう》ではないので、翻訳本を探して読みます。……

手紙を添えて、原書を寛政大の女子寮に送った。久しぶりに近況報告の電話くらいかかってくるかな、と少し気分が浮き立った。

だが、数日して原書は送り返されてきた。差出人は寮監で、短い手紙がついていた。

『重野《しげの》温子《あつこ》さんは、昨年大学を中退されました。退寮後の住所は当方では分かりかねますので、お荷物を返送致します。よろしくご査収ください』

青天の霹靂《へきれき》とはきっとこんな気分だ。

油断しきって野っぱらを無防備に歩いていたら、晴れ渡った空を駆け下った光の鞭《むち》に打たれる——それは一体何という暴力的な、
慌ててアッコの携帯に電話をかけた。大学に入るとき、支度金で持ったものだ。

しかし、番号は既に不通になっていた。

寮にも電話をかけたが、電話口の話では要領を得られない。休みの日にアポを入れ、寮まで出向いた。

寮監の話によると、アッコは二年の終わりで既に中退していた。一年の冬に風邪をこじらせ、肺炎で入院したのがきっかけだったらしい。一ヶ月ほどの入院だったが、アルバイトの収入が途絶えたせいで、僅かな蓄えは一気に底をついた。

二年度の学費は支払えず、延納手続きを取って懸命にアルバイトをしたが、二年生までは必修科目が多く残っているので、アルバイトを入れるにも限度があったらしい。

保護者を頼ることができないアッコの境遇では、休学や留年という選択肢はない。単位は絶対に落とせない。

「ずいぶん頑張ってたんですけど、最後は寮費も滞納しがちになって……」

二年度が終わって、重要な単位をいくつか落としたことが決定打となり、アッコは退学したという。

退寮後の連絡先は残しておらず、親戚は、猪俣が問い合わせるまでアッコが大学を中退していたことさえ知らなかった。

数人の寮生と話をさせてもらえたので心当たりを尋ねたものの、これという情報は得られなかった。

一つだけ明らかになったことがある。

「学校辞めるちょっと前から、お水のバイトしてたんです。時給いいからって」

時給はいいが、生活の昼夜は逆転して、学業のほうが疎《おろそ》かになったらしい。単位を落としたのもそれが原因のようだった。

「お水のバイトって楽だけど危ないんだよね。簡単にお金稼げちゃうから、ずるずるそっちに嵌《はま》って学校辞めちゃう子がけっこういるんです」

「重野さんも最後のほうはけっこう服装とか派手になってたし……」

ね、と頷き合った女学生たちは、どれほど切羽詰まっても、水商売のアルバイトに踏み切ることなどなさそうだった。きっとごく平凡に恵まれた家の子供なのだろう。

「どこのお店でバイトをしてたか分かりませんか」

女学生は、うろ覚えの店名を教えてくれた。寛政大の所在する市の歓楽街だろうと当たりをつけて探し、一ヶ月ほどでアッコが勤めていた店は見つかった。

雑居ビルに入った小さなスナックだった。風俗のにおいはしない店だったので少し安心したが、そこももう辞めた後だった。

アッコは滞納した寮費を払った残りのお金で一人暮らしを始めており、店主にその住所を教えてもらえたが、そこもやはり引っ越した後で、アッコを辿《たど》る糸は途切れた。

気になったのは、店主から聞いた話である。

店を辞める前、アッコが人相の悪いいかつい男と会っているのを何度か見かけたという。

「気立てはいいけど飛び抜けて美人だったわけじゃないし、何とも言えないけど」

もしかすると引き抜きだったのかもしれない、と店主は言った。

引き抜きだったとしたら、もっと「手っ取り早く」お金が稼げる仕事を勧められたのではないか。スナックよりも手っ取り早く稼げるような店といったら、――恐くて具体的に思い浮かべることはできなかった。


それ以上の消息を辿ることはできず、福原と梨田にアッコの大学中退を報告した。

二人とも沈痛な表情を浮かべた。

「残念だけど、あまり気に病まないようにね」

福原がそう言った。

「よくあることなの、こういうことは。施設を出た子供たちに私たちの手は届かない。それが現実です。アッコちゃんの分まで、今抱えている子供たちをしっかり指導してあげて」

梨田は何も言わなかった。――それが辛かった。

それ見たことかと詰《なじ》ってくれたら、どれほど救われただろう。

梨田はずっとアッコの進学希望に反対していた。進学はリスクだと明言していた。

それはこういうことだったのだと今さら分かる。――今さら分かったところで遅い。アッコに対しては遅すぎた。

やっぱりわたしが寛政大に行くのは無理があるのかな。不安そうに呟く声が蘇る。

当時は梨田の無神経な発言で弱気になっているだけだと思っていた。だが、励ましてもお金の心配を度々繰り返していたのは、サインだったのではないか。

学費の高い寛政大に進んで、もしもお金が続かなくなったら。アッコは猪俣よりもずっと深刻に自分の経済状態を心配して、本当は志望校を替えたかったのではないか。あるいは進路希望を就職に変更したかったのではないか。

何度も消極的な発言をしたのは、自分が寛政大に進んで大丈夫かどうかを、猪俣に確かめようとしていたのではないのか。

猪俣はといえば、アッコの学力に目が眩《くら》んでサインを単なる弱気と片付けた。

奨学金を取れば大丈夫、寮に入れたら大丈夫とアッコの心配をねじ伏せることしかしなかった。

自分が安易に勧めた進学プランは、たった一ヶ月入院しただけで壊れる程度のものだったのだ。不慮の事態が何ひとつ起こらない幸運を前提にした甘い見通しを、頼る家族も親戚もいない子供に押しつけたのだ。——悔やんでも悔やみきれない。

しつこく水を差しても折れない子供だけが進学すればいい。そう言い放つ梨田には反発ばかり覚えていたが、それは子供たちを思うからこその圧迫だったのだ。

寄る辺が少ない子供たちにリスクを回避させるのは、当たり前の「親心」だった。アッコほど勉強ができてしっかりしていた子供でも、たった一回風邪をこじらせただけで呆気なく社会の波間に沈んだ。どこで踏みとどまってくれるかは、知るよしもない。

優しくもなければ平等でもない社会は、子供の一人くらい簡単に丸呑みしてしまう。だとすれば、できる限り安全に送り出すべきなのだ。施設を出たら職員の手はもう届かない。一人一人をケアしてやれる余力はない。退所のときに就職が決まっていて、自立の基盤ができていたら、それは子供にとっても職員にとっても、どれほど安心なことだろう。

その後、梨田とアッコの話をしたことはない。

だが、猪俣は二度と子供の進路相談で進学を勧めることはしなかった。進学を希望する子供に対しても、揺さぶるように厳しい見通しをぶつけた。

ハンデがある中で進学を目指す資格があるのは、意識が高い子供だけだ。

その一方、奨学金や学費支援制度の情報を集めることは怠らなかった。自分の受け持つ子供がどうしても進学したいと言い出したとき、最善のサポートができるように。

最善のサポートができる準備を整えながら、進学を希望する子供たちの意欲を全力で折る——他人が見れば二律背反《はいはん》に思えるだろうが、猪俣の中でその二つは子供たちの支援としてまったく矛盾しなかった。

ハンデを背負う子供にはリカバリーの手段が少ない。

ハンデを背負う子供の未来は確率で判断するべきだ。

二度と自分の受け持つ子供をアッコのようなことにはしない。

——若手の職員や子供たちに失望の眼差しで見つめられても、今さら猪俣の信念が揺らぐことなどなかった。

＊

久志と駅で別れた翌日は、久しぶりに暦通りの日曜休みだった。

週が明けて出勤すると、猪俣の机の上にはきちんと畳んだマフラーが置いてあった。黒のカシミアだ。

「あ、それ」

隣の席から三田村が声をかけてきた。

「昨日、久志が置いていきましたよ。借りたからって」

「そうですか」

直接返しに来なかったのは、日曜を挟んだからか、猪俣と顔を合わせたくないのか。

——別に、どちらでもかまわない。貸したマフラーが返却されたという事実は変わらない。

「猪俣先生、猪俣先生」

三田村が嬉しげに声をかけてきた。

「じゃーん！」

鼻高々に見せてきた分厚いファイルは、表紙に『奨学金資料』とタイトルのシールが貼られている。

笑みを浮かべるまでに一呼吸かかった。

「だいぶ集まりましたか？」

「まだまだ、スッカスカですけど」

三田村はへへっとファイルを開いて見せた。

「でも、二人で手分けしてやってるんで。そのうちこれがパンパンになるくらい集めますよ」

「頑張ってください」

「猪俣先生ってすごいですよね」

まったく繋がらない脈絡に思わず首を傾げる。すると三田村はにこにこと続けた。

「自分たちで一から資料を集めはじめると、けっこう大変なんですよ。だけど、猪俣先生は、一人であの分厚いファイルいっぱい集めたんですよね」

猪俣が自分の資料を提供しないことを、遠回しに当てこすられているのだろうか。だが、三田村はそういうまわりくどい皮肉が上手いタイプではない。文句があるなら「何で提供してくれないんですか」と駄々を捏ねるだろう。

「今は資料請求もワンクリックで済むところが多いですけど、昔はアナログなところも多かっただろうし……それであんなに綿密に調べてあるんだから、猪俣先生すごいね、大変だっただろうねって和泉先生と話してたんです」

「おだてても何も出ませんよ」

笑いながら釘を刺すと、三田村も笑いながら「やだな、そんなんじゃないですよ」と笑った。

「猪俣先生と同じこととして分かったような気がするんです。猪俣先生は、単に子供の進学に反対してるわけじゃないんだろうなって」

言いつつ三田村が「ちょっと失礼」と猪俣の机から奨学金のファイルを取る。同じ資料を集めたいので見せてほしいと頼まれて、最近は閲覧しやすいようにと机の上に立ててある。

三田村は猪俣のファイルを尻からめくった。

「猪俣先生、最新の資料まで集めてあるんですよね。これなんか去年設立したやつでしょう？　昔集めてた資料を貸してくれたわけじゃなくて、未だに情報が更新されてる。それって、アンテナを現在進行形で張ってるってことでしょ。猪俣先生にとって奨学金は終わった案件じゃない」

慈しむように猪俣のファイルをめくる三田村に、ぼんやりと居心地が悪くなった。

何でも思ったままに口にする三田村は、空気を読めずに苦笑されることもままあるが、空気を読まずに相手の内面を引きずり出すことがある。

だから、梨田はむきになって三田村を怒る。――その気持ちが少し分かる。

「奨学金が終わった案件じゃないってことは、子供の進学も猪俣先生にとっては生きてる案件ってことですよね」

よく口を滑らす迂闊な新米だ、と大抵の者が三田村のことを甘く見ている。だが、三田村はここにくる前は会社員だった。新卒でぽんと飛び込んできたわけではない。児童養護施設の仕事についてはぺーぺーでも、他人の仕事を吟味する能力はある。

施設の経験がないからこそ、猪俣のファイルがどんな意味を持つかを、率直に読み取っているのかもしれない。

「和泉先生にも結局はこのファイル貸してくれたんだから、カナちゃんの進学だって心底反対ってわけじゃないですよね」

「反対ですよ、特にカナは」

遮るように言葉を挟んだ。

「女の子は男の子より身を持ち崩す確率が高いですから。それに、カナの言っていることはヒサの後追いです。ヒサと離れたときにモチベーションを維持できるかどうか分からない」

別れ際の駅で久志が言ったことは、あくまで久志の願望だ。久志と同じ視点を奏子が保てるかどうかは未知数だ。

施設を出ても終わりじゃない。支え合うのは離れててもできる。

久志の願いは美しいが、美しい願いを美しいままに保てるほど、社会は子供たちに優しくない。

不測事態はいつでも子供たちの人生を折りに来る。——猪俣の手が届かなくなってから。

「和泉先生に資料をお貸ししたのは、和泉先生の勤務状態が心配だったからですよ。カナの進学のために調べ物をして残業になっていましたからね。使えない新人を教育しなければならないのに、オーバーワークで体を壊しては元も子もない」

「ひっで！」

三田村が目を白黒させる。

「使えないって言い切った！　暴言暴言！」

「今だって半分くらいしか使えてないでしょう」

余計な茶々も遮る。

「職員の使命は、子供たちを安全に高確率で自立させることです。そのためには一定数の職員が必要です。若手職員のケアを行うのもベテランの務めですからね」

そうでなくとも当時は岡崎が辞めて人手が足りず、勤務状態が混乱していた。

「和泉先生は放っておいても奨学金を調べたでしょうから。それなら私が持っている資料を提供しても同じことです。合理性に則《のっと》ったサポートをしただけで、別段カナの進学を応援したわけではありません」

「猪俣先生、今どきそういうの何て言うか知ってます？　ツンデレって言うんです、ツンデレ」

　耳慣れない言葉に思わず怪訝な顔になった。

「意味、教えます？」

　からかうようににやにやと笑っている三田村の顔を見るに、ろくでもない説明しか出てこなさそうだったので「けっこう」と辞退する。

「残念だなぁ、今の猪俣先生の状態を過不足なく表現した言葉なのに」

「残念ながら興味がないので」

　でも、と三田村が真顔になった。

「猪俣先生の合理性、一歩推し進める気になりませんか？　職員室で閲覧自由にしてくれたら子供たちも見られるし、進学について意識が高まるかもしれないですよ」

「職員の超過勤務はサポートしますが、子供の進路については私はあくまで就職推奨ですから」

「ケチ、ケチ、ケーチ」

いきなり小学生並みのブーイングだ。痛くも痒《かゆ》くもない。

「いいですよ、子供たちの閲覧用は俺たちで作りますから」

「頑張ってください。三田村先生がついているなら、和泉先生のことは心配なさそうですし」

「何すか、それ皮肉？」

三田村は僻《ひが》んだが、それに関しては、三田村が思っているより三田村を当てにしていた。


久志は駅で別れた日から、あまり猪俣のところに近寄らなくなった。猪俣も敢えて久志に声をかけてはいない。

和泉と三田村は時間の合間を見つけてせっせと奨学金の資料を調えているようだ。そちらにも敢えて声はかけない。

たまに三田村が「猪俣先生のけちんぼ」と舌を出してくるくらいだ。その度に和泉に頭をはたかれている。

「すみません、指導が行き届かず」

詫びる和泉の後ろで三田村は懲りずにべろべろばーっと舌を出しており、その子供じみた様子に苦笑が漏れる。

「お借りした資料でカナちゃんの奨学金のこと検討したんです。いくつか組み合わせて申請してみようって」

和泉が挙げた奨学金の中には、猪俣がアッコに勧めたものもいくつか含まれていた。

「……いいんじゃないですか。別に私に報告する必要はありませんよ」

そう返すと和泉は鼻白んだが、途中でこらえて微笑んだ。

「でも、猪俣先生が貸してくださった資料なので。カナちゃんもすごく助かってて、猪俣先生に感謝してます」

「それはよかった」

社交辞令で笑顔を返すと、三田村がからかうような口調で「ツンデレ、ツンデレ」と唱えた。意味は分からないが何となく気に障る。

自分のペースは守っているつもりだったが、どこかで何か気にかかっていたのかもしれない。

ある日、日頃の自分では考えられないようなポカをした。

「猪俣先生」

夕食時の食堂で声をかけてきたのは、今月の誕生会を取りしきっている若手の女性職員だった。『あしたの家』では毎月一日にその月の誕生日の子供たちを合同で祝うことになっている。

夕食の後に子供たちにケーキを出し、リクエストを取っておいたプレゼントを配る段取りだ。

「今日の誕生会、タクヤくんのプレゼント買っておいてくれました？」

言われてから頼まれていたことを思い出した。

誕生日のプレゼントは、取りしきる職員が一括して調達することになっているが、小学校一年生のタクヤのプレゼントだけは猪俣が調達を引き受けた。戦隊ヒーローの武器のおもちゃで、種類がいろいろ出ていてどれだか分からないと泣きを入れられたのだ。

猪俣は、ちょうど同じ番組に夢中になる年頃の息子がいるので、お安い御用ですと請け合った。

「すみません、忘れてました……」

思わず血の気が引くようなポカはしなくなって久しい。子供の思い出に関わることは取り返しがつかない。

女性職員も同じように青くなった。

「やだ、お願いしたじゃないですか！」

「すみません、うっかりしていて」

「うっかりじゃすみませんよ！」

そちらもせめて前日までにリマインドをくれていれば、と思ったが、ここでそれを言っても仕方がない。

「今から行ってきますから」

「間に合いませんよ、トイランドまで行ってたら」

「じゃあ近くで間に合いそうなところで……」

「ドンキー堂にあるよ」

口を挟んできたのは奏子である。少し離れた席で食事中だった。

「タクちゃんのプレゼントでしょ、アニマルレンジャーのレッドライオン・ソード。ドンキー堂なら売ってる」

ディスカウントショップのドンキー堂なら近所だ。閉店時間も遅い。

「よかったー！　じゃあ猪俣先生、お願いしますね！」

キリキリしていた女性職員は、けろっと機嫌を直して立ち去った。

現金なことだと呆れていると、奏子が「あの人ってああいうとこあるよね」と苦笑した。施設の子供たちは職員のことをよく見ている。

「ありがとう、助かったよ。タクヤのプレゼント、よく知ってたな」

「わたし縦割りグループで一緒だから。最近ずっと言ってるもん、レッドライオン・ソード。もう耳タコ」

それほど誕生日のリクエストを聞かされているのだろう。それだけよく面倒を見ているのだろう。

アッコもそうだった。

「イノっち忙しかったら、わたし行ってあげるよ。もう食べ終わるし」

夕食時は子供の面倒が立て込むのでありがたい申し出だったが、甘えるには最近の鬱屈が邪魔をした。

「いや、いいよ。ゆっくり食べなさい」

「遠慮しなくていいのに」

「気持ちだけ受け取っておくよ、ありがとう」

奏子もそれ以上は食い下がらず、「行ってらっしゃい」と手を振った。

子供たちは、職員のことをよく見ている。――奏子の進学を決して応援していない猪俣のことは、どのように見えているのか。

応援していないことを知ったら、きっとこんなふうに助け船は出してくれなくなるのだろう。久志が今あまり猪俣に近寄ってこないように。

それでも、――面と向かって応援していないのかと訊かれたら、応援していないと答えるだろう。

自分の受け持っている子供を二度とアッコのようなことにはしない。そのためには子供たちの将来を確率で判断することが最も合理的だと猪俣は信じている。誰に憚ることもない主義だ。

アニマルレンジャーのレッドライオン・ソードは、無事に誕生会に間に合った。プレゼントは一人ずつ施設長の福原から手渡しされる。

受け取ったタクヤがさっそく箱を開けて、他の子供がプレゼントを受け取っている合間に一頻り振り回した。

「駄目だよ、まだお誕生会の途中でしょ」

たしなめた奏子のところにタクヤが嬉しそうにソードを見せに行く。そんなふうに年下の子供たちに慕われるところもアッコを思い出させた。

全員にプレゼントを渡し終わり、福原が子供たちにスピーチをした。

「今月誕生日を迎える皆さん、おめでとうございます。誕生日は、皆さんが生まれてきたことをお祝いする日です。生まれてきてくれたことに、おめでとうございますと言わせてください」

毎月の福原の決まり文句である。施設には、家庭で誕生日をまともに祝われたことがないような子供も数多い。だからこそ、誕生日は生まれてきたことを無条件に祝福される日だという思い出を与えてやりたい、というのが福原の願いだ。

「皆さんの誕生日は、皆さんの祝日です。年に一度しかない皆さんの祝日をこうしてお祝いできることを、先生たちはとても嬉しく思っています」

本当なら一人一人の誕生日にお祝いをしてやりたいところだが、個別の祝いにすると誕生日のケーキが出せなくなってしまうので、涙を呑んでの合同誕生会だ。施設の運営は常に予算が切迫している。

「祝日なのに学校休みじゃないのー」

いたずらな子供たちが混ぜっ返すが、すぐに年上の子供が諌《いさ》めた。

「学校を休みにしちゃったら、一年中休みになっちゃうだろ。日本中で誰も生まれてない日なんかないんだから」

福原がその説明ににっこり笑った。

「そうですね。学校が一年中お休みにならないように、誕生日は、皆さんと皆さんの周りの親しい人たちがお祝いをすることになってるんです。毎日が、誰かの祝日だと思って過ごしたら、きっと優しい気持ちになれますよ」

混ぜっ返した子供たちも照れくさそうに笑う。

「『あしたの家』で、皆さんの誕生日をお祝いできるご縁に、先生たちもみんな感謝しています。皆さんの親しい人になれたことも嬉しいことです」

家族としてお祝いする、という言い方を福原は絶対しない。施設を家庭に見立てることは、職員にも子供たちにも不自然を強いるというのが福原の持論だ。児童福祉のプロフェッショナルであれ、ということなのだろう。

いろんな事例を紐解《ひもと》いてみた猪俣にとっては、その方針は健全であるように思える。

「では、お誕生日の人にお歌を歌いましょう」

手拍子とともに、ハッピーバースデーの歌が始まる。「ディア○○」の語りかけのパートは、何人いても省略しないことになっており、年下の子供たちから順番に歌い重ねていく。二、三人の繰り返しで済む月もあるが、十人以上繰り返す月もある。

歌っている途中で久志と目が合った。

久志は何気なく逸らした。

もしかすると、ずっとこのままなのかもしれなかった。

＊

「親との関係が悪くない子だったら、学資ローンも併用できると思うんですよね」

言いつつ三田村は和泉に大手銀行のパンフレットを渡した。思い立って外出ついでにもらってきたものである。

「これはちょっと利率が高すぎて、施設の子の家庭環境だと使えないので、ほんとに参考用って感じなんですけど」

和泉はデスクワークの手を止めて、パンフレットをめくった。

「わたし、こういうのってあんまりよく分からないんだけど……子供たちにちゃんと説明できるかしら」

心配そうな和泉に、三田村はどんと胸を叩いた。

「俺、数字もちょっと分かるので大丈夫です」

「でも三田村先生だけ分かってても……いつ辞めちゃうか分からないでしょ」

「ちょ、辞めるの前提にしないでくださいよ」

訴えると、和泉はやっと発言の乱暴さに気づいたらしい。

「三田村先生に限ったことじゃなくって。職員は、いつ離職するか誰にも分からないから」

「大丈夫ですよ、今のところ辞める気ないですから。それに、職員がこういうものに精通してる必要もないと思います」

和泉が「どういうこと？」と怪訝な顔をする。

「もちろん、ある程度説明してやれるならそれに越したことはないけど、施設職員の職分って、こういうものがあるよってヒントをあげるところまでだと思いますよ。その先はそれこそ猪俣先生流に『意識の高さ』を求めてもいいんじゃないかな。ほんとに必要なら、親や親戚に金融機関に行ってもらうように頼めばいいんです。こんなの、プロに説明してもらったほうが確実なんだし」

「ああ、そうか」

和泉は目から鱗《うろこ》が落ちた様子で、少し鼻が高くなった。三田村のほうが話の主導を取れることなど滅多にない。

「責任感が強いの分かりますけど、何でも自分で教えてやらなきゃって思ってたら、つぶれちゃいますよ。使えるものはちゃんと使っていかないと」

ちょっと偉そうだったかな？　と内心で反省するが、和泉は素直に「そうね、気をつけるわ」と頷いた。ますます気分がいい。

「失礼しまーす」

挨拶しながら職員室に入ってきたのは、久志である。学校から帰ってきたばかりのようで、まだ制服を着替えていない。

「おかえり。猪俣先生ならちょっと出てるぞ」

三田村がそう声をかけると、久志は小さく笑って首を横に振った。

「慎平ちゃんと和泉ちゃんに用事だから」

三田村と和泉は顔を見合わせた。担当でもないのに、二人揃ってご指名というのは珍しい。

「あのさ、俺、地連の人にいろいろ説明とかしてもらってるじゃん」

地連の担当者が久志によくしてくれていることはもちろん知っている。

「最近は基地とか見学させてもらってるんだよな」

「陸自は基地って言わないんだよ、駐屯地」

防衛大を志望している久志は、地連と交流しはじめてからめっきり自衛隊に詳しい。

私のほうが逆に教えてもらっているくらいですよ、と猪俣も言っていた。

「俺と話してくれてる人は空自だから、空自に来いよって言われてるけどね。陸自のことも説明してくれるから」

「親切な人でよかったわね」

久志は嬉しそうに「うん」と頷いた。

「それで、俺と同じように施設出身で、陸自で働きながら夜間大学に通ってるって人を紹介してくれたんだ」

「へえー！」

三田村は思わず声を上げた。

「施設出身の人、いるんだ！　よかったじゃん、いろんな話が聞けるし」

「うん。働きながら夜間大学通うのってどんな感じか、教えてもらったよ。入隊してすぐってわけにはいかないみたいだけど。その人も三十歳だし」

三十歳といえば、三田村よりも和泉よりも年上だ。

「今度、実際に駐屯地を見学させてもらえることになって。施設の先生も心配だろうから、もしよかったら一緒にどうぞって。だから……」

「待って待って」

三田村は思わず久志の言葉を遮った。

「そういうことなら猪俣先生が行くのが一番いいんじゃないの」

「うん、もちろんイノっちも。でも、和泉ちゃんたちは子供の進学を応援してくれてるからさ。自衛隊に入って勉強するって方法も知っててくれたらいいんじゃないかと思って……俺の後にも自衛隊って進路を考える子がいるかもしれないし」

そういうことなら納得である。

和泉が三田村と目を見合わせ、久志に向かって頷いた。

「分かった、じゃあお邪魔させてもらうわね」

「よかった。来週の土曜日なんだ。イノっちにも伝えておいて」

そして久志は職員室を出て行った。

和泉が「どうしたのかしら」と首を傾げる。

「猪俣先生にも自分で言えばいいのに」

「あっ……」

思い当たる節があって、三田村は思わず首をすくめた。和泉がすかさず「何？」と詰問に来る。

「いや、あの……」

しどろもどろになる。

「俺、猪俣先生がカナちゃんの進学を応援してないってこと、ヒサに言っちゃって。もしかしたらそれで気まずくなってるのかもって」

和泉はすぐには答えなかった。たっぷり三秒ほど間を取って、

「バカ！」

遠慮会釈なく詰られた。

「それが原因に決まってるでしょ！　どうしてそんなこと言ったの⁉」

「いや、もう、ついうっかり……ヒサ、大人っぽいから愚痴こぼしちゃって」

「いくら大人っぽくても子供よ、子供に愚痴を吐くなんて！　それも担当職員と子供の信頼関係にひびを入れるようなこと！」

「すみませんっ！」

こんなにこっぴどく怒られたのは『あしたの家』に勤めはじめた頃以来だ。ローンの説明ができるくらいでいい気になっている場合ではなかった。

「あの、俺、どうしたら……」

和泉が剣呑な溜息をついた。

「これ以上余計なことを言わないこと。それと、二度と同じ轍を踏まないこと」

同じ轍を踏んだらどうなるのかは、和泉の物騒な目つきを見ただけでよく分かった。

背筋が一気に寒くなり、思わず身震いした。

＊

地元の駐屯地を見学する話は、久志本人からではなく和泉から来た。

「すみません、返す返す指導が行き届かなくて」

三田村の首根っこを摑んで頭を下げさせる和泉の様子がおかしく、笑いが漏れた。

「気にしないでください、別に後ろ暗い主義ではありませんから。ただ子供にとって優しくない主義ですから、相容《あいい》れないのは仕方ないことです」

駐屯地の見学は土曜日だった。

久志は先に行って朝から見学を始めておくことになり、昼から大人三人が訪ねる形になった。

駐屯地は最寄駅から車で二十分ほどだが、丁度のバスがなかったので、タクシーを相乗りした。正門前に着けてもらうと、久志がゲートの前で待っていた。

「担当の人ってあれですかね……」

恐る恐るといった調子で呟いた三田村に「そうなんじゃないの、ヒサと一緒にいるんだし」と和泉が答えた。

久志と一緒に待っていたのは、太陽に照り映える坊主頭がよく目立つ大男だった。彫りの深い顔立ちは、坊主頭と組み合わさると大入道もかくやという一種異様な迫力を醸し出している。

「でもあれ、制服着てなかったらどう見てもヤクザの鉄砲玉……」

「失礼でしょ！」

和泉に叱られた三田村が「えー」と不満そうに口を尖らせる。

「じゃあ和泉先生の感想はどうなんですか」

「弁慶と牛若」

言い得て妙である。大入道の隣に並んだ久志はことさらに華奢《きゃしゃ》に見え、武蔵坊《むさしぼう》弁慶を従えた牛若丸という比喩がはまっている。

助手席で料金を支払っていると、三田村が「猪俣先生は？」と猪俣にも大男の感想を求めてきた。

「大入道か海坊主かな」

「ほら！」

三田村が鬼の首を獲ったように和泉に主張する。

「俺よりひどいこと言う人がいた！　俺のほうがマシです、ちゃんと人間枠で考えたもん！　妖怪扱いの猪俣先生も叱ってください！」

「うるさい！」

一喝された三田村が渋々黙り込む。

タクシーを降りると久志が駆け寄ってきた。

「いらっしゃい！　これ、いつも相談に乗ってくれてる赤田《あかだ》さん」

久志と一緒にこちらへやってきた大入道は、「初めまして、赤田です」とぴしりと背筋の決まったお辞儀をした。

自己紹介を交わしてからゲートの中へ入る。立ち入り手続きは赤田が取ってくれており、移動の車も用意されていた。営内は広いので、訪問者は車で案内するのが基本だという。

「赤田さんは『あしたの家』にはお出《い》でになったことは……？」

猪俣が問いかけると、ハンドルを握る赤田が答えた。

「ありません。そちらには陸自の者が伺っているので」

地連は陸海空共通の機関らしい。

「ただ、これからご紹介する隊員は、私が勧誘しましたので、その縁で平田くんへの引き合わせも私が受け持ったんです」

　車は営内をしばらく——徒歩で移動するとちょっとした散歩になるほど走り、ある庁舎の前で停まった。建物の塗装は、すべて薄いグリーンに統一されている。赤田の説明によると、一応上空からの迷彩効果を狙ったものらしい。

「こちらでしばらくお待ちください」

　通されたのは、制服姿の自衛官たちが忙しく立ち働いている事務室である。赤田は「すぐ当人を連れてきます」と部屋を出て行った。

　部屋の一画に設《しつら》えてある応接のコーナーに四人で座ると、女性隊員がお茶を出してくれた。和泉や三田村と同年代だったので二人とも話しやすかったらしく、あれこれと質問を投げかけて話が弾んだ。

　猪俣としては、やはり入隊後の通学が気になるので質問したが、その女性隊員には詳しいところはよく分からないらしい。

「これから来る隊員に訊いたほうが分かると思いますよ。実際に今、通ってるところですから……ああ、ほら」

　促されて入り口を見ると、赤田が部屋に戻ってきたところだった。

　後ろに迷彩の作業服を着た隊員を連れている。女性だ。

赤田に連れて来られた女性隊員が、懐かしそうにこちらを見た。——待っていた四人の中で、猪俣を。

「猪俣先生？」

和泉の怪訝な声で、自分がソファから腰を上げていたことにやっと気づいた。気づいたが足が止まらず、彼女のほうへ数歩踏み出す。

「ご無沙汰しています」

挨拶にも答えることはできなかった。ただただ見つめた。——これは夢か。

赤田が横から口を添えた。

「重野温子三曹です。『あしたの家』ではアッコちゃんと呼ばれていたそうですね」

こらえることもできず、涙が溢れた。きびきびと歩くようになったアッコが猪俣に歩み寄り、握手してくれた。

「ご心配おかけしました」

繋がった手を思わず額に押し戴《いただ》く。

言葉は喉の奥につっかえて嗚咽《おえつ》になるばかりだった。


人数が増えたので、空いていた会議室に場所を移した。

和泉と三田村は、事情が分からず戸惑っていたが、久志が手短に説明しているようだった。久志はアッコと赤田から事情を聞かされているらしい。

「すみません、ご連絡もしないままで」

迷彩服がすっかり板についたアッコが、猪俣の向かいの席で頭を下げた。

「たくさん応援していただいたのに結局中退しちゃって、面目なくて……」

猪俣をはじめ、職員たちをがっかりさせてしまうことが辛くて報告できなかったという。気が優しいアッコらしいことだった。

「いや、こちらこそ。君が中退したと聞いてから、ずいぶん後悔したんだ。進路相談中もずっと学費のことを心配していたのに、私が無理に寛政大への進学を勧めた形になってしまった」

もっと学費の安い学校を一緒に探してやればよかった。そもそも進学を勧めたことが間違いだった。働きながら勉強する道だってあったのに――焼けつくような後悔で眠れなくなる夜が続いた。

「最後に勤めてたスナックにも行ったんだ。君はもう辞めた後だった」

「すみません。スナックのバイトをしていたこともあって、余計ご連絡できなかったんです。きっと心配させちゃうと思って」

「そんなこと気にしなくてよかったのに。消息が分からなくなるほうがずっと心配だ。辞める前に、人相の悪い男とよく会っていたってスナックのママから聞いて、生きた心地がしなかった」

するとアッコが赤田と目を見合わせて笑った。

笑いのツボが分からず首を傾げると、赤田が苦笑混じりに口を開いた。

「それ、多分私です。勧誘でスナックの出勤前によく会ってたので」

件《くだん》のスナックを行きつけにしている上司がおり、赤田はその上司からアッコのことを聞いたという。

「私は行ったことはないんですが、『あしたの家』の子が働いているとその上司から聞きまして。当時は私は地連勤めじゃなかったんですが『あしたの家』から入隊した隊員なら何人か知っていたので」

捨て置けず、上司づてで声をかけたということらしい。

「スナックはバイトで社保も手当てしてもらってないというし、やはり、安定のある仕事ではないですからね。自衛隊なら衣食住の心配は要りませんし、本人の努力次第ですが勉強を続ける道もありますから」

でもまあ、と赤田は自分のつるっぱげをてんてんと叩いた。

「この頭にこの強面《こわもて》ですから、ヤクザ者と勘違いされても無理はないです」

「すみません」

恐縮して猪俣がぺこりと頭を下げた。三田村も何故か一緒に下げた。タクシーの中でヤクザの鉄砲玉呼ばわりしたからかもしれない。

「そして、本当にありがとうございます」

重ねて深く頭を下げると、赤田がいえいえと手を振った。

「重野三曹を助けたのは先生方ご自身ですよ」

「いえ、私たちは何も……」

「『あしたの家』から入隊してきた隊員は、みんな勤務態度がきちんとしてたんです。隊舎の集団生活にもまったく不満を言いませんし、躾もきちんとされていて」

施設で集団生活に慣れているから当たり前のことだが、施設職員としては身に余る言葉だ。

「だから私も、重野三曹が『あしたの家』の出身者だと聞いて手助けしてやりたいと思ったんです。後輩に当たる子が生活に不安を抱えていたら、彼らも悲しむでしょうから。私がそう思えたのは、先生方の教育がしっかりしていたからです」

一度収めた涙がまたこみ上げた。

ありがとうございます、とやっとのことで呟いて俯く。

「イノっち」

アッコがそう呼んだ。まるで『あしたの家』にいた頃のように。

「わたし、今通ってるの、寛政大の夜間なの。中退しちゃったけどもう一度頑張って勉強しようって思えたのは、イノっちが寛政大に行くのを応援してくれたからだよ。今度こそお母さんと同じ大学を卒業するね」

涙で前が見えない。もう声も出ない。

猪俣はただただ頷いた。


帰りがけに、久志に「ありがとうな」と呟いた。

久志は澄まして「どういたしまして」と答えた。

＊

週が明けて、三田村がそれに気づいたのは数日後の朝だった。

職員室の閲覧自由の資料棚に、猪俣の分厚い奨学金ファイルが差し込まれていた。

「ああっ！」

思わず声を上げて和泉の席へ駆け寄る。

「和泉先生！　あれ！」

言いつつ資料棚を指差すと、和泉は小さく笑って頷いた。

「週明けからよ」

和泉は先に気づいていたらしい。

そこへ猪俣が通りかかった。

「猪俣先生！」

飛びつくように声をかけると、猪俣は三田村を制するように口を開いた。

「別に進学を推奨しているわけではありません」

ただ、と続ける。

「三田村先生の仰る合理性を推し進めてみただけです。一理あるにはありますから」

「……猪俣先生ってほんとに」

ツンデレですよね——と続けようとしたら、睨《にら》まれた。

「言葉の意味は久志から聞きましたが、そのおかしな形容詞を私に対して使ったら、ファイルの提供は取り止《や》めますよ」

はい、と首をすくめる。

「イノっちー！」

久志が職員室に駆け込んできた。

「ダイちゃんがゲーした！」

えっ、とさしもの猪俣も慌てた様子だ。

「具合でも悪いのか」

「朝ごはん食べすぎたみたい。今ミカちゃん先生が片付けてる」

「そうか」

猪俣と久志は慌ただしく職員室を出ていった。

もうお互いに屈託は残っていないようだった。

十年前のこと。（猪俣）

する。

＊

猪俣が『あしたの家』に勤めはじめて二年ほどが経った。

職員にもいろんなタイプがいるということは飲み込めていたし、若輩の身で他人の流儀に口を出すつもりもないが、勤務態度に疑問を抱いてしまう相手は、やはり存在する。

猪俣にとっては山内《やまうち》がそうだった。何歳か年上の中年の男性職員である。事なかれ主義を絵に描いたような男だった。猪俣が新人だった頃の指導職員だったが、子供の個性などをまったく教えてくれないので、ほかの職員に話を聞いて回ったくらいだ。

「イノっち、聞いてよ！　山ちんがさぁ！」

廊下で中学一年生の女子に呼び止められた。山内の担当児童のマミである。勤めはじめた頃に組んでいたためか、山内の担当児童は山内への不満を猪俣に訴えにくる。

「ひどいんだよ、クラスの肝試し行かせてくれないの！」

夏休み中にクラスの有志で肝試しをすることになったが、山内が許可を出してくれないという。

「用事のない子はみんな行くのに！　友達にもどうして行かないのって訊かれちゃうし！　これじゃせっかく越境したのに台無しだよ！」

マミは施設に入っていることで小学生のころいじめに遭い、中学では施設のことを同級生に隠すために学区の違う中学校に越境入学していた。いじめで悩んでいたころのことは猪俣も知っているので、クラスの親睦を深めるイベントを欠席したくないという気持ちは痛いほどよく分かった。

「分かった、先生からも山内先生に話してみるから」

「お願いね！　絶対ね！」

マミと別れてから山内を捜すと、職員玄関を出た植込みのそばで煙草を吸っていた。職員室にいると、細々とした業務が飛び込んでくるからか、山内はよくここで時間を潰している。

そうしたやる気のない勤務態度は、ほかの職員たちにも眉をひそめられていた。

「山内先生」

「おお」

山内は猪俣の姿を認めて、ばつが悪そうに煙草を地面に落として踏み消した。

「何だよ」

「マミのことなんですけど」

ああ、と山内が露骨に面倒くさそうな顔になった。その顔に目をつぶって切り出す。

「肝試し、どうして許可を出してやらないんです？」

「だってさぁ、終了予定が九時なんだぜ。門限過ぎちゃうだろ」

中学生の門限は夜八時である。

「たった一時間じゃないですか。それに夏休みなんだし、クラスの催しだったら考慮してやるべきじゃないですか？」

「参加強制のイベントじゃないんだろ」

「用事のない子はみんな行くそうですよ」

「じゃあ用事があることにすればいいじゃないか」

声を荒げずにいることにはかなりの忍耐が必要だった。

「マミは行きたいんですよ。行きたいのに行けないと嘘をつけというのはあまりにも……」

「たかが肝試しに何でそこまで必死かね」

早くも忍耐が振り切れそうになり、長く息を吐いて一度こらえた。

「たかがじゃないです」

　これが同世代や年下の職員なら怒鳴っていたかもしれない。

「マミが小学生のとき、いじめを受けていたことは知ってますよね」

　クラスのリーダー格の女子に運悪く目をつけられ、長いこと仲間はずれにされたり嫌がらせをされたりしていた。

「中学ではそんなことになりたくないから、遠くの中学にわざわざ越境したんですよ。朝だって早起きして登校してます」

　自転車で小一時間かかる中学だ。マミは他の中学生児童の誰よりも早く『あしたの家』を出て、雨の日も風の日も自転車を漕《こ》いでいく。

「分かってるよ、そんなことはさぁ。一応俺の担当児童なんだから」

「じゃあどうして」

「だって、肝試しに出なかったからってまたいじめられるとは限らないだろ」

「いじめられるとは限らなくても、同級生と親しくなるチャンスは逃します。考えてやってください」

「ほどほど上手くやってりゃいいじゃねえか。どうせ施設のことは隠してるんだろ。そんな大事なこと隠しててホントに親しい友達なんてできやしねえよ」

あなたって人は……と無声音で吐き捨てた。聞こえているのかいないのか、山内は素知らぬ顔だ。

「それに、門限が過ぎる許可を出して、何か問題が起きたらお前が責任取ってくれるのか」

「取りましょう」

完全に売り言葉に買い言葉だった。

山内の顔にしめたという表情が閃いたことに気づいたが、もともと蓄積されていた軽蔑のポイントが貯まっていくだけのことだ。

「施設長に掛け合って、私の名前で許可を出します。それでよろしいですね」

「俺と関係ないところでやってくれるならどうでもいいよ」

それでは、と踵《きびす》を返す。余計な言葉を交わすだけ時間の無駄だ。だが、

「吸い殻、ちゃんと捨ててくださいよ」

当てこすりの一つくらいは投げないと、気持ちがどうにも収まらなかった。

ちょうど福原が在席していたので、すぐにマミのことを掛け合った。

マミのことよりも、面倒くさがって許可を出さない山内のことを訴えがちになって

しまったのは無理からぬところである。

「あらまあ、それは参加させてあげたいわねぇ」

「ですよね」

我が意を得たりとばかりに頷く。

「場所はどこなの？」

「マミの中学校で、担任の先生や有志のＰＴＡも立ち会うそうです」

「マミちゃんの中学だと『あしたの家』からはちょっと遠いわね。帰り道はどうするのかしら」

そうか、そういう問題もあったか、と思い至る。

有志参加とはいえ教師や保護者が立ち会うイベントであれば、集団帰宅的な措置が執られるのだろうが、マミは一人だけ学区が違って、帰る先が離れている。

そもそも、施設のことを秘密にしているマミは、クラスメイトに身の上が分かってしまうかもしれない集団帰宅に組み込まれることは嫌がるだろう。

「分かりました、送り迎えは私がやります」

「それなら安心だわ。よろしくお願いしますね」

話がまとまった安堵《あんど》に乗っかり、つい苦笑が漏れた。

「どうしたの？」

「いえ……山内先生、送り迎えも面倒だったんでしょうね」

許可を出したがらなかった理由の一つであるはずだ。

するど福原も困ったように笑った。

「山内先生もねぇ。前はああじゃなかったんだけど……優しくて、子供たちにも人気があったのよ」

「意外ですね」

返事は率直になった。

今の山内を見ている限り、そんな時代があったなど到底信じられない。

「どうして変わってしまったんですか」

「さあ、それは……何かのきっかけがあったんでしょうけど、むりやり口を割らせるわけにも」

ただ、と福原は続けた。

「五年前にご結婚なさってから、徐々に勤務態度が変わってきたようだから……結婚がきっかけで意識が変わったということはあるかもしれないわね」

意識が変わったという言い方は手心を加えすぎだと思った。意欲が失われたというべきだ。

　意欲がなくなったのなら辞めればいいのに、という本音は何とか飲み込んだ。

　肝試しの当日は、猪俣が車で送り迎えをした。父親の態《てい》で行くにはまだ猪俣の年齢が若すぎたので、親戚のお兄ちゃんという態だ。

　担任教諭も上手く話を合わせてくれた。

　迎えに行くと、肝試しが盛り上がったためか解散が三十分ほど押した。

　だが、

「すっごい楽しかった！　来れてよかった！」

　興奮冷めやらぬ様子ではしゃぐマミの様子を見ていると、多少の待ち時間など取るに足りないことに思えた。

　そんな思いを忘れてしまった山内が気の毒なほどだった。

＊

　マミの肝試しから半年ほどが過ぎた。

山内は相変わらず無気力で、子供たちとの軋轢《あつれき》は他の職員が間に入って解消する。猪俣は最も登板が多い一人だった。

もうすぐ学校が冬休みに入るという年の瀬、珍しく山内のほうから声をかけてきた。

「おい、来週の水曜、暇か」

「暇ではないです」

あなたと違って、と付け加えたいくらいだ。さぼって煙草休憩ばかりの山内に「暇か」などと言われたくない。

「時間作ってくれよ、四時間ばかり。外回り付き合ってほしいんだ」

「外回りって何の」

「来りゃ分かるよ」

山内は猪俣の机からスケジュール帳を取って勝手にめくろうとした。

「やめてくださいよ」

さっと取り上げて自分でページを繰る。翌週の水曜日は、業務をやりくりすれば、何とか時間を作れそうだった。

「十一時くらいからなら何時間か都合つきますけど」

「分かった、じゃあ十一時で。スーツ着てこいよ」

むりやり付き合わせて服装まで指定とは、とんだ注文の多い料理店である。中っ腹になったが、言っても無駄なので言わずに済ます。

待ち合わせは最寄りの駅前だった。

「わざわざ外で待ち合わせなくても、施設から一緒に出たらいいじゃないですか」

「俺は休みなんだよ、休みの日まで職場に顔出したくない」

「私用だったら付き合いませんよ」

即座に釘を刺すが、山内は「ちげーよ」と顔をしかめただけだった。

翌週の水曜日、猪俣がスーツを着て待ち合わせの駅に行くと、ロータリーから軽くクラクションを鳴らした車があった。

運転席にはスーツ姿の山内が乗っていた。ありふれた白いセダンは自家用車らしい。

「よう、悪いな」

まったくだ、と返すのも大人げないので、軽く会釈だけして助手席に乗り込む。

「どこへ行くんですか？」

「いいところ」

人を食った返事で、山内が向かったのは天城高校の近くのコンビニである。天城高は『あしたの家』の子供たちが大勢入学する高校だ。

山内は駐車場に停車してから車を降りた。都会ではコンビニに駐車場がないらしいが、天城市は地方都市なので、よっぽどの市街地でない限りコンビニは必ず駐車場を設けている。

「どこがいいところなんですか」

「うっせえな、黙ってついてこい」

山内はさっさと店内に入っていった。そしてレジの店員に声をかける。

「お世話になってます。『あしたの家』の山内ですが、店長さんは……」

「ああ、はいはい」

店員は心得た様子でバックヤードに声をかけ、程なく年配の男性が出てきた。

「いらっしゃい、山内さん」

「お忙しいところすみません。いつも子供たちを雇ってくださってありがとうございます」

「いえいえ。今入ってくれてる小田《おだ》くん、よくやってくれてますよ」

「店長さんのご指導の賜物《たまもの》です」

状況が飲み込めないまま、猪俣は山内と店長のやり取りを眺めた。小田というのは『あしたの家』を今年度で退所する高校三年生の児童だ。

山内がアルバイト先を紹介したということだろうか。

「小田くん、就職が決まったそうですね」

「おかげさまで。よろしかったらまた空いた枠に次の子を雇っていただけると……」

「はいはい」

ところでそちらは、と店長が猪俣のほうを見た。

「私の後輩に当たる職員です」

急にお鉢が回ってきて、猪俣は慌てて頭を下げた。

「猪俣と申します。よろしくお願いします」

何がよろしくなのかもよく分からないが、とにかく挨拶を取り繕《つくろ》う。

「次からは猪俣がご挨拶に伺うと思いますので」

一体何の話が勝手に進んでいるのか。懸命に目顔で尋ねるが、山内は素知らぬ顔だ。

「あの、いつも子供たちがお世話に……」

苦しまぎれに話を合わせに行くと、店長はからからと笑った。

「いやぁ、最初は施設の子を雇っても大丈夫かな、と心配だったんですが……小遣いほしさの普通の家の子と違って、真面目に働いてくれますよ。休日のシフトも嫌がらないし。やっぱり将来のお金を貯めなきゃいけない切実さがあるからでしょうかね」

「ああ、はい、そうですね。切実ですから」

店長の使った言葉をオウム返しするのが精一杯だ。

「また良さそうな子がいたら紹介してください。バイトの枠が空いてたら優先しますから」

「はい、それはもちろん……」

何とか乗り切って二人でコンビニを出る。車に乗り込みながらさっそく尋ねた。

「山内先生、これは一体……」

「挨拶回りだよ。『あしたの家』や学校近辺で高校生バイトを雇ってくれる店は貴重だからな」

説明が言葉足らずになりがちな山内の話を補完しながら話を聞くに、どうやら山内は『あしたの家』の子供たちにアルバイトをさせてくれる店を探して、採用を頼んでいるらしい。

「やっぱり、施設の子供は偏見の目で見られがちだからな。雇ってくれる店とは縁を保っておいたほうがいいだろ。職員が挨拶に行けば店のほうも安心するし、苦学生を援助する意義を見出《みいだ》してくれるからな」

山内はハンドルを握りながらちらりと猪俣を見て笑った。

「意外か？」

「ええ、まあ、正直」

施設ではさぼってばかりで、マミの肝試しの参加も許可してやらなかった山内が、こういう形で子供たちのために動いているとは想像もつかなかった。

「俺にも情熱に満ちあふれてた時代はあるんだよ。信じられないだろうけどな」

「ええ、まあ、正直」

正直すぎるだろお前、と山内は苦笑した。


山内が縁を作ってある店は、市内で十軒程にも及んだ。今は『あしたの家』の子供が働いていない店もあったが、またご縁があればと挨拶した。

最後に回ったのは『あしたの家』から二十分ほどの距離にある中華屋である。職員もよく食べに寄る。ここも卒業年度の子供が一人働いている。

中華屋への挨拶を終え、近くでコーヒーを飲んだ。

「子供たちがバイトを探してたら、きちんとやれそうな奴には、今日回った店を紹介してやればいい。続かなさそうな奴は駄目だ、後輩が雇ってもらえなくなるからな」

はい、と頷いてから問いかける。

「どうして私を挨拶に同行させたんですか」

「若い奴らの中で一番辞めなさそうだからな」

一応見込まれているということだろうか、と思ったとき――

「俺、年度末で辞めるんだよ」

何気ない口調で言い放たれて、反応するのは一瞬遅れた。

え、と喉の奥で声を上げると、山内は「辞めるんだよ」ともう一度繰り返した。

「だから、若手の誰かにコネを引き継いどいたほうがいいと思ってな」

「……どうして辞めるんですか」

意欲がないなら辞めたらいいのに、とずっと思っていた。意欲のない者に居座られても迷惑だと――だが、子供たちのアルバイトを引き受けてくれる店をこうして探し歩き、縁を保ってきた山内は、見えないところに確かに意欲があったのだ。

「気持ちがな。もう無理なんだ」

山内は気弱に笑った。

「結婚して子供ができてさ。自分の子だから当然かわいいし、大事にするさ。でも、そしたら、施設の子供のことが浮かんじまうんだ。同じ年頃の子も大勢いるからな」

その当時は未婚だったが、山内が言わんとすることはおぼろげながら理解できた。

自分の子供を慈しみながら、――実の親に慈しまれることなく、施設に収容されている子供たちのことを思ってしまう。

我が子を慈しむことに罪悪感を覚えてしまう。逆に、施設で時間を取られて我が子との時間を奪われると、施設の子供を慈しむことに罪悪感を覚えてしまう。

そういうことなのだろう。

「どうも俺は切り替えが下手でな」

「……私も切り替えが下手かもしれませんよ」

「辞めるときはコネを誰かに引き継いでから辞めてくれ」

それに結婚できるかどうかが先だろ、と山内はからかうように笑った。


山内が辞めて三年ほどで、猪俣も結婚した。子供にも恵まれた。

結果的に、猪俣は山内よりも切り替えが上手かった。

だが、いつ不測事態で退職するかは分からないことである。

山内から預かった縁を、引き継ぐとしたら――ここ数年ずっと考えていた。福原や梨田も縁故のことは把握しているが、実際に挨拶回りなどができる時間の余裕はない立場だ。実働できる若手が実際の縁を繋いでおかなくては薄れてしまう。

「三田村先生」

隣の席に呼びかけると、三田村は「はい！」と良いお返事だ。

空気は読めないが物怖じしない。人懐こくて明るい。そして何より元営業。

なかなか適任のような気がした。

「今度、外回りに付き合ってくれませんか」

「へえ、施設でも外回りってあるんですね。営業みたい」

「そうですね、営業みたいなものかもしれません」

「いいっすよ、いつですか」

予定のすり合わせはすんなり終わった。

「当日はスーツを着てきてくださいね」

「おおっ、何かますます営業」

「だからそう言ってるじゃないですか」

「ノルマこなしたらボーナス出ます？」

軽口を叩く三田村に笑いを誘われる。

「コーヒーくらいは奢りますよ」

山内も最後のコーヒーは奢りだった。

砂糖を入れたのに、やけに苦いコーヒーだった。

4

帰れる場所

＊

誰かに施設のことを訊かれたとき、奏子は「学校の寮みたいな感じだよ」と答える。入所している子供たちの年代が、幼児から高校生まで幅広いことは特殊だが、誤解なくイメージが伝わるという意味で無難な説明だと思っている。

だが、毎年冬休みがやってくると、やはり寮とは違うのだということを思い出す。

「カナはお正月どうするの？」

部屋で同室の杏里にそう訊かれた。親元へ帰るかどうかだ。

「やめとく」

去年の夏休みに、同居トライアルが失敗してから、母親のところへは一度も帰っていない。

「杏里は？」

「一応帰るかな〜って感じ。親戚が集まるからお年玉もちょっとはもらえるし」

学校の寮なら、こんな会話は出てこないだろう。職員にも正月休みが必要だし、大多数の寮生が自宅に帰って年末年始は寮が閉鎖されるはずだ。

『あしたの家』では全体の半数程度の子供たちが施設で年越しを迎える。年末年始を自宅で迎えられるほど家庭環境が安定していない者が多いのだ。

「いつ帰るの？　大晦日《おおみそか》？」

「二日」

言いつつ杏里がいたずらっぽく笑う。奏子も「ずるーい」と笑った。

年越しを『あしたの家』で迎える子供たちには、五千円ほどのお年玉が出ることになっている。食事も心遣いがされていて、朝食に雑煮が出て、夕食はすき焼きや鴨鍋《かもなべ》など日頃は出てこない豪勢なメニューになる。

「カナのお母さん、帰ってきてほしがってるんじゃないの？」

「最初に猫っかわいがりするだけだもん。すぐに甘えて何もしなくなるし」

自分の母親は子供を持つには幼すぎるのだ——と最近は思うようになった。愛情がないわけではないのだろうが、それは頑是《がんぜ》ない子供が犬や猫をかわいがるようなもので、世話して育てることはできない。

「それに年末年始は稼ぎ時だし」

失敗したトライアルのせいでアルバイトが滞って、進学のための貯金がはかどっていない。

「大変だね〜」

いかにも心配そうな顔をした杏里が「ところでさぁ」と続けた。

「元旦のメニューって何になると思う？」

話の脈絡がまったく繋がっていない大雑把さにずっこけそうになるが、同室相手としてはこの大雑把さに助けられているところも多々ある。

「あたし、しゃぶしゃぶ希望ー。去年のけっこうおいしかったー」

「でも、小さい子がポン酢あんまり好きじゃないから、もう出ないんじゃない？」

去年初めて出たしゃぶしゃぶは、小さい子供たちにはあまり受けが良くなかった。

「すき焼きとかじゃないかな、みんな好きだし」

「すき焼きかー。締め、うどんとお餅とどっち好き？　あたし絶対うどんなんだけど。焼いてないお餅って許せない」

「え、とろとろになったお餅おいしいじゃん」

「やだ、ネギとかいろいろ絡みつくし」

そんなことを話して迎えた年越しで、元日の夕食は奏子の読みどおりにすき焼きとなった。締めはうどんと餅とで鍋を分け、杏里は迷わずうどんの鍋に飛んでいった。

ちゃっかりお年玉をもらって杏里が自宅に帰った後は、冬休みが終わるまで、一人部屋状態だ。シフトがなかなか埋まらない三が日はずっとバイトを入れており、年が明けて初めての丸一日の休みは四日だった。

久志も居残り組だったので、ショッピングモールに買い物に出かけることにした。バーゲンの期間中に冬服を買っておくためだ。

中学生以上から支給される三万円の被服費は、一年間の配分を自分で考えなくてはならない。奏子は夏服に一万円、冬服に二万円とざっくり分けているが、みんな大抵はその配分だ。施設で年越しすると、お年玉の五千円も上乗せできる。

他に下着のお金は別にもらえる。女子は上下一組で千円だが、お釣りは返さなくていいことになっているので、安いセットを探して差額を被服に回すような工夫もする。下着や靴下は通信販売でまとめ買いすると安くなったりするので、女性職員に頼んでみんなの分をまとめて買ってもらったりもする。

正月セールは殺人的に混み合うことで有名なショッピングモールだが、初荷は二日だったのでもう歩くのに難儀なほどの人出ではなかった。

自分たちと同じくらいの年頃のカップルもたくさん歩いている。

自分と久志は周りからどう見えているのだろう、とふと考えた。高校生カップルに見えているのだろうか、それとも仲のいい兄姉か。

兄姉だとしたらちょっと仲が良すぎに見えるかな、と思った。

「ヒサちゃん、マフラー買うんだっけ？」

久志は一昨年《おととし》の冬の初めにマフラーをどこかに忘れ、買わないままで一冬過ごしていた。

「もう一冬頑張ろうかなと思ってさ。イノっちが卒業のお祝いにカシミアのマフラーくれるって言うから」

「黒？」

「黒」

「すごいじゃん、ハヤブサタロウじゃん」

久志が好きな経済小説のシリーズの主人公だ。バーバリーのトレンチにカシミアの黒いマフラーが冬のトレードマークという設定である。

「でもイノっちがハヤブサタロウと同じアイテムなんて意外。何か笑っちゃう」

「見た目は普通の黒のマフラーだから誰でも似合うよ。手触りはすごくよかったけど。すべすべだった」

「へえ～」

時間を決めて一度解散し、それぞれ戦利品を抱えて合流したのは二時間後だ。

お互いの買い物袋を見て、思わず苦笑がこみ上げる。

「結局メインはウニクロだね」

市内最大のショッピングモールには様々な店が入っているが、予算の問題で買い物できる店は限られている。結局は廉価でバリエーションが多く、品質も安定している有名量販店だ。

「でも、ここが一番広くて在庫もあるしさ。フリースパーカー、好きな色が残っててよかった」

久志は何かにつけてよかった探しが上手い。

ファーストフードの店で百円のシェイクを買い、屋内テラス席に陣取った。本当はコーヒーの有名チェーン店に入って、トールだとかミドルだとか注文してみたいが、『あしたの家』の子供にとっては値段的に大人の店だ。

「被服費が年間三万円って安すぎるよねぇ。せめてもう五千円あったらな」

「俺、靴下代だけでいいから別にしてほしい……」

靴下も被服費に含まれるが、消耗品なので地味に出費がかさむ。

そんな話をしているときだった。

「君たち、『あしたの家』の子かい？」

隣のテーブルから急に声をかけられた。子供連れのおじさんである。ベビーカーに連れている子供は赤ん坊だが、おじさん本人は猪俣と同じくらいだろうか。空いた席に女物のバッグが置いてあるので、奥さんを待っているところかもしれない。

笑顔が大きく、人好きのしそうな顔をしているが、二人とも表情は怪訝になった。

「そうですけど……」

答えたのは久志だ。表情と同じく怪訝な声になっている。公共の場でいきなり施設のことを言い当てられて、警戒しない子供はいないだろう。施設で暮らしていることがマイナスに働いた経験はいくらでもあるが、プラスに働いた経験はあまりない。

おじさんは心得ているように「ごめんごめん」と軽い調子で謝った。

「急に言われたらびっくりするよな。被服費が三万とかそういう話が聞こえたから、もしかしてこの辺の施設の子じゃないかと思ってさ。どこの施設も被服費の相場ってそれくらいだし」

どうやら施設の事情に明るい人であるらしい。少し警戒心がほぐれた。

「おじさんもどっかの施設の人ですか？」

「うん、そんなようなもんだ」

ベビーカーの赤ちゃんがふにゃあと泣いた。おじさんが手慣れた様子であやしつつ、ひらりと取り出されたのは、Ａ４サイズのチラシだ。シンプルな白黒のコピー刷りである。

『サロン・ド・日だまり』とタイトルが掲げてあった。

タイトルの下に説明が続いている。――『日だまり』は児童養護施設の当事者活動を応援する交流施設です。児童養護施設の卒業生や、今現在入所している方、また、当事者活動を応援してくださる方々は、いつでもお気軽にお立ち寄りください。

「当事者活動……？」

その呟きで、久志も奏子と同じ言葉に目を惹かれたことが分かった。児童養護施設という言葉に添えられるにしては響きが新鮮だった。

「当事者っていうのは君たちのことだよ」

児童養護施設に入っている当事者、ということか。

「どういうことをするところなんですか？」

久志の質問に、おじさんはにやりと笑った。

「特に何もしない」

久志がまたまた怪訝な顔になり、奏子は自分の顔もきっと怪訝になっているだろうなと思った。

「まあ、ちょっとしたお茶会や季節の行事をこっちで用意してることもあるけどな。でもそんなこと関係なしに、君たちが思い立ったときいつでも立ち寄れるような場所でありたいってことなんだ。来てくれたらゲームや漫画もあるし、適当に遊んだり、ごろごろしたりしてくれたらいい。おじさんがいるときだったら何でもお相手するよ。おじさんは専従スタッフだから大体いるし、遊ぼうぜ」

その説明を聞いてもその施設——『サロン・ド・日だまり』のイメージがさっぱり摑めない。チラシを見ると、市内でそこそこ便利な場所に、一戸建てで住所を構えている。家賃も光熱費もかかるというのに、何の目的もない事務所を構えているなんて訳が分からない。

「『あしたの家』にも子供さんを遊びに寄越してみませんかって説明しに行ってるんだけど……聞いたことないかい？」

全然、と二人揃って首を横に振る。

「そっかぁ。梨田先生、当事者活動に否定的だからな」

どうやら話した相手は副施設長の梨田らしい。それなら納得だ。

「梨田先生、厳しいから」

久志もそう答えた。

職員も子供もニックネームで呼び合う文化の『あしたの家』だが、梨田だけは子供たちに先生と呼ばれている。施設長の福原でさえ直接担当されたことのある子供からは「福ちゃん」呼びであるにも拘《かかわ》らず、だ。

規則重視で厳しい梨田は、「問題のない子供」である奏子や久志でも気安く接することが難しい相手だ。施設の大半の子供たちは梨田を煙たがっている。

「何年か前まで携帯も禁止だったんです、梨田先生の方針で」

おじさんへの警戒心が薄れてきたので、奏子も久志の横からそう言い添えてみた。

梨田先生らしいや、とおじさんは笑った。

「今は解禁なの？」

「はい……何年か前に上級生が施設に無断で持ちはじめて、それから」

なし崩しに解禁になった。

「梨田先生、めっちゃ怒ってたよな」

「ね」

二人で頷き合っていると、おじさんの携帯が鳴った。おじさんが、「ごめんね」とこちらに詫びながら携帯に出る。

「はい、もしもし。……あ、お店入れそう？　はいはい」

漏れ聞こえるやり取りからすると、どうやら相手は奥さんらしい。

電話を切ったおじさんがこちらを振り向いた。

「ごめんごめん。奥さんがごはんのお店に並んでくれてて、席が空いたみたいだからそろそろ行くよ」

そしてベビーカーにてきぱき荷物を積みはじめる。

「おじさんの連絡先、そのチラシに載ってるからさ。よかったら一度遊びに来てよ。予約とか別に要らないから、気が向いたときに何人でもフラッとさ」

最後に一際大きな笑顔をにっかり残し、おじさんはベビーカーを押して立ち去った。

「真山欣司《まやまきんじ》さん……だって」

チラシを見ながら、久志がそう呟いた。携帯番号とメールアドレスも一緒に載っている。

お互い、無言で目を見合わせた。——どうする？

久志の目の中に窺える興味は、きっと奏子自身の目の中が映し込まれている。

「先生にちょっと相談してみようか」

久志の提案はたいへん妥当なところだったが、

「梨田先生以外にしようね」

奏子がそう付け加えて更に妥当になった。

＊

夕方に三田村が日報をつけていると、奏子と久志が連れ立って職員室にやってきた。日頃なら職員はばたばた忙しくしている時間帯だが、冬休み中は子供の数が少ないのでそれほど立て込んではいない。

三田村も気持ちに余裕があったので、二人にすぐ気づいて声をかけた。

「おかえり。掘り出し物あったか？」

冬服を買いに行くと言って出かけたのでそう尋ねると、二人とも「うん、まあ」と頷いた。

「何買ったの」

「フリースパーカーの新色。後は予算の都合上、定番物ばっか」

答えた久志に「そんなことより」と奏子が被《かぶ》せた。

「和泉ちゃんは？」

「見回りじゃないかな。すぐ戻ると思うけど」

答えながら、奏子が持っているチラシのようなものに気がついた。

「何か用事？　俺でよかったら……」

「慎平ちゃんに分かるわけないじゃん」

「そんなこと分かんないだろ！　俺だってもう四ヶ月目なんだぞ！」

は？　と奏子が鼻で笑った。

「四ヶ月なんてまだまだ新米ですけど？」

「カナちゃんはさぁ、俺にだけ何かと当たりがきついよね。ひどくない？」

「慎平ちゃん、なかなか先生感が出てこないんだよね。だからつい気安くなっちゃうんだよな」

久志が笑いながらそうフォローした。

「逆に貴重だよ、カナがこんな突っかかるの」

「俺は子供たちに慕ってほしくて施設の職員になったんだけどなぁ」

「やめてくれる？　慎平ちゃんに子供扱いされるのチョー不本意」

奏子はまたまたばっさりだ。

わいわいやっているところに和泉が帰ってきた。

「どうしたの？」

「あ、やっと話が分かる人が帰ってきた」

「だからさぁ」

三田村の抗議は聞き流し、奏子が「和泉ちゃん、これ分かる?」とチラシを和泉に見せる。

「『サロン・ド・日だまり』……?」

「ほら、和泉先生だって分かんないじゃないか」

鬼の首を獲ったように勝ち誇ると、奏子が唇の端で皮肉っぽく笑った。これも久志に言わせると奏子には珍しい顔だということらしい。

「そーやって勝ち誇っちゃうとこが大人げないし、ちっちゃいよね。男として」

ついに職員としてではなく男としての駄目が入って激しくへこむ。

「何かね、当事者活動がどうとか言ってたよ」

話が進まないと思ったのか、久志が和泉にそう説明した。

「今日、お茶したときに隣の席のおじさんがくれたんだ。俺たちが被服費のこととか話してたら、もしかしたら施設の子?　って」

「当事者活動ってことなら、互助会みたいなものだと思うけど……」

「へえ、そんなのあるんですか」

三田村にとっては初耳である。

「ええ。でも、『あしたの家』はあまりそういう交流はしてないから……」

和泉にも詳しいことはよく分からないらしい。

「梨田先生なら窓口としてそういう情報も受け取ってると思うけど」

「梨田先生には訊かないほうがいいと思いますよ」

横からひょいと話に入ってきたのは猪俣だ。

「うわぁびっくりした！」

三田村が飛び上がると、猪俣が恨みがましい顔になった。

「そんなお化けでも見たような顔しなくても」

「だって死角から急に出てくるから」

それにルックスも若干幽霊入ってるし、というのは飲み込んだ。

「梨田先生に訊かないほうがいいというのは……」

和泉の質問に猪俣が答える。

「何年前だったかな、うちの子供がよその施設の子と知り合って、当事者活動の交流会に行ったことがあるんですよ。もう卒業した子ですが」

職員は把握していない参加だったらしい。梨田はそもそもよその施設との交流さえもあまり好んでおらず、子供たちが知り合ったのは偶然だったという。

会場となった公民館には、いろんな施設の子供や施設出身者が来ており、情報交換がてら討論会のようなものが行われた。

「その討論会で、初めて他の施設の規則などを知ったらしいんです。当時の『あしたの家』では、携帯を持つことは禁止されていましたが、よそには許可している施設がいくつもあった」

子供は高校生で、ちょうど携帯を持ちたがる年頃だった。交流会の後、よその施設は許可されているのに、どうして『あしたの家』では駄目なのかと職員に猛烈に抗議しはじめたらしい。携帯を持ちたがっていた他の子供たちも便乗して、大変な騒ぎになったという。

梨田は「よそはよそ、うちはうち」論理で封じ込めようとしたが、携帯を持ちたい欲求に火が点いた子供たちの気持ちは収まらず、やがて一人が親戚に保証人を頼んで勝手に携帯を持った。

そこからなし崩し的に携帯が許可されるようになったという。

「子供たちの一部が勝手に持ちはじめたというのは聞いてたけど、当事者活動が原因だったとは知りませんでした」

「和泉先生が来る前の騒ぎでしたからね。梨田先生が激昂して大変でした」

「あ、それは聞いてます」

携帯禁止の規則を形骸化させられた梨田の怒りは深く、元から積極的ではなかった当事者活動を完全に拒絶するようになった。

「おじさんも梨田先生のこと言ってた。何度も案内に行ってるけど梨田先生が当事者活動に否定的だからって」

「梨田先生がシャットアウトしたら、現場の職員には情報が下りてきませんからね」

「イノっち的にはどうなの？」

尋ねた久志に猪俣は「興味はあったよ」と答えた。

「ただ、やっぱり日頃の仕事が忙しいからね。実際にリサーチするまでは、なかなか……それに、梨田先生がはっきり否定的なわけだし」

猪俣は、施設の基本方針に関しては梨田にあまり異を唱えない。猪俣なりに何やらリスペクトがあるらしい。

「俺たち、ちょっと行ってみたいんだけど……大丈夫かな、ここ」

「どれ」

猪俣がチラシを取り上げた。しばらく目を走らせる。

「なんだ、県の児童福祉連盟が運営してるんじゃないか。だったら公的機関みたいなものだよ、運営のお金も行政から出てるはずだ。しかし、児童福祉連盟がこんな施設を開設したなんて全然知らなかったなぁ」

児童養護施設では新しい情報を取り入れるのに時間がかかる。職員が日々の業務に忙殺されて進取の気運がなかなか盛り上がらないのだ。常にぎりぎりの人員と予算で回っており、成立したシステムに変化を来《きた》すような動きを忌避する職員は多い。

梨田などはその典型だ。

「ちょっと興味深いな」

そう呟いた猪俣は『あしたの家』では珍しい積極派である。どうしていつも梨田と足並みを揃えているのか三田村には不思議だが、そうしないと組織の運営に差し支えるのかもしれない。

「興味あるならイノっちも一緒に行こうよ、今度の週末」

久志がせがむが、猪俣は「ちょっと難しいなぁ」と首をひねった。

「もうすぐゆっこがトライアルに出るからね。いろいろ準備があって……」

親と同居できるかどうかを試すトライアルは、施設でしばしば行われる。何度かのトライアルを経て、問題がなければ晴れて施設を退所することになる。

親元に戻る形での円満な退所はすべての職員が望むところだが、現実としては奏子のように上手く行かないケースも多い。

子供だけでなく保護者のカウンセリングも行わなければならないので、担当職員は子供を送り出すまで何かと忙しい。

「和泉先生と三田村先生、引率がてら見学してきたらどうですか？　勉強になることがあるかもしれないし」

三田村が和泉を見たのと同じタイミングで、和泉も三田村のほうを振り向いていた。生真面目で慎重な和泉だが、気質としては猪俣の弟子だ。やはり興味があるらしい。

「俺、行ってみたいな」

三田村が一言差し出すと、和泉も「そうね」と頷いた。

俺、ナイスアシストと自分で悦に入る。猪俣の弟子ではあるが、進学の方針が食い違った件があってから、和泉は指標を猪俣に求めることをあまりしなくなった。自分なりの判断をしようと気負っているのがときどき見える。

そのためか、すんなり猪俣に同調してもよさそうなことでもブレーキがかかるようになった。そういうとき、三田村を理由にすると立ち回りが軽くなるらしく、三田村もそのように言葉を選んでいる。そこは腐っても元営業の機微《きび》が生かせており、三年で辞めてしまったが無駄ではなかったなとちょっと嬉しくなる。

和泉も何となく自分を当てにしてくれているような気がするが、ささやかな自負を奏子などにうっかり知られたら「調子に乗りすぎ」と喝破されるので黙っている。

「じゃあ、みんなで行ってみようか」

和泉がそう言ったとき、梨田が職員室に入ってきた。

全員が一瞬言葉を飲んだ。それが共犯者の気配を作り出したらしい。

「どうかしましたか」

怪訝な顔で問いかけてきた梨田に、猪俣が「いえ、何も」と微笑んだ。しらばっくれた猪俣に乗っかって、久志と奏子が「それじゃあ」と職員室を出る。

『サロン・ド・日だまり』のチラシは抜かりなく回収している。

三田村と和泉も手元のプリントに没頭している振りをした。

＊

その後、全員の予定をすり合わせて、『サロン・ド・日だまり』を訪ねたのはその土曜日の午前中になった。

よかったら一度遊びに来てよ。予約とか別に要らないから、気が向いたときに何人でもフラッとさ。――チラシをくれた真山という男性はそう言ったという。

それなら敢えて予約を入れずに行ってみようということになり、ノンアポである。公式HPがあったので、急な休館になっていないかどうかだけ確かめた。

十時過ぎに最寄駅に着いた。『あしたの家』からは乗り換えを入れて三十分ほどで、駅からは十五分ほど歩くという。

改札を出ると、下町風の入り組んだ町並みだった。

「わー、分かりにくそう。地図、地図」

携帯で地図を見ようと三田村がスマホを取り出すと、和泉が「地図なら公式サイトに載ってたやつを印刷してきたから」と止めた。

「え、でもグーグル先生に訊いたほうが早いですよ。マッピングありますし」

ばかね、と和泉がたしなめる。

「施設の子は携帯を持っていないことも多いでしょ？」

施設にはパソコン室があるので、ＰＣの情報なら見られるが、携帯を利用できるかどうかは施設の規則と子供の経済状態による。

「施設の子供にどれだけ寄り添ってるか確認しないと」

「なるほど」

自分はまだまだ施設の子供たちの環境に寄り添えてはいないのだな——と三田村としては反省混じりに学習だ。

今どき携帯は個人のツールとしてあまりにも当たり前になりすぎて、それがないという状態になかなか立ち戻れない。

まだまだだね、と奏子が肘で突っついた。

地図を頼りにしばらく歩くと、『サロン・ド・日だまり』という小さな看板を出した古い木造の家があった。

道路に面する壁が、全面ガラスの引き違い戸になっていて、コンクリの広い土間が打ってあるのが外から見えた。もしかすると昔は住居付きの小さな商店だったのかもしれない。駄菓子屋でも入るとしっくり来るような間取りだ。

「十五分ちょっとね」

和泉が腕時計を見ながら言った。

「慣れたらもっと早いかも」

町並みを見ながらゆっくり歩いていたからだろう。地図自体は分かりやすかった。

「けっこうラフなサイトだったけど、こういうとこはちゃんとしてるんですね」

三田村も公式HPは確認している。説明やQ&Aは、まるで個人のサイトのようにフランクな語りかけの口調だった。

例えば、「『サロン・ド・日だまり』では何ができるの？」という質問に対しては、「何でも！　イベントに参加するもよし、漫画や本を読みながらごろごろするもよし、DVDを観るもよし、ゲームをするもよし。何もしたくなかったら、ぼーっとしててください」という調子だ。

「誰かいるのかな」

久志がガラス越しに中を覗き込む。見える範囲に人影はない。

すると、一同の背中から声がかかった。

「『日だまり』、開いてないの？」

見ると隣家から出てきたおばちゃんだ。玄関先を掃きに出てきたらしい。

「あ、誰もいないみたいなんですけど……」

中を覗いていた久志が答えると「出かけた様子はなかったけどねぇ」とおばちゃんはつかつか歩み寄ってきた。そして引き戸をがらりと開ける。

「真山さーん！　お客さんよ！」

はーい、と奥のほうから返事があった。上がり框《かまち》からすぐの階段をどたどた足音が駆け下りてくる。出てきたのは人懐こそうに口角が上がった顔の造りのおじさんだ。チラシに名前を載せていた真山欣司だろう。

猪俣先生より若いくらいかな、と三田村は見積もったが、猪俣は顔の造りが陰気なせいで年配に見えるので、もしかすると同年代くらいかもしれない。

「おお！　君ら、よく来たな！」

久志と奏子の姿を認めたのか、真山が嬉しげに声を上げる。

「駅から電話くれたら迎えに行ったのに！」

「どうぞお入んなさい」

促したのは呼んでくれたおばちゃんだ。真山がおばちゃんに「すみません大本《おおもと》さん」と会釈する。

「上で布団干してたもんで」

「いい天気だものね」

親しげなご近所トークを交わして、おばちゃんは掃除に戻っていった。

「ええと、あなた方は……」

真山の問いには和泉が答えた。

「『あしたの家』の職員です。この子たちの担当なので」

「そうですか、先生にも来てもらえるなんて嬉しいなぁ。初めまして、『日だまり』常駐職員の真山欣司です」

真山が名乗ったのを皮切りに、土間に立ったままで自己紹介が一渡り巡った。

「すごーい、『ワンパーク』が全巻ある！」

久志と奏子は土間に置いてある本棚に釘付けだ。『ワンパーク』は何十巻も続いている大人気の少年漫画である。

「利用者から人気が高いからね。新刊が出たら読みに来る子もいるよ」

漫画だけではなく、小説も人気作家のものがたくさん並んでいる。

「あっ、ハヤブサタロウ！」

久志が弾んだ声を上げた。おっ、と真山が嬉しそうな声を上げる。

「久志くんは小説も読むのか。ハヤブサタロウ、俺も好きなんだ」

「経済エンタメの最高峰だよね」

そのまま二人でファンしか分からないトークが繰り広げられる。

「漫画は持ち出し禁止だけど、小説なら借りてっていいよ。新刊追えてるか？」

「大丈夫、担当の先生がいつも買ってるから貸してもらえるんだ」

いいなぁ、と奏子が羨ましそうに呟いた。

「ヒサちゃんとイノっちは本の趣味が合うもんね」

「仕方ないよ、イノっちファンタジー読めない人だもん。設定が頭からこぼれちゃうんだって」

　すると真山が「俺はけっこう読めるよ」と乗っかった。

「奏子ちゃんのお薦めは？」

「『円環の騎士』シリーズ。学校でも本読む子にはすごく人気あるの」

「そっか、じゃあ『日だまり』にも入れてみようかな」

　真山と子供たちで盛り上がっている間、三田村と和泉は本棚の隣のテレビラックを拝見した。ゲーム機数種を含めたＡＶ機器が充実しており、ゲームソフトやＤＶＤもそれなりに有名どころが揃っている。

　ゲームソフトは多少嗜《たしな》む三田村から見ても手堅いラインナップだった。

「お、『モンスターハンティング』の最新作」

「対戦するなら付き合うよ。って三田村さんは先生だったか」

「てか、守備範囲広いですね！」

「子供が好きっていうものについていくのが仕事だからね。一通りはチェックしとかないと」

自慢気に胸を張った真山が「そうだ」と座敷を振り返った。

「よかったら布団干すの手伝ってくれないか、まだ途中なんだ」

言いながら真山が座敷に上がり、階段を上った。『あしたの家』ご一行もぞろぞろ続いた。二階まで一直線、急勾配のいかにも昔風な階段だ。

二階はぶち抜きの広い一間で、開けっぱなしの押し入れから何組も布団が引っ張り出されている途中だった。

「三田村さん、ベランダで布団広げてよ。久志くんと奏子ちゃんは、バケツリレーで渡してあげて」

真山の指示から漏れた和泉は、放り出されているシーツ類を畳みはじめた。

「随分たくさん布団があるんですね」

尋ねた和泉に、真山が押し入れから布団を次々出しながら「全部で十組」と答えた。

「年越しやお泊まり会をすることもあるからね。座敷に敷き詰めて、エアコンかけて雑魚寝《ざこね》すれば、けっこう泊まれるよ。寝袋もあるし」

ベランダは布団でいっぱいになったので、後は日の差し込む畳の上に広げた。

そのまま座敷に全員で車座になる。どうにもどこかの施設を訪ねた感じがしない。家が古いということも相まって、まるで――

「まるで、親戚の家に遊びに来たみたいな感じ」

和泉の感想は、ちょうど三田村が言おうとしていたことと同じだった。

「俺が今言おうとしてたのにー！」

「やめてよ、みっともないなぁ」

手厳しい突っ込みは奏子だ。

「『あしたの家』全体がこのレベルかと思われるでしょ」

「大丈夫だよ、カナ」

口を挟んだ久志は、フォローしてくれるのかと思ったら「和泉ちゃんがいるし」と重ねてとどめを刺されただけだった。

「さっきの方も関係者ですか？」

和泉が訊いたのは、先ほどの隣のおばさんのことだろう。大本さんだったか、勝手知ったる様子はいかにも貫禄《かんろく》があった。

「いや、ただのお隣さん」

意外な答えに三田村は思わず「えっ」と声を上げた。

「でもすごい慣れてる感がありましたけど」

「この辺、下町気質が残ってるからね」と真山は答えた。

「近所の人が子供の出入りをよく気にかけてくれるんだ。俺がちょっと出てるときに初めての子が来たら、中に入れてお茶まで出してくれたりするよ」

「え、でも鍵とか」

「ちょっと出のときはポストの中って近所の人みんな知ってるもん」

防犯的にどうなのかと思わないでもないが、近所付き合いがセキュリティになっているのかもしれない。

「イベントのときなんかもよく手伝ってくれるよ。自炊を覚えたい子に料理を教えてくれたり……君ら、自炊訓練はまだか」

急に話を振られて、答えたのは奏子だ。

「そろそろしなきゃいけないねって……」

施設は各階に簡単な調理のできる給湯室があり、高校生になると自炊の練習を推奨される。もっとも、きちんと三食が出る環境で練習に励む者は少なく、ろくに料理を覚えないまま退所していく子供も多い。

「さっきのおばちゃん、料理が上手だぞ～。気が向いたら教えてもらったらいいよ、いっつも教え子探して虎視《こし》眈々《たんたん》としてるから」

「ボランティアとして登録されてるんですか？」

尋ねた和泉に、真山は軽快な舌打ちとともに指を振った。

「そんな堅苦しいもんじゃないよ。子供や若い衆がよく出入りする集会所とかが近所にあったら、世話焼きのおばちゃんってどっからか湧いて出るでしょ」

規則に則って運営されている施設の職員としては、その大雑把さが新鮮でもあり、圧倒されもする。

「何つーか、自由ですね」

真山が気安いので、三田村の口もついついくだけた。

「児童福祉連盟がこういう施設を作ったというのは意外です」

和泉がなかなかなかくだけないのはいつものことだ。

「でも、何のためにこういう施設を……」

首を傾げた和泉に、真山がいたずらっ子のように笑う。

「必要なものしか存在しない人生って味気ないでしょう」

ふっと心に風が吹き抜けたような心地になった。

「必要か不必要かで分けたらハヤブサタロウなんて要らないかもしれないけど、学校の図書室に勉強の本しかないのってつまらないでしょ。小学校ならやっぱり図書室に『かいけつゾロリン』がないと」

久志と奏子に真山の言葉が激烈に響いたことが分かった。

「ゾロリン、俺もカナも大好きだった！」

いつも大人びている久志としては、珍しいほどテンションの高い声だった。

「『日だまり』はハヤブサタロウやゾロリンみたいな施設になりたいんですよ。何かのためとかそういうのじゃなくて、目的のない施設でありたい」

「……わたし、」

和泉が戸惑いながらの様子で口を開いた。

「こちらは退所後支援のための施設なのかと……」

「うん、その退所後支援の一環なんですよ。無目的なスペースであるってことが」

和泉はまだ要領を得ていない様子だ。久志と奏子のほうは、ゾロリンのキーワードで真山の言わんとすることを感覚的に飲み込んだらしい。和泉を見守るように黙って話の成り行きに聞き入っている。

久志と奏子が異を唱えないということは、この施設は二人のニーズに合っている。

――施設の子供たちのニーズに。

正解から式をたどる形で、三田村は和泉よりも一足早く感触を摑んだ。

「……何もしたくなかったら、ぼーっとしててください」

公式ＨＰのＱ＆Ａに載っていた一文を呟くと、真山の口角がにぱっと上がった。

「それ、うちのＨＰで一番大事な部分」

やっぱりだ。ＨＰを見たとき、その一文が意識に引っかかりを生んでいた。

何もしなくてもいい、ということをわざわざ書いてあることへの違和感だ。施設や組織の説明としては明らかに異質で、親しみやすさを狙った話術とは違っているような気がした。

「和泉先生、無目的じゃなくて多目的って考えたほうが分かりやすいと思います」

会社員だった頃は説明会や何かで多目的スペースを利用することがままあった。

その頃は無意識に「多目的スペース」と呼んでいたが、用途が固定されていないということは、これという目的が「無い」ということでもある。

そして、固定された目的が「無い」スペースは、物産展や会社説明会、カルチャースクールの発表会までさまざまな催しを飲み込める。

和泉も三田村の示唆で腑に落ちたようだ。

「三田村先生はなかなか筋がいいなぁ」

真山の誉め言葉に「ほんとですか？」と照れ笑いで頭を掻く。『あしたの家』では子供たちからさえぺーぺー扱いで、誉められることなどほとんどない。

「無目的を即座に多目的に変換できるとか、あんまり施設の人っぽくない発想だよね。珍しいよ」

「あ、俺ちょっと前まで会社員だったんですよ。それと、無目的ってワード、二人がしっくり来てるみたいだったから」

言いつつ久志と奏子を見やる。

「自分が二人の立場だったらどうかな～って考えると、こういうゆるい施設ってあると嬉しいっていうか……ほっとします。立ち寄るのに理由が要らないって気楽ですよね。そんで、暇潰しの道具もあるなら完璧」

和泉が目から鱗の表情で三田村のほうを見た。真山は我が意を得たりの表情だ。

「そうそう。義務と目的ばっかり押しつけられるの、不公平だよな」

真山が話しかけた相手は久志と奏子である。不公平の比較対象は、一般家庭の子供たちだろう。

「フツーの子は家でだらだらしてても許されるのに、施設の子は高校に合格しなきゃ施設にいることさえ許されないんだもんな」

奏子が大きく頷いた。

「だから高校入試って、すっごいプレッシャーなんだよね。公立落ちたら、実質行くとこなくなるもん。施設の子供は私立なんてまず無理だし」

児童養護施設の子供たちは、高校進学をしない場合は一般的に中学卒業を以《もっ》て退所しなくてはならない。予算的に、また人員的に、就学しない児童を引き受ける余地を児童養護施設は持っていないのだ。高校に行かないなら、就職なりアルバイトなりで収入を得るべきだ、収入が得られるなら自活するべきだという、満十五歳の子供たちには厳しすぎる論理が突きつけられる。

職員の思いだけでは突破できない壁で、子供たちは進路を考えるより先に、施設という現時点での生活基盤を失わないために高校入試を乗り越えなければならない。

「ごめんね」

俯いてしまった和泉に、奏子が慌てて首をぶんぶん振った。

「違うよ、仕方のないことだもん」

「そうそう、和泉先生が気に病むことじゃない」

真山も横から口を添えた。

「目的のある施設の限界なんですよ、それが」

「……でも、大抵の行政由来の施設には目的があると思うんですけど」

だとすれば限界を突破できる施設は存在しない——と和泉は訴えている。

「うん、行政由来じゃなくても大抵の施設には目的があるけどね。つまり、世の中の大抵の組織は成立時点から限界を抱えてるってことなんだけど」

身も蓋もないことを言っているのに真山の物腰が軽く聞こえるのは、元から笑っているような顔の造りのせいだろう。もしこれを猪俣辺りが言っていたら、随分深刻に聞こえるはずだ。

「現状、児童養護施設って退所後支援ができないところがほとんどでしょ。それって施設の目的が決まってるからなんだよね」

児童養護施設が管轄するのは、高校生までの就学児童であり、高卒もしくは中卒で退所して社会人になった子供たちはケアする対象に入っていない。

東京都など都市部では、退所後支援のコーディネーターを置いている施設も増えているが、児童福祉には厳然と地方格差があるのが現実だ。

「一度固まった管轄って、動かすの難しいですよね。民間の会社だって新しい事業を始めるときは手続きが大変ですし」

行政から予算を受けている児童養護施設ならなおさらだ。

目的のある施設は、目的から逸脱することはできない。『あしたの家』は未就学児及び就学児童を保護し、自立させるための施設だ。そこから逸脱するには厖大《ぼうだい》な予算と手続きと意志が要る。

「そこで目的のない施設の重要性っていうのが見えてくるでしょ」

真山が人懐こく笑う。

「児童養護施設は、子供たちを自立させるっていう短期的な目的があるけど、退所後支援って長期的な取り組みになるからね。できるだけ、縛りがないほうがいいんだ。——もっとも、これは当事者のみんなが教えてくれたことだけどね」

退所後支援施設を作るに当たり、児童福祉連盟は当事者からのニーズの聞き取りを重視したという。交流会でアンケートを取ったり、討論会を開いた結果、リクエストされた退所後支援の内容は多岐に亘った。

緊急時の住宅確保や連帯保証人の確保、就労支援など実務的な要望ももちろん多くあった。

だが、係員の定期的な連絡や訪問、軽い相談も含めたメンタルケア、堅苦しくない集まりの場を設けてほしいなど、精神的な支援の要望も同様に多かったという。

「ここまでニーズがばらけちゃうと、枠組みをきっちり作った組織じゃ対応できないんだよね。お金もないことだし」

少ない予算が理想の足を引っ張るのはいずこも同じだ。

「そんで、限られた予算でできることからまず始めようってことで設立されたのが、無目的スペース『サロン・ド・日だまり』ってわけ」

言いつつ真山が畳を軽く叩いた。

「無目的に訪ねて来られるスペースがあって、ちょっとしたことを相談できる大人が一人いるって状態を作りたかったんだよね」

「ちょっとしたことって、どんな？」

尋ねた奏子に、真山は「そうだなぁ」と考え込んだ。

「例えば、奏子ちゃんが将来就職した会社で、上司の家族が亡くなったとしようか。女子社員は明日の葬儀を手伝ってくださいってなったとき、奏子ちゃんはどんな服装で行けばいいかとか、何を用意しとけばいいかとか、一人ですぐ分かる？」

奏子は一瞬言葉に詰まり、少し悔しそうに首を横に振った。

「でも、ネットとかで調べたら……」

「ネットは『奏子ちゃんの場合』に特化した答えは見つからないだろ。口やかましい先輩がいたら、気をつけることって普通より増えたりするしさ」

悔しそうな奏子を少しフォローしてやりたくなって、三田村は横から口を挟んだ。

「俺だって社会人なりたての頃は、冠婚葬祭のことなんか全然分かりませんでしたよ。

「ええ～、そんなの生真面目に買った？　信じられないなぁ」

マナー本とか買わないと……」

真山がからかうように笑った。

「本屋さんでマナー本探すより、実家に『お母さ～ん』って電話したクチでしょ？

会社で葬儀の手伝いなんだけど、どうしたらいい？　って」

「いや、まあ、それは確かに……」

指摘のとおりで、三田村が今住んでいる部屋に冠婚葬祭のマナー本は一冊もない。

ネットなども自分に近い事例を探すのが面倒くさく、結局は親に電話をするのが一番手っ取り早かった。

「施設の子ってそういう手っ取り早い手段がないんだよね。身近にちょっとしたこと頼れる大人がいないことが多いから」

施設にいる間は、職員に細々した相談ができるが、退所したら足は遠のく。そしてまた職員の側も、退所した子供を綿密にケアできる時間はない。

「そっか。身近な大人がいないって不便なことなんですね」

感想が率直すぎたかな、と呟いてから慌てたが、真山は「うん、不便なの」と笑顔で頷いた。それから奏子と久志を振り返る。

「そんでそういう不便を少しでも『日だまり』で解消してくれたらいいなって。俺が分かんないことでも、俺の奥さんとか近所の人とか、誰かは知ってると思うし。仕事休みだけど行くとこないなってときに立ち寄ってもらったり、君らが大人になっても身近な場所として使ってほしいんだ」

「擬似的な実家を提供する、という趣旨なんでしょうか」

そう尋ねた和泉に、真山は「実家っていうのはおこがましいけどね」と笑った。

「でも、それくらいの気安さで使ってもらえたらなって思ってます」

すると、久志が「質問」と手を挙げた。

「俺、高校卒業したら、防衛大か自衛隊に入るつもりなんだけど……こっちに帰ってきたいときとか、泊めてくれるの？」

「何のためにここの布団があると思ってるんだ」

真山が自慢気に胸を張る。

「その代わり、ときどき虫干し手伝えよ」

「やった、外泊先確保！」

久志は嬉しそうに笑った。

「入隊したら転勤とかあるしさ。『あしたの家』にも遊びに行きにくくなるなぁって思ってたんだよね。イノっちは自分の家に泊めてくれるって言ってるけど、やっぱり遠慮しちゃうし」

「じゃあ、ヒサちゃん帰ってくるときはわたしも泊まりにこようかな」

奏子がおどけたようにそう言って、久志も「そうしなよ」と笑う。――二人とも、意識して少し子供っぽくはしゃいでいる。

退所して住む場所が離れて、それでも今のように親しいままでいられるのか。――それは二人にとって未来につきまとう不安の一つだったに違いない。

特に、久志のほうは頼れる身内が誰もいない身の上だ。幼い頃は虐待する親の追跡から逃れるために施設を替わったことさえあるという。自衛隊に入れば衣食住は保証されるが、帰る家まで保証してもらえるわけではない。そして、新米隊員の給料では外泊の度に宿泊費を工面するのも厳しいだろう。転勤で離れた土地へ移れば、なおのことだ。

そんな久志と奏子が、予定を合わせれば『日だまり』で落ち合える。

よかったなぁ――とはしゃぐ二人にほっとして、鼻の奥がツンとした。三田村が音を立てないようにすると、ふと和泉と目が合った。

和泉の目元も少し潤んでいるような気がする。

笑った。

お互い、少し照れくさそうに目元だけで微笑んだ。

「二人で来るなら同じ部屋では寝かせないぞ、久志くんは俺と一緒だ」

真山が、わざとらしく気難しい顔を作って腕組みする。久志が「ケチ」と朗らかに

「ちょっとくらい若者に気ィ遣おうよ」

えっ、と三田村が久志のほうを向くと、奏子も三田村と同じような顔で久志を見ていた。

三田村が見ていることには気づかず、奏子ははにかんだように笑いながらわずかに目を伏せた。――甘酸っぱさに畳の上を転がりたくなる。

「真山さーん」

階下から声がかかった。張りのある男性の声だ。

「はーい！　二階にいるから勝手に上がって！」

真山のラフな応対からして、馴染《なじ》みのお客のようだ。

「渡会一《わたらいはじめ》くんっていってね、施設出身者でよく遊びにくるんだ」

和泉の喉からかすかな笛のような音色の息が漏れた。

階段を足音が上ってくる。

「こんちは。今日はお客さんいっぱいですね」

　顔を出したのは背の高い若い男だった。年の頃は二十代後半くらい、――ちょうど和泉と同じ年代だ。

　和泉が、目をいっぱいに見開いてその男を見つめた。目は口ほどに物を言う、とはこういうことか――と分かるような眼差しだった。

　思いの丈が溢れそうな、

「……渡会くん」

　目にようやく口が追い着いた。唇からこぼれた名前に渡会と呼ばれた男が反応した。まじまじと見つめ、こちらの目にも思いが溢れた。

「和泉」

　呼び捨ての苗字《みょうじ》が二人の間に共有した時間があることを知らせた。

「こちら、渡会くん」

　真山の紹介で渡会は「はじめまして」と頭を下げた。

「和泉先生は面識があるのかな？」

　和泉は「ええ」と頷いた。表情にはだいぶ屈託が含まれている。

「高校のときの同級生で……」

「久しぶり」

渡会一は懐かしそうに和泉に笑いかけた。和泉は笑顔から逃げるように目を伏せた。

「渡会くん、県外で就職したって聞いてた」

「転勤でこっちに戻ってきたんだ。三年くらい前かな。でも、当事者活動の集まりでこの辺にはときどき来てたよ」

「知らなかった。……同窓会とかも全然来ないから」

「俺にとっては同窓会より当事者活動のほうが身近だから」

渡会の返事で、和泉の眉がわずかに寄った。——傷ついている。

「それより、和泉のほうはどうしたの？　こんなところで会うなんて思わなかった」

「わたしは子供たちの付き添いで……今、『あしたの家』に勤めてるから」

すると渡会の表情がぱっと明るくなった。

「『あしたの家』から来てくれたんだ？」

そして、その明るくなったテンションのまま真山のほうを振り向いた。

「よかった、これで閉鎖の話もなくなるんじゃない？」

真山の表情が複雑に曇った。一瞬の逡巡《しゅんじゅん》の後、曖昧に笑いながら腰を上げる。

「ずっと布団番してるのも何だし、下でお茶でも飲もうか」

話をはぐらかしたことが、却ってその話の信憑性《しんぴょう》を教えた。

久志と奏子が顔を見合わせ、久志のほうが口を開いた。

「真山さん、閉鎖って……」

真山は二人には答えず、渡会に向かって「渡会く〜ん」と口を尖らせた。おどけて咎めた様子に、渡会が片手で軽く拝む。真山の反応ですぐに失言を悟っていたことがずっと見ていた三田村には分かった。

きっと施設にいた頃は、久志や奏子のように察しのいい「問題のない子供」だったに違いない。

「……まあ、取り敢えずお茶でも」

階段を降りていく真山に、他の全員が無言で従った。

「これ、さっきのおばちゃんがくれたお煎茶。お茶菓子ももらったんだけど、今どきの若い子って落雁《らくがん》なんか食べるのかなぁ」

真山はそんなどうでもいい話に饒舌《じょうぜつ》だった。

「あー、俺ちょっと苦手です。口の中ぱっさぱさになりますよね」

三田村が答えたのは、他の誰も真山の話に乗っかろうとしなかったからだ。

「そう言う子が多くてなかなか減らないんだ。俺しか食べないから」

「何で今どき落雁なんでしょうねえ」

「お仏壇のお菓子を下げたら『日だまり』にお裾分けをくれるんだ」

「お仏壇かぁ、それじゃ仕方ないや」

と、座卓の下で膝を蹴られた。見ると、斜め向かいに座った奏子だ。三田村の膝に届かせようと伸ばした足を畳みながら、「そんな話どうでもいいでしょ」と口パクで叱りつけている。

分かってないなぁ、と内心でぼやく。

たわいのない話で空気を攪拌《かくはん》しなくちゃ切り出しにくい話ってあるんだぞ。

「みんな減らすの手伝ってよ」

言いつつ真山が年季の入った戸棚からトレイにパッケージされたままの落雁を出す。ハスや菊が型抜きされたカラフルな落雁は十年一日で変わらないデザインだ。

誰も手を伸ばそうとしない中、三田村が半ば責任感でハスの落雁を取ると、久志も釣られたように菊が型抜きされたものを取った。

「ヒサ、好きなの？」

「初めてだから食べてみようかなって……施設で出てきたことないし」

法事で必ずお目にかかる様式美のような供え物だが、親戚との付き合いがまったくない久志にとっては物珍しかったらしい。施設では、季節の行事など一般家庭で経験するようなことはほとんど年中行事に取り入れているが、さすがに法事を取り入れることはできない。

「けっこうヘビーな環境の子？」

そう尋ねたのは渡会だ。施設で出てこないものを経験できないということを即座に家庭環境の苛酷さに変換する辺りは、施設出身者ならではの間合いだ。

「まああね」

答えた久志が密封のビニールを破いて落雁の端を囓《かじ》り「ほんとだ、ぱっさぱさ」と顔をしかめる。

「砂糖？」

「はったい粉かなんか混ざってるんじゃないかな」

真山がそう答えると、和泉がトレイを引っくり返して裏側を見た。

「お米の粉と砂糖みたいですよ。食べる？」

尋ねた相手は奏子だ。奏子は「いい」と首を横に振り、真山のほうを見た。

「それより、閉鎖って……」

真山が苦笑混じりに頭を掻く。
「君らには気兼ねなくこの場所を楽しんでほしかったんだけどなぁ」
渡会が再び「すみません」と拝む。今度は両手だ。
「県議会でいわゆる仕分け？　の対象に『日だまり』が入っちゃってさ……」
真山の口は、どうでもいい話をしているときの三倍ほど重かった。
県予算の無駄を追及するという県政の動きは、慢性化した県の財政赤字対策として
ここ数年持ち上がっており、特に現知事の反対派が熱心だという。
「こういうときに『日だまり』みたいな無目的な施設は存在意義の説明が難しくてね。
頭の固い人にはなかなか伝わらないんだ」
言いつつ真山が自分の頭を叩き、コツコツ固い音を立てる。
「でも、ちゃんと理解してもらえるように頑張るからね。君たちがここに来てくれる
ことも施設の利用実績になるから、ありがたいんだよ。『日だまり』はちゃんと児童養
護当事者の役に立ってますよー、無駄な施設じゃありませんよーってね」
真山は上手くごまかした。大抵の子供ならその説明で納得しただろう。
だが、久志と奏子は大抵の子供より聡《さと》い。
「なんで『あしたの家』の子供が来たら閉鎖の話がなくなるんですか？　『あしたの

家』が何か関係してるんですか？」

　先に久志が切り込んだ。

「そういうわけじゃなくてね……」

　口を濁した真山を奏子が追撃した。

「でも、渡会さんはそういう言い方しました」

「駄目だよ、真山さん」

　横から渡会が口を挟んだ。

「しっかりしてるもん、この子たち。ごまかせないよ」

「渡会くんが変なこと言うからさぁ～」

「それは謝るけど」

　小さく内輪揉めを始めた二人に、和泉が身を乗り出した。

「うちが関係あるなら聞かせてください。気になります」

　詰め寄られた真山が三田村のほうに顔を向けた。

「こちら、なかなか融通利かなさそうな女性だね？」

「頑固ですよ」

　三田村が頷くと、渡会が笑った。

「昔っからそうだったよな。生真面目で」

「からかわないで」

何てことない軽口の応酬なのに、どうしてこの二人だと、深い繋がりがあるように感じられるんだろう――三田村は二人の様子からわずかに目の焦点をずらした。周りが聡い人間ばかりなので、視線を逸《そ》らすともやもやした気持ちを見透かされそうな気がした。

真山も、久志も、奏子も聡い。

――俺だって、と負け惜しみのような呟きが胸の中で生まれる。

俺だって、その人が生真面目で頑なことくらい、知ってます。

「いや、梨田先生がさぁ」

真山は観念したのか、決まり悪そうに切り出した。

「名指しでうちを必要ないって言っちゃったらしくて……」

県議が数名参加する児童福祉関係の会食の機会があり、『日だまり』のことが話題に上ったという。

無目的な施設である『日だまり』は、行政関係者になかなか理解されず、開設当初から必要性を疑問視する声は上がっていた。

実際のところどうなんだね、あれは。

話題がそちらに流れ、常から当事者活動について否定的な梨田は『日だまり』の全否定に近いことを言ったらしい。

「ああ、想像がつく……」

三田村は思わず顔を覆った。

梨田は良くも悪くも言葉に迷いがなく、留保をつけない。その席でも、職員会議で三田村をギッタギタにするような勢いで『日だまり』不要論を語ったことだろう。

酒の席の非公式な話題のはずだったが、県政の多くはそんな程度のきっかけで動く。参加した県議が、知事の反対派であることも災いした。失政の少ない知事に、失点をぶら下げたいという政治的な思惑も流れを作ったらしい。

『あしたの家』は『日だまり』の一番近くに所在する、県内で最も大規模な施設だ。その『あしたの家』の副施設長が不要と明言し、また『あしたの家』の入所者が一人も利用していない施設に存在意義はあるのか――

「……とまあ、そんな次第で少々苦しい立場に追い込まれております」

真山は茶目っ気たっぷりに敬礼したが、『あしたの家』陣営としては、乗っかって笑うわけにもいかない。

「『あしたの家』のせいで潰れちゃうんですか?」

問いかけた奏子の顔色は白い。

「すぐにそうなるわけじゃないよ。まずは査察かな、利用状況を調べたり……」

言いつつ真山が奏子の頭をわしっとなでた。

「だから、『あしたの家』の子が来てくれたっていうのはすごく助かるんだ。ちゃんと『あしたの家』の子も利用してますって言えるからね」

「それで俺たちに声かけたんですか?」

ごめん、と真山が二人に頭を下げる。

「『あしたの家』の子だろうなと思って声をかけたのは事実だ。もしそうだったら、来てくれると助かるなと思ってね」

「……けっこう、危機的ですよね? 状況」

三田村が窺うと、真山は諭すように笑った。――この話はもういい、と言っている。

だが、三田村は引き下がれなかった。

「でも」

「三田村先生。それは大人の話だからさ」

「ヒサとカナちゃんは大人じゃないけど当事者です」

久志も奏子も『日だまり』という場所に巡り会えたことを喜んでいる。『あしたの家』を退所してもここで会えると、わざと子供っぽく振る舞った甘酸っぱいやり取りをたった今、目の前で見た。

冗談にまぎらわせたささやかな約束の場所がなくなるなど、もし自分だったら――

「もし俺だったら、『日だまり』がなくなっちゃうの、絶対イヤです」

そうでなくとも日頃聞き分けのいい子供たちだ。こんな小さな将来の夢が叶わないなんてことがあってたまるものか。

「危機的って、どれくらい……？」

奏子が真山ではなく三田村に訊いた。

「たった二人でも『あしたの家』から利用者がカウントできたら助かるってことは、『あしたの家』が相当ネックになってますよね？」

三田村の問いに真山は初めて苦笑の混じらない溜息をついた。

「子供を不安にさせてどうすんの？」

『あしたの家』が存続のネックだと指摘したことを真山は怒っている。

それを突きつけられたら久志と奏子は責任を感じる。梨田の言ったことだから自分たちには関係ないと割り切れるような子供たちではないと読んでいる。

「俺は久志くんと奏子ちゃんに『日だまり』を気兼ねなく利用してほしかったんだ」

「俺だったら、気兼ねなく利用するために蚊帳《かや》の外に置かれるほうがイヤです」

俺だったら。俺だったら、俺だったら、俺だったら――児童養護のド素人として『あしたの家』に飛び込んだ三田村にとって、唯一頼れるものさしは、「もしも自分だったら」だ。

奏子の進学のことで猪俣と意見が食い違ったとき、猪俣がそこだけは誉めてくれた。家庭環境も年齢もまったく違う久志と自分を躊躇なく比べたことを、大人げないとは言わずに能力だと言ってくれた。

もし俺だったら、『日だまり』みたいな場所があると嬉しい。

もし俺だったら、『日だまり』が『あしたの家』のせいで危機にあることを隠されたくない。

もし俺だったら、『日だまり』を守りたい。――約束の場所を守りたい。

「査察って、利用状況の調査だけですか」

「三田村先生」

真山の声が咎めるように尖ったとき、渡会が口を挟んだ。

「近いうちに、県内の児童養護施設に対して、『日だまり』についてのアンケートが取られる。県内最大規模の施設である『あしたの家』の所感はかなり重視される」

真山が強く息を吐いて渡会を振り向いた。だが、渡会は怯まなかった。

「俺も三田村先生に賛成。子供扱いで蚊帳の外ってむかつく」

そして渡会は三田村に向かってニッと笑った。

「俺の施設に三田村先生みたいな先生がいたら、けっこう好きになってた」

何だよちくしょう――けっこういい奴じゃないか。

嬉しい反面やみくもに悔しくなって、「どうも」と微妙な会釈をした。

「アンケートっていうのは、施設の職員なら誰が記入してもいいんでしょうか」

和泉が決死隊のような表情で尋ねた。郵便物をチェックして、アンケートを見つけたら自分が記入してしまおうという腹だろう。

真山もその腹は察したらしい、「残念ながら」と苦笑した。

「たぶん施設印が要るねえ」

施設印の必要な書類は、梨田のチェックを経て福原が印を押すことになっている。いくら何でも公文書偽造に手を染めるわけにはいかない。

「……でも、何とかします」

和泉が唇を噛んだ。

「子供たちにとって必要な場所だと思うので。『日だまり』のアンケートをどうするかは職員会議にかけます」

「……ありがとう、助かるよ」

真山が大きく頭を下げた。そして子供たちにも向き直る。

「二人も施設の仲間が興味を持ってくれたら連れてきてくれな」

久志も奏子も力強く頷いた。

「……でも、それはそれとして、今日は気兼ねなくくつろいでってくれよな。やってみたいことがあったら何でも言ってくれ」

奏子がすかさず手を挙げた。

「わたし、お料理作りたい！」

「お、いいね」

真山がにかっと笑った。さっきまでの屈託が消え失せた全開の笑顔だ。

「じゃあ昼飯は奏子ちゃんの手料理をご馳走《ちそう》になるか」

「カナ、作れるの？」

料理人の腕前を心配したのは久志だ。

「施設に来る前は少しくらいやってたし」

「何年前だよ！　小学生の頃じゃんか」

「でも和泉ちゃんがいるから」

　矛先が回ってきた和泉が「えっ」と固まった。その様子に渡会が吹き出す。

「相変わらず苦手なんだな。調理実習、男らしかったもんな」

「あの頃よりは、多少は」

　抗弁する和泉に、「うそうそ」と三田村は横から突っ込んだ。

「ときどき持ってくるお弁当、けっこう男らしいですよね。卵が常にスクランブルで焦げてる」

「余計なお世話よ！」

　じろりと睨まれて、しまったと臍《ほぞ》を噛む。――俺だってそれくらいのこと知ってる、としゃしゃり出てしまったが、完全に裏目だ。

「よし、隣のおばちゃん出動だな。奏子ちゃん、お昼ご飯を一緒に作ってほしいってお願いしておいで」

　真山の采配《さいはい》に「はぁい」と奏子が玄関土間に駆け出していく。

「こういうときの材料費はどうなるんですか？」

　和泉が尋ねると、真山は「経費」と答えた。

日報の利用者数と照らし合わせて、不自然な金額でなければ食費として計上できるという。

「もっとも、カンパは大歓迎」

いたずらっぽく付け足した真山に、渡会が「取り敢えず」と自分の財布から二千円出した。

「お、俺も」

三田村が同額を出したのは完全に負けじ魂だ。

ややあって、奏子が隣のおばちゃんと戻ってきた。見るからに気合いが入っており、日頃から生徒を虎視眈々と探しているという真山の話に裏付けが取れた。

隣の大本さんは『日だまり』の冷蔵庫の在庫をチェックし、中華丼と簡単な和《あ》え物、スープの作り方を指導してくれた。

これからの男の子は料理くらいできなくちゃ、と台所には久志も駆り出された。

大本さんも含めて総勢七名の賑やかな昼食を終え、干していた布団を取り入れると、もうじき夕方という頃合いだった。『あしたの家』組はそろそろ引き揚げ時である。

「またおいで」

真山に見送られて『日だまり』を後にする。

楽しさの名残《なごり》を惜しむように喋りながら駅へ向かう途中、駆け足の音が追いかけてきた。振り向く前に、三田村には誰だか分かった。

「和泉！」

渡会に呼びかけられた和泉のほうがむしろ驚いたような顔をしていた。

「――『日だまり』のこと、」

どう続けたものか迷ったらしく、渡会はしばらく黙り込んだ。結局「『日だまり』のこと」ともう一度繰り返した。

「よろしく頼むな。子供だけじゃなくて、俺たちにも――大人にも必要な場所なんだ。頼る親がいないような大人にも」

和泉の表情がきりりと引き締まった。横顔がやけに男前でかっこよかった。

もし俺が女で、和泉先生が男だったら、この横顔だけで惚れてるな――と、ばかなことをその横顔に思った。

「それに、真山さんも……『日だまり』の管理人になるために仕事まで辞めてくれたのに、台無しになっちゃうから」

「市の職員とかじゃないんですか、真山さん」

思わず三田村が口を挟むと、渡会は苦く笑って首を横に振った。

「元はバリバリの商社マン。給料なんか今の三倍だったんだぜ」

どうして、と呟きかけて、三田村はあわてて飲み込んだ。だが、児童福祉の世界が薄給であることは事実で、三倍の給料を捨ててまで管理人を引き受けたことは驚きだ。

「ずっとボランティアで当事者活動に参加してくれてたんだよ、俺が高校の頃から。『日だまり』ができることになって、管理人を探しはじめたとき、みんなが真山さんならって……そんで、真山さんは受けてくれたんだ」

頼む、と渡会は頭を下げた。

他人のために頭を下げられる渡会は、同じ男から見てもかっこよかった。

「できる限りのことはするから」

余分な言葉の少ない和泉も、やっぱりかっこよかった。

＊

『あしたの家』に戻ると、そろそろ夕食が始まる時間だった。

「どうしたらいいと思う？」

久志と奏子と別れて職員室へ戻る道すがら、和泉は三田村に真顔でそう尋ねてきた。

「どうしたらって……」

「三田村先生のほうがこういうの世慣れてそうだから」

『あしたの家』に戻ってきて、真っ先に頼ってくれるのは俺なんだ。――そう思うと、しょぼくれた気分は急上昇で持ち直した。

だが、だからといって新米の身でスーパーマンみたいな活躍など狙ったら、大怪我《けが》間違いなしだ。

「週明けの職員会議にはかけるとして……やっぱりここは根回しが大事ですよ。信頼できる先生を味方に引っ張り込まないと」

「……猪俣先生？」

「やっぱそうですよね。『日だまり』にも興味持ってくれてたし」

「私がどうかしましたか」

死角からひょいと覗き込まれて、三田村は「うわぁ！」と声を張り上げた。和泉は体を引いて固まっている。とっさに悲鳴が出ないタイプだ。

猪俣は「その驚かれ方は毎度心外だなぁ」と渋い顔をしている。

「その気配消して忍び寄るのやめましょうよ」

「別に消してませんが」

じゃあ元々生体エネルギーが少ないんだ、という憎まれ口は飲み込んだ。

「お疲れさまでした」

和泉がねぎらいの言葉をかけた。猪俣は、トライアルに出るゆっこの母親と面談があったはずだ。

「どうでしたか？」

和泉の問いに、猪俣はいつもどおりの陰気な笑みを浮かべた。慣れると判別がつくが、かなりご機嫌な笑みだ。

「お母さんもかなり落ち着いてる感じで、期待が持てそうです」

よかった、とまずは施設職員として胸をなで下ろす。

「そちらはどうでしたか、例の……」

「猪俣先生、すぐそういうとこ気にかけてくれるから好き」

「何ですか、気持ち悪いなぁ」

引き気味の猪俣をまあまあと椅子に座らせる。

説明は三田村先生のほうが得意そうだから、と和泉が譲り、三田村が『日だまり』の概要を説明した。三田村の言葉が足りないところは和泉が補足してくれた。

「なるほど、無目的スペースですか」

猪俣はやはり食いついた。

「今日はどんなことをして過ごしたんですか」

どんなこと、と改めて訊かれると、かいつまむのが難しい程たわいのないことしかしていない。

「ええと、真山さんが布団を干してるところだったので手伝って……」

渡会が来たこと、隣の大本さんに教わって奏子と久志が昼食を作ったこと、後は本を読んだりゲームをしたりだ。

猪俣はひとつひとつ、身じろぎもしないで聞いていた。そして、安堵のような深い深い溜息をついた。

「そんな施設があってくれたらとずっと思っていました」

「そんな、というのは……」

尋ねた和泉に、猪俣は目頭を揉みながら答えた。見ようによっては――滲んだ涙をごまかしているようにも見えた。

「退所した子供たちの受け皿になってくれるような施設です。何の理由も目的もなく立ち寄れる場所が一つあってくれるだけで、どんなにか……」

思いがあふれたように、声が立ち消えた。どれほど雄弁に語るより『日だまり』の存在を喜んでいることが窺えた。

そんな猪俣に、『日だまり』を巡る懸念はいかにも伝えづらかった。

思わず和泉と目を見交わす。すると和泉がわずかに、しかし強く顎を引いて頷いた。

「『日だまり』の存続が危ぶまれているそうです」

躊躇の揺らぎ一つ見せず、和泉は端的に伝えた。まるで軍司令部への戦況報告だ。

「どういうことですか」

受けた猪俣にも、動揺は見えない。ただ、本気になるスイッチが入ったことだけが分かった。

梨田の発言をきっかけとする『日だまり』への逆風を、和泉は淡々と説明した。

「どうしたらいいですか」

そう結んだ和泉に、猪俣は即答だった。

「まずは職員会議にかけることでしょうね」

やはりだ。

「週明けですか」

三田村が尋ねると、振られた首の方向は横だ。

「まず根回しをしたほうがいい。急に新しい案件を振られたら拒否反応が出ます」

常に超過勤務状態の職員たちは、根回しのない動議があるとまずルーチンと慣習を守ることに流れがちだ。

「アンケートはいつごろ回ってくるんですか」

「近いうちちって言ってました」

三田村の答えに猪俣は席を立ち、梨田の机に向かった。未チェックとチェック済みの郵便物のトレイを総ざらえする。施設宛の郵便物は、梨田が処理することになっているので、ほかの職員も梨田の郵便トレイは確認してもいいことになっている。

「それらしいものはまだ来ていないようですね。ですが、それほど悠長な話でもないようですし、来週の職員会議にかけるのを目標に根回しします」

「ええと、俺たち何か手伝えることとって……」

「最初の打診は私が入れたほうがいいでしょう」

人望やキャリアを考えると当然だ。

「詳細を聞きたいという人を三田村先生と和泉先生に振りますから、段取りよく説明できるようにこの週末で準備しておいてください」

「任せてください！　プレゼンけっこう得意でした！」

三田村は胸を叩いたが、和泉は戸惑った様子で男二人を見比べている。

「大丈夫です、和泉先生がいいと思ったことを話せばいいだけですよ。俺がぺらぺら喋るより効果あるかもしれない」

「指示して。頼りにしてる」

率直な言葉に内心でテンションが上がった。――わーお。

この人、頼りにしてるって言いましたよ。俺に！

誰から話すかは猪俣の裁量に任せることにして、作戦会議はひとまず終了だ。

「ところで三田村先生」

和泉が席を外した隙に、猪俣がやや声を潜めて問いかけてきた。

「さっきの話に出てきた、渡会さんというのは……」

「和泉先生の高校の同級生だそうです。県内の施設に入ってたそうで」

何やら特別な空気感のありそうな相手だった、ということは言うに言えない。

猪俣は「ああ……」と思うところがありそうな様子で頷き、

「頑張ってくださいね。強敵ですよ」

そう言って三田村の肩を叩いた。

別にそんなんじゃないですから、と笑えなかったことで――もしかして俺ってそうなのかな、とゆるやかな自覚が訪れた。

＊

週が明けて三田村が出勤すると、状況は急激に動いていた。

職員室に入った途端、空気がピリピリと帯電していることが分かった。

「おはようございます……」

思わず挨拶の声をひそめながら席に着くと、隣の席から猪俣が囁《ささや》いた。

「根回しをする時間はなくなりました。午後の会議で『日だまり』が議題に出ます」

「え、何で……」

「カナです。昨日の晩、食堂で他の子供たちに『日だまり』の宣伝をしていたようで……」

奏子なりに『あしたの家』から利用者を増やそうとしたのだろう。『ワンパーク』が全巻ある、『モンスターハンティング』の最新作がある——と子供たちが喜びそうなことで興味を引こうとしたところ、思った以上に反応がよく、一大説明会のようなことになってしまったらしい。

それを梨田に見咎められ、出勤していた和泉が問い質されたという。

「それは……」

奏子の気持ちを思うと責めることはできない。だが、大人たちの目論見《もくろみ》がご破算になったことは確かだ。

「覚悟してください。荒れますよ」

猪俣の予告を裏付けるかのように、午後の職員会議での梨田は初っ端《しょぱな》から不機嫌のかたまりのような顔だった。

予定されていた議題が粛々と消化されていき、「それでは最後に……」と梨田が口を開いた。

いつもなら「何か提案のある方は」と続くが、この日は違った。

「『サロン・ド・日だまり』についてですが」

来た、と三田村は唇を引き結んだ。和泉の表情も強ばっている。

「施設概要については資料を参照していただいたものとして」

職員には『日だまり』のチラシが事前に配られている。『日だまり』については、知っている者と知らなかった者に分かれ、「知ってた?」「一応」などと情報交換のひそひそ声が交わされる。

「無断で子供たちを『日だまり』に引率した職員がいます」

「お言葉ですが」

和泉は初手から臨戦態勢だ。

「訪れるのに許可が要るような施設とは思えません。児童福祉連盟が運営する正規の退所後支援施設です」

「そうは言っても遊ぶことばかり推奨しているような施設だろう！」

梨田が手元のチラシを手荒く叩く。

「何が退所後支援だ！　漫画やゲームがあることばかり喧伝《けんでん》して人寄せをするような不真面目な施設じゃないか！　子供たちに悪影響があったらどうする！」

「堅苦しいことばっかり書いたら子供が集まらないじゃないですか」

三田村も援護射撃にギアを入れた。

「敷居を下げる手法ですよ。そうでなくても新しい施設を訪問するのってハードルが高いんだし、最初は楽しいことで誘うのが勧誘の基本でしょ」

例によって梨田と若手の衝突か、と周囲が傍観に回るような滑り出しだった。和泉先生も理想主義なところがあるからなぁ、と苦笑混じりの囁きが聞こえ、和泉は振り向かなかったが三田村は振り向いて睨んだ。

子供たちのことで理想を唱えて何が悪い。

「そもそも『あしたの家』では当事者活動は推奨しない方針だ！」

「そもそも論で言うなら、その方針自体がどうなんでしょう？」

猪俣が静かに口を挟んだ。

「当事者活動は、当事者が必要性を判断すべきではありませんか？　当事者が必要としているなら職員がそれを阻むべきではないと思います」

「規則の違う子供たちとの交流は施設の秩序を乱します！　携帯のときもそうだったでしょうが、忘れたんですか！」

梨田は錦の御旗《みはた》のようにその事例を振りかざしたが、猪俣は怯まなかった。

「携帯を持たせたことで大きな問題が発生しましたか？」

課金サイトなどで利用料金が高額に上ってしまう子供が出るかもしれない、ということが携帯を禁止していた理由だったが、実際にはそんなことになった子供はいない。

「子供たちは、自分が経済的に恵まれていないということをよく自覚しています」

羽目を外して高額請求が来ても、助けてくれる親がいない子供がほとんどだ。そのためか、『あしたの家』で携帯の高額請求が問題になったことはない。

「むしろ携帯禁止という規則が世間の実情に合わないものになっていました。それを見直す契機になったと私は思っていますが」

携帯を持っていなかったら同級生から変なふうに思われる、という苦情は子供たちから頻繁に上がっていたという。特に、施設に入っていることを隠している子供たちは言い訳に苦労していた。

「それは結果論だ！」

梨田が声を荒げた。他の職員たちが息を潜めるように見守る。

梨田と猪俣が、ここまで意見を対立させることなど、日頃はまったくない。大抵は狷介《けんかい》な梨田に猪俣が折衷案を出す役だ。

しかし、猪俣に折り合う気配はまったく見えない。

「『何もしたくなかったら、ぼーっとしててください』だ？　ぼーっとするために特別な場所がいるのか！　そんなものを児童福祉連盟がわざわざ運営するなんて、予算の無駄だ！　子供たちにこんなものは必要ない！」

「それを決めるのはあなたじゃない！」

議場の全員が息を呑んだ。梨田も例外ではなかった。

猪俣からこれほどの怒鳴り声が叩き出されたことに、誰もが度肝を抜かれた。

息をするのも憚られるほどしんと静まり返った中、猪俣がねじ込むように続けた。

「必要か必要じゃないか、それを決めるのは子供たち自身です。あるいはかつて子供だった当事者です。子供たちのニーズを酌み取って設立したはずの施設を、子供たちの管理が面倒になるからという私たちの都合で否定するのは、間違っています」

「……都合だと？」

梨田がようやく反駁した。猪俣は「都合でしょう」と一笑に付した。

「うちより規則が厳しくない施設のことを知って、子供たちが不満を言いはじめたら面倒くさい。それ以外に当事者活動を禁止する理由なんてありますか」

「猪俣先生、言葉が過ぎますよ」

やんわり諭したのは施設長の福原だ。

「すみません。ですが、私は当事者活動の否定については事なかれ主義しか感じられないので」

わあ、そこまで言っちゃう、と三田村は思わず身じろぎした。日頃穏和な人間が実は一番苛烈だったというのはよくある話だが、猪俣の切れ味は相当だ。

完全に梨田と猪俣の対立になってしまっている。

「ぼーっとしてくださいだの一緒に遊びましょうだの、子供が怠けるようなことしか勧めてないじゃないか！」

梨田もむきになると相当な難物だ。

「こんなところに出入りして、不良と付き合うようになったらどうする！」

確かに――と、職員の間に同調する声がちらほら上がった。

「仮に子供が非行に走ったとしても、それをケアするのが私たちの仕事のはずです」

猪俣は一向に怯まない。

「『日だまり』は受け皿です。退所して、施設から足が遠のく子供たちが、ちょっとしたことでも立ち寄れる場所があったら、どれほど心強いと思います。子供たちだけじゃない、私たちだって――」

猪俣の声が詰まった。

「自分たちの手が届かなくなってしまう子供たちを、どれほど心安らかに送り出せると思いますか。施設にいる間は私たちが話を聞いてやれる。でも、巣立ったらそんな相手はいないんです。ちょっとした悩みや相談を打ち明けられる相手がいるだけで、子供たちが社会の波間に沈む確率は大幅に減るんです」

わずかな揺らぎを立て直した声は、真に迫っており、かつて波間に沈んだと思って諦めた子供を思い起こしていることが分かった。――もし、あの頃に『日だまり』があれば。

梨田は少し怯んだようにも見えたが、やはり頑なだった。

「受け皿というにはお粗末すぎる施設だ。職員も一人だというし、退所後支援の任に耐えるとは思えん」

「最初から万全の退所後支援施設が作れるなら苦労はしません」

本格的な退所後支援となると、就労支援や連帯保証人の確保、緊急時の住宅提供や貸付金など莫大《ばくだい》な予算と人員が必要になる。そのレベルで退所後支援が成立しているのは、ごく一部の都市部だけだ。

「長い要望の末にようやく小さな受け皿が一枚もらえたのに、それが立派な大皿じゃないと駄々を捏ねるようなものです」

猪俣が真っ向から梨田を見据えた。

「養護施設のすべての子供たちが享受する権利がある受け皿をあくまで否定なさるということであれば、私はもうあなたについていくことはできない」

「ストップ！」

手をパンと叩いたのは福原だった。全員の注目を集めてからにこりと笑う。

「子供たちには当分『日だまり』の利用を禁止します」

「施設長！」

猪俣の抗議に福原は「だって」と小首を傾げた。

「受け皿の重要性は分かりますけど、その受け皿のために梨田先生と猪俣先生が決裂してしまうようなことがあったら、『あしたの家』としては大打撃ですもの」

もうあなたについていくことはできない。──猪俣は、自身の進退を賭けずにそう言い放つ男ではない。だが、そのカードを切られたら同時に梨田も退けなくなる。

「少し冷静さを欠いておられますよ。受け皿は逃げるわけじゃないんでしょう？」

猪俣は不本意そうに黙り込んだ。

「皆さん、職員同士のコンセンサスが取れるまでは『日だまり』の利用はしないように子供たちへの指導をお願いします」

柔らかな鶴の一声で、職員会議は幕を閉じた。

＊

『日だまり』の利用禁止令を受けて、和泉が最も心配したのは奏子の反応である。

話をしたのは奏子の部屋だ。学校から帰ってきたところを摑まえた。同室の杏里も戻っていたが、何気なく外してくれた。気ままに見えて意外と濃やかなところがある。

話を聞いて、奏子は思いのほか落ち着いていた。

「だから、しばらくの間『日だまり』の利用は……」

「しばらくって、どれくらい？」

「職員同士のコンセンサスが取れるまで」

福原の言った目安をそのまま繰り返す。

「アンケート、どうなるの？」

「それも職員会議で話し合うことになると思う」

奏子の表情が硬くなったのを見て、慌てて付け加える。

「でも、こうして問題になったことで、梨田先生の一存で書けるわけじゃなくなったから。それに、猪俣先生は全面的に味方してくれてるよ」

「分かった」

納得した様子だったので職員室へ引き揚げた。すると三田村が待ち構えていたように和泉の席へ飛んできた。

「カナちゃん、大丈夫でしたか？」

「そんなに動揺してなかったみたい。猪俣先生が味方してくれてるってことでも安心したんじゃないかしら」

よかったー、と三田村は大きく胸をなで下ろした。

見通しが甘かったことを思い知ったのは翌日である。

門限を過ぎても奏子が施設に帰ってこなかった。携帯も繋がらない。

日頃の生活態度が良好なだけに、門限を過ぎて二時間もすると事故か事件かと職員室が大騒ぎになった。

「……やっぱりショックだったんじゃないですか、『日だまり』のこと」

三田村の呟きに猪俣も頷いた。

「ショックを受けて夜遊びに走るというのは子供の非行としてあり得ることですね」

「『日だまり』が原因とは限らんだろうが！」

声を荒げた梨田に、猪俣が冷やかな視線を送る。

「昨日今日でショックを受けるようなことが他にありましたか」

「利用を禁止したのは施設長の判断だ！」

「ちょ、ストーップ！」

三田村が二人の間に割って入った。

「決裂回避で禁止令が出たんでしょ、改めてやり合わないでくださいよ！　それに、一番心配なのはカナちゃんのことでしょ！」

わたしのせいだ、と和泉は唇を嚙んだ。

話をしたとき、落ち着いていると思った。納得していると思った。——動揺を押し殺していたのだ。担当職員なのに察してやれなかった。

「大丈夫です」

両手がいきなりぎゅっと握られた。

我に返ると三田村が真正面から覗き込んでいる。

「俺がついてますから！」

何の根拠もない励ましが、強ばっていた体の力を抜いた。

抜けた力が溜息になって漏れた。

「一体何の足しに……」

「率直すぎるでしょ、その呟き！　なんかの足しにはなりますって！　警察とかから電話が来たらマッハで走っていきますし！」

縁起でもない、と叱りつけたのは和泉と猪俣と梨田が同時だった。

そのとき、和泉の携帯が鳴った。ビビッドに反応したのは三田村である。

「警察⁉」

「警察なら施設の代表番号にかかるはずです」

猪俣の指摘はさすがに冷静だ。

携帯に表示された番号は、見覚えのないものだった。

「もしもし」

やや警戒しながら出ると、「もしもし、こんばんは」と人懐こい声がした。連絡先はもらっていたが、まだ登録はしていなかった。

「真山さん」

聞き耳を立てていた三田村が、ほぅっと大きく溜息をついた。

「あのね、奏子ちゃん、うちに来てるから」

「うちって……」

『日だまり』ですか、と口に出すのは梨田の手前憚られた。

「いつそちらに」

「ついさっき。家出だそうです」

軽い口調で繰り出された単語は、担当職員としては極めて重い。

「教科書や着替えも持ってきてるみたいだから、覚悟の家出って感じだね」

「……そうですか」

「ともあれ、お預かりしましたからご心配なく」

声が電話口から遠のいて「話す？」と聞こえた。奏子に尋ねたらしい。だが、再び声を発したのは真山だった。

「今は話したくないって。『日だまり』のことを認めてくれるまで帰らない、と」

やはり、と納得するばかりだ。

「すみません、ご迷惑を……」

「こちらこそごめんね。何か立場が悪いことになってない？」

「いえ、大丈夫です」

電話を切ってから男性陣のほうを振り返る。

「『日だまり』の管理人の方からでした。カナちゃんが家出してきたので、預かってくださるそうです」

「家出⁉」

三者三様に驚きの声が上がる。

「『日だまり』のことを認めてくれるまで、帰らないそうです。荷物も持って出てるようです」

それ見たことか、と梨田が鬼の首を獲ったように目を剝いた。

「素行が良かった子供を非行に走らせるような施設だ！」

「非行ではなく職員の無理解に対する抗議行動でしょう」

猪俣がすかさずやり返す。

「むしろ、衝動的になったときの行き先ができたということを施設職員としては感謝すべきです。盛り場で夜明かしされるよりはずっといい」

「うるさい！　とにかく連れ戻しに……」

「やめてください！」

たまらず和泉が声を荒げると、三田村の声もぴったり重なっていた。お互いに目を見合わせて、三田村が手振りで譲ったので和泉が続けた。

「無理に連れ戻したりしたら、意固地になるだけです。それで今度は本当に盛り場にでも行ったらどうするんですか」

むぅ、と梨田が言葉を飲んだ。そして不機嫌そうに踵を返して立ち去る。

「……猪俣先生もあまり煽らないでくださいよ」

三田村が文句を言うが、猪俣は「今が闘い時でしょう」と意にも介さない。

猪俣が職員室を出た隙に三田村がぼやいた。

「こんなに武闘派な人だと思わなかった」

それは和泉も初めて見る猪俣の意外な一面だった。

＊

奏子が家出した翌日、和泉と三田村が『日だまり』にやってきた。

迎えに来たつもりだったようだが、『日だまり』のことは解決していないという話だったので、帰るのは拒否した。二人は真山に何度も頭を下げて帰っていった。

二階で宿題をしていると、真山が呼びに来た。

「奏子ちゃん、晩飯作るぞ」

昨日は転がり込んだ時間が遅かったので、真山がコンビニの弁当を買ってくれた。

「何作るの？」

「カレーにしよう、材料あるから」

真山がカレールーの箱を出し、冷蔵庫を開ける。ルーは十人分で、箱の裏に載っている作り方も材料は十人分だ。

「十人分でジャガイモが三個だから、二人分だと……」

二人分の材料を割り出していると、真山はジャガイモやニンジンを流しで洗いはじめた。

「真山さん、分量が」

「適当、適当、そんなもん」

「でも、二人分だと量が多すぎるよ」

真山が洗っているジャガイモは小振りなものが五つだ。

「全部作っちゃうから」

「でも十人分になっちゃうよ。今日、他に誰か来るの？」

「別に誰も来ないけど？」

「じゃあ多すぎるよ、たくさん余っちゃう」

真山は怪訝そうな顔をして奏子の懸念を聞いていたが、やがて「そうか」と笑った。

「カレーが続いたことってないのか。施設だと調理員さんが毎食改めて作ってくれるもんな」

カレーが続く。奏子にとってはあまり馴染みのない文脈である。

「カレーはね、家で一番大きな鍋で作って、なくなるまで食べ続けるのが世間一般のスタンダード」

言いつつ真山が流しの下から大きな両手鍋を取り出す。

「え、でも傷んだりとかしないの？」

「冷蔵庫に入れとけば一週間くらいは平気だよ」

「一週間ずっとカレー!?」

「いやいや、それはさすがに」

真山は手を振って笑った。

「その前になくなっちゃうのがスタンダード。知り合いのお母さんがね、何とかして一週間手を抜いてやろうって、寸胴《ずんどう》に二つカレー作ったけど、男の子が三人いるから三日でなくなったって」

カレーが三日続くということ自体が奏子にとっては未体験である。

「この鍋にいっこ作ったら、俺と奏子ちゃんなら三日目の朝くらいまでは保《も》つんじゃないかな」

「飽きないかなぁ」

「飽きない飽きない。だってカレーだぜ？」

真山の読みは的確で、カレーは三日目の朝までかろうじて保った。二人分としては心許ない量になっていたので、真山は残った分をお湯で伸ばして冷凍うどんにかけて、カレーうどんにしてくれた。そんなアレンジも初体験である。

その日の放課後『日だまり』に帰ると、久志が訪ねてきた。

ちょうど、真山が夕飯の買い物に出ているときだった。その日は隣の大本さんから習ったメニューをおさらいしようということになっていた。

「どうしたの？　ヒサちゃんも家出？」

「そんなわけないだろ」

久志はやってきた最初から不機嫌だった。

「いつまでこんなこと続ける気だよ」

「梨田先生が『日だまり』のこと認めるまでだよ」

「あのさ、逆効果だから」

久志がこれほど遠慮なく奏子に苛立った声をぶつけてきたことは今までない。

「みんなに迷惑かけてるって分かんないの？　和泉ちゃんとか慎平ちゃんとかすごい立場悪くなってるよ。イノっちだって」

猪俣も味方してくれていると和泉が言っていた。

「だって、ヒサちゃんだって『日だまり』のこと認めてほしいでしょ」

「こんな子供が駄々捏《こ》ねるみたいな家出で認めてもらえると思ってんの？」

「駄々じゃないよ！　抗議だよ！」

いくら久志でもその暴言は看過できない。声を尖らせると久志の声ももっと尖った。

「その抗議で、『日だまり』の印象がますます悪くなってるんだよ！　あんな施設があるから子供が安易に家出なんかに走るんだって！」

久志が奏子の右の手首を摑んだ。

「帰るよ」

奏子は反射で振り払った。

「嫌だよ」

ほんの一歩しか離れていない久志との間の空気が凍りついた。

ほんの一歩しか離れていないのに、よその国のように遠い。

「だって、帰ってどうするの？」

「決まってるだろ？　謝るんだよ。家出なんかしてすみませんって。『日だまり』のことを認めてくださいって」

「『日だまり』のことを認めてもらうのに謝らなきゃいけないの⁉　こっちが下手に出て認めてもらわなきゃならないような場所じゃないでしょ⁉」

「先にルール違反したんだから仕方ないだろ、カナが悪いんだよ！」

「じゃあ、『日だまり』のこと教えてくれずに、勝手に『日だまり』をピンチにした梨田先生は悪くないの⁉」

先に悪かったのは誰だ、という議論になるのなら絶対に譲れない。

「『日だまり』が必要か必要じゃないかを決めるのは、当事者のわたしたちだよ！　梨田先生が勝手に握り潰そうとするから悪いんでしょう⁉　真山さん、今まで何度も『あしたの家』に説明に行ってたのに！」

「梨田先生にだってプライドがあるんだよ！」

　肺の底から吐き出すような声で久志が怒鳴った。

「こんなふうに子供に盾突かれて、大問題になって、あの人が今さら折れられるわけないだろ⁉　大人のほうがプライドはめんどくさいんだよ！」

「そのめんどくさいプライドとわたしたちの未来、梨田先生はどっちが大事なの⁉」

「知るかよ！　上手くやれって言ってるんだよ！」

　お互い退くに退けない領域に踏み込んだことが分かっていた。もう奏子は折れられない。久志もそうだ。――どうしてこうなる。

『日だまり』を大事に思っているのも、守りたいと思っているのも同じなのに、どうして――

　地元を離れても二人とも帰ってこられる約束の場所だったのに、どうしてその『日だまり』でこんなふうにお互いをねじ伏せ合っている。

——誰か止めて。

「久志くんも晩飯食っていくかい」

玄関からのんびりと声がかかった。買い物から帰ってきた真山だった。

「こないだの大本さんのメニューをおさらいするんだ。どうかな」

「いいです」

久志がこんなふうにふて腐れた声をよその人に出すなんて初めてだった。

「カナが迷惑かけてすみません」

聞こえよがしにそう詫びて、久志は帰っていった。

涙がぼろぼろこぼれた。

真山が座敷に上がりながら奏子の頭をぽんと叩き、台所へ向かった。

「俺が作るから二階で宿題してな」

慰めないでいてくれることがありがたかった。

*

奏子が家出をしてから五日が過ぎた。

「そろそろ男を上げてみませんか」
福原が梨田にそう声をかけたのは、施設長室に書類の判をもらいに行ったときだ。
福原は丁寧に判を押しながら、何気ない口調だった。
「『日だまり』の取り潰しに荷担したいわけじゃないんでしょう？」
県議を交えた会食で自分が一説ぶったことが『日だまり』を苦境に追い込んでいる
——という話は、和泉たちから聞かされていた。
くだらない派閥争いのネタに自分の発言が利用されることはもちろん不本意だった。
「……ですが、『日だまり』が子供たちに悪影響を及ぼしたことは事実です。奏子は
こんな問題行動を起こすような子じゃなかった」
「不自然だったんですよ、今までが」
福原はさらりとそう言った。
「聞き分けのいい子供っていうのは、そもそもが不自然なものです。職員にとっては
ありがたいから、ついついそれをあるべき姿としてしまいますけれどね」
こんなふうに福原に諭されるのは久しぶりだった。
頑是ないことが子供の本来の姿だとすれば、奏子は『日だまり』と出会ったおかげ
で本来の姿を取り戻したということになるのか。

「しかし、子供の反抗を認めてしまっては施設の秩序が崩壊します」

「反抗なんて大仰な言葉を使っちゃいけません」

福原が言い聞かせるように笑いながら首を横に振った。

「せいぜい口答えですよ。梨田先生のお子さんもたくさん口答えなさるでしょう」

梨田の子供は長男が大学生になったが、未だ口答えは多い。——口答えを叱られて引っ込みがつかなくなり、ぷいと家を出ていくようなことも。

「施設の子も同じですよ。お友達のおうちのほうがお小遣いが多いと文句を言われることなんかよくあることですから、いちいち取り合わなくていいんですよ」

「ですが、携帯の規則は……」

「根負けしてお小遣いが上がることもよくあることです」

梨田先生は真面目でいらっしゃるから、と福原はころころ笑った。

「はい、これ」

福原が机の抽斗から一枚のプリントを取り出し、手渡した。

「『日だまり』についてのアンケートです。私は、梨田先生がお書きになるべきだと思います」

たった一枚の紙が両手にずしりと重かった。

＊

その日、奏子が『日だまり』に帰ると、真山が玄関先まで出てきた。

「奏子ちゃんにお客さんだよ」

三和土に男物の靴が揃えてあり、座敷には梨田が座っていた。

とっさに逃げ出そうとすると、「待たんか！」と怒鳴られた。

「大丈夫だから」

真山にとりなされて、渋々座敷に上がる。梨田の前に座ると、梨田は座卓の上に鞄から出した紙を一枚滑らせた。まるで突き出すような勢いだ。

「それで文句ないだろう！」

見ると、『日だまり』についてのアンケートだった。筆跡は梨田のものだった。

施設責任者としての所感を書く欄にも梨田が書き込んでいた。

――賛否両論ある施設ではあるが、特に退所後の子供たちにとって有意義な施設と思われる。退所後の支えになることを信じて、『あしたの家』入所中から、節度ある利用を指導したい。

思わず梨田の顔を見つめると、梨田は怒ったような顔のまま腰を上げた。

「今日の門限までに帰ってきなさい」

玄関までは真山が見送った。

「今後とも子供たちをよろしくお願いします」

梨田は折り目正しくそう挨拶して帰っていった。

まるで狐《きつね》につままれたようだった。

「車で送っていくから荷物をまとめておいで」

言われるままに荷物をまとめた。奏子が荷造りしている間に、真山が近くの駐車場から自分の車を取ってきた。型の古い黒のワゴンで、後部座席にはチャイルドシートがつけてあった。

チャイルドシートの隣に荷物を積み、車に乗り込む前に「奏子ちゃん」と呼び止められた。

振り向くと、真山が腰からきちんと折って奏子に頭を下げた。

「ありがとう」

大人にこれほどきちんと頭を下げてお礼を言われたことは初めてだった。

「梨田先生と歩み寄る機会を作ってくれて、本当にありがとう」

「いえ、そんな……」

脳裡《のうり》に恐縮という言葉がよぎった。

本では読んだことがあるが、こういう気分なのかと初めて分かった。


『あしたの家』に帰ると、門のところで和泉と三田村が待っていた。

送ってきてくれた真山に二人がお礼を言い、三人で帰る車を見送った。

「部屋に荷物運んどくよ」

三田村がそう言って、奏子の荷物を持っていってくれた。

残った和泉に「ごめんなさい」と言うと、和泉も「うん」と頷いた。

「明日までに無断外泊の反省文を書いてね。梨田先生にも見せるから」

「はい」

返事をしてから、今まで反省文を書いたことがないことに気がついた。

「書き方、分かんない」

「杏里に訊きなさい、あの子慣れてるから」

門限破りなどで反省文の常連だ。

そのとき、携帯の着信が鳴った。ワンフレーズで終わる。メールだ。

開くと久志からだった。タイトルには「お帰り」とあった。

本文は「ごめん」と一言。

その場で返信を打った。タイトルは「ただいま」。

本文は「ごめん」と書いた。

＊

梨田がもう退勤していたので、猪俣は梨田の携帯に電話をかけた。

コールは二回で繋がった。

「はい、梨田です」

「お疲れさまです、猪俣です。——奏子、先ほど帰ってきました」

「それはよかった。門限は守ったかね」

わざわざそれを訊くのは安堵をごまかすポーズだ。

「はい、夕食もこちらで食べました」

「ご報告ありがとうございました」

さっさと切ろうとするのを「梨田先生」と呼び止めた。

「何ですか」

「ご理解ありがとうございました」

「別に君のために歩み寄ったわけじゃない」

「分かっていますが、ありがとうございました。それから、」

最後まで待たずに一方的に電話が切れた。——思わず苦笑が漏れる。

猪俣に謝らせない辺りに屈折した優しさがにじんでいることは、若い職員には到底分からない機微である。

去年のこと。（久志）

週に一度、学校の帰りに市民図書館に寄るのがいつの頃からか久志の習慣になっている。

学校にも図書室はあるが、一度に一冊しか借りられず、久志にとっては物足りないこと甚《はなは》だしいのだ。昼休みに本を借りると夜までには読み終えてしまうので、居室で手持ち無沙汰な時間を過ごすことになる。

その点、市民図書館なら一度に十冊借りられるので、気が向いたときに常に未読の本があるという状態をキープできる。

いろんな分野の棚を覗いて、十冊本を見繕うと一時間ほど経っている。借りるのは小説がメインだが、実用書も何冊か混ぜる。学校の図書室には置いていないジャンルなので、意外と新鮮だ。

ハヤブサタロウシリーズを読んでいる流れで、ビジネス書などにも手を出している。ビジネススキルの本を読んでからハヤブサタロウを読むと、また新たな発見があって面白かったりする。

＊

その日は図書館からの帰り道で、福原とばったり行き会った。

「あら、ヒサちゃん」

見つけたのは福原が先である。

「学校の帰り？」

「うん、図書館に寄ってた」

福原は児童養護施設の会合の帰りで、『あしたの家』に一度寄ってから帰宅するという。

「図書館、よく行くの？」

「週に一回くらいは。カナと一緒に来ることもあるよ」

「そう」

福原は嬉しそうに笑った。そういえば、図書館に初めて連れてきてくれたのも福原だった。

「ヒサちゃんとカナちゃんは、本当に本が好きねぇ。二人とも、誕生日プレゼントのリクエストは毎年図書カードだものね」

勉強にも関係あるものだから、と図書カードはいつも一万円分を奮発してもらえる。子供が本を読むことを喜ぶ福原の計らいもあるのだろう。

しかし、欲しい本を全部買おうと思ったら全然足りない。結果、図書館もフル活用している次第だ。

「大人になって働くようになったら、ハヤブサタロウを単行本で全部そろえるのが夢なんだ」

高校生、しかも施設暮らしの身分では、文庫落ちを待たなくては厳しい。

「ヒサちゃんが読書を好きになってくれて本当によかったわ。カナちゃんが本好きになったのもヒサちゃんのおかげだし……」

「俺が本読むの好きになったのは先生のおかげだよ」

ご本を読むのは素敵なことよ。——幼い日の福原の言葉がふと蘇った。

みんな、自分の人生は一回だけなのに、ご本を読んだら、本の中にいる人の人生もたくさん見せてもらえるでしょ。

先生たちだけじゃなくて、本の中の人もヒサちゃんにいろんなことを教えてくれるのよ。

素敵ねえ。

「俺、小さい頃、本を読むのは物知りになれるから素敵なんだと思ってた」

「そうね。それも素敵なことよ」

それも、と言うことで福原は他にもあると示している。

「今は、いろんな価値観を知ることができるから素敵なのかなって」

「そうね。それもきっと」

「正解って、何だったの？」

「どれが正解っていうのはないのよ、きっと」

福原はそう言って笑った。

「本を読んでよかった、と思うことがあったら、それが全部正解なの」

「うん、分かるよ。分かるけどさ」

久志は食い下がった。

「でも、『あしたの家』に来たばっかりの俺に、先生が本を読むことを薦めたのは、何でだったのかなって」

久志は『あしたの家』に来る前のことをあまり覚えていない。記憶に靄がかかったみたいで、上手く思い出せないのだ。今では両親の顔も忘れてしまった。

大嵐のような怒号と暴力が過ぎ去るのをただ待って、待って、待って……ある日、いきなり暴力がやんだ。近所の人の通報で児童相談所が強制保護に踏み切ったのだ。その事情を知ったのは、ある程度大きくなってからである。

いくつか施設を転々として、最後に来たのが『あしたの家』だった。

ぼーっとしていても誰にも殴られないので、安心してぼーっとしていた。

ただ息をすることに没頭していられるのが嬉しかった。保護されるまでは、呼吸はいつか必ず激しい暴力に邪魔された。暴力の合間を縫うように、生きていくのに必要な呼吸を遠慮しいしいさせてもらうという感じだった。

『あしたの家』では何度か検査やテストを受けた。あまりにもぼんやりしているので、職員たちが知能の遅れを心配したらしい。

命の危険が去ったことで、安心のあまり虚脱状態だったのだろう。久志はその頃の自分の状態をそう判断している。

そんな虚脱状態の子供に、福原が本を読むことを薦めたのは何故だったのか、それはずっと心の隅に引っかかっていた。

久志の問いに、福原は困ったように笑った。

「ちっとも根拠のある話じゃないのよ。ただ、先生の古いお友達が、本を読むことで救われてたんじゃないかと思って……先生の幼なじみだったんだけど」

幼なじみは上に兄が二人いる長女だったという。

「お父さんが、お酒を飲んで暴れる人だったのよ。それもちょっと酷《ひど》い暴れようでね。

お母さんが生活を支えてて、施設には入ってなかったけど……本当は、施設に入ったほうが危なくなかったんじゃないかと思うわ。彼女が高校生のときにお父さんとお母さんが離婚して、子供はお母さんが引き取ったんだけど」

福原の目に暗い影が差した。

「ヒサちゃん、虐待の連鎖って分かる?」

久志は黙って頷いた。まるで怖いものを紐解くように、幼児虐待についての本は、何冊も読んだことがある。──きっと奏子も。

親に虐待されて育った子供が、自分が大人になって子供を持ったときに、親を生き写したように虐待に走ってしまう。虐待を受けて育った子供にとっては、下手な怪談よりも恐ろしい事例が、本にいくつも載っていた。

「先生の幼なじみも……?」

「ううん。いい人に巡り会って、幸せな結婚をしたわ。彼女の下のお兄さんも、最初の結婚こそ失敗したけど、二度目は円満で」

では消去法で上の兄だ。──虐待の連鎖に捉《つか》まったのは。

「上のお兄さんは、お父さんそっくりになったって。彼女が嘆いてたわ。嫌なところがどんどん父親に似てくるって。お兄さんの奥さんは言わないけど、暴力も……」

「子供はいるの？」

「幸い、いなかったけど」

子供に恵まれないことを幸いと言わなくてはならないのは、とても惨めなことだ。

――暴力を振るう当人に自覚がないとしても、惨めで悲しいことだ。

「先生ね、彼女ととても親しかったの。おうちにもよく遊びに行ってて……お互い本を読むのが好きだったから、本の貸し借りもよくしてて、図書館にも一緒に行って」

まだ、虐待の連鎖と読書がどう繋がるのか分からない。久志は無言で歩きながら、続きを待った。

「下のお兄さんも本が好きで、彼女の家に遊びに行くと、よく本の話で盛り上がったの」

そして福原は照れくさそうに笑った。

「先生、そのころ詩を書くのが好きでね、雑誌に投稿したりしていたの。たまに掲載されることがあって、そしたら彼女も下のお兄さんもすごく喜んでくれて……」

もしかしたら、その下のお兄さんのこと好きだったのかな。はにかんだ福原の笑顔にそんなことを思った。

「でも、上のお兄さんは、全然本を読まない人だったのね。先生の詩が雑誌に載ったことはすごいなって喜んでくれるけど、載った詩には全然興味がない感じで」

兄妹三人、条件は同じはずだった。何故、長男だけが連鎖に捉まったのか。

「先生には、下の二人が本好きだったことが無関係には思えないの。彼女ともそんな話になったことがあるけど、そうかもねって……」

私と下の兄は、本に救われたのかも。幼なじみはそう言ったという。

「人生は一人に一つずつだけど、本を読んだら自分以外の人の人生が疑似体験できるでしょう。物語の本でも、ドキュメンタリーでも。そうやって、他人の人生を読んで経験することが、自分の人生の訓練になってることがあるんじゃないかって、先生は思うのよ。踏み外しそうなときに、本で読んだ言葉が助けてくれたりとか……」

胸にぽつりと雨粒のように安堵が降った。——それが、じわじわと手足の先にまでしみわたっていく。

だったら、俺とカナは大丈夫だ。

「ロールプレイの訓練ってあるでしょう」

虐待防止訓練の一環として取り入れられている手法だ。虐待が発生する状況を設定し、当事者の役割を演じることで、虐待を回避する能力を高める訓練である。状況や他者への想像力を培うことが重要な目的だ。

「本を読むと、自然に想像力が培われるんじゃないかと思うのよ」

「どんな本を読むのがいいのかな」

久志が尋ねると、福原はにっこり笑った。

「きっと、何でもいいのよ。楽しく読んだものは、全部自分の糧になるわ。ゾロリンもハヤブサタロウも」

ああ、そうかと腑に落ちた。

ゾロリンやハヤブサタロウに感情移入して、ドキドキハラハラ、泣いたり笑ったりしたこと全てが、自分の心を耕してくれているのだ。

「……だから、本は大事にしなくちゃいけないんだね。自分が好きな本も、他の誰かが好きな本も」

どの本を読めば救われる、なんてことは決まっていない。誰に何が響くかは読んだ本人にしか分からない。

だから、どの本も大事にしなくてはいけないのだ。どの本も、誰かを救う可能性がある。

本を読むのは、――確かに素敵だ。

いつかカナにも教えてやろう。

「先生、俺、夢がいっこ増えた」

思いついて、自然と顔がほころんだ。なぁに、と福原が柔らかく尋ねる。

「大人になって働くようになったら、俺の好きな本は必ず二冊買うんだ。そんで一冊『あしたの家』に送ってあげる」

福原はすぐに答えなかった。

「あれ？　嬉しくない？」

福原は無言で激しくかぶりを振った。もう孫がいてもおかしくない年齢なのに、そんな仕草をすると少女のようだ。

「じゃあ、それまでに娯楽室に大きな本棚を買っておかないとね」

そう言った福原の目元はにじんでいて、笑顔が眩《まぶ》しいほどだった。

5

明日の大人たち

＊

毎月一日が恒例の合同誕生会が、二月にもつつがなく行われた。

食堂に全員集合して、プレゼントは年少の子供たちから渡されることになっている。今年は二月生まれの最年長が奏子だったので、プレゼントをもらう順番が最後だったが、二月生まれは五人しかいないのでそれほどは待たなかった。

「カナちゃん、十七歳おめでとう！」

施設長の福原が、花柄の洋封筒を奏子に手渡した。縦割りグループの年下の男の子たちが「えー、またそれ？」と笑う。

リクエスト制の誕生プレゼントで、奏子は毎年図書カードをリクエストしている。プレゼントはもらった後の見せ合いっこも醍醐味《だいごみ》だが、奏子のプレゼントは毎年ただのカードなのでつまらないと小さい子からいたく不評だ（ちなみに七月生まれの久志も毎年図書カードなので不評である）。

最後にケーキが配られて、みんなで食べて誕生会はおしまいだ。三々五々それぞれの居室へ引き揚げる。

部屋に戻って封筒を開けると、福原の手書きのカードも入っていた。

『お誕生日おめでとう。本を読むのは素敵なことです。あなたの青春時代を潤すためにたくさん好きな本を読んでください』

今月は『円環の騎士』シリーズの新刊が出る。これだけは単行本で追いかけているシリーズだ。今年の図書カードの最初の一冊は、それを買おうと決めている。

「いやー、図書カードなんかもらって何が楽しいのか全然分かんない」

言いつつ杏里が首をひねった。

食堂を出ながら杏里が首をひねった。

「五万円もらっても使い道ないわー」

そういう杏里は、流行《はや》りのブランド小物や洋服を毎回リクエストしている。

「漫画とか雑誌も買えるよ」

「そっかー、それならまあ使うかなぁ。でもまあ、カナはもうちょっと女子力アップしたほうがいいよ」

憎まれ口を叩きながら、「ほい」と投げて寄越したのは、ドラッグストアの小さい紙袋である。中にはリップクリームが一本入っていた。

「ハチミツ入りですっごくいいよ、それ」

「ありがと」

奏子もこういうものに興味がないわけではないのだが、優先順位が杏里と違うので、あれこれ開拓するには至らない。

「ヒサは今年は何くれたのー」

「ブックカバー」

夕食のときに何気なくやってきて、「これ」と忘れ物でも返すように渡していった。

「相っ変わらず色気もクソもねーな！」

杏里が呆れたように天井を仰いだ。

「たまにはアクセの一つも寄越してみたらどうなのよ」

「別にわたしとヒサちゃん、そういうんじゃないから」

「はいはい」

杏里はまったく取り合わない。取り合われないことが分かっていても、一応「そうじゃない」と毎回主張する。

「めんどくさいよねー、あんたたち。さっさと付き合っちゃえばいいのに」

「今はそういうのは違う感じだし」

今は。――施設にいる間は。

　お互い口には出さずにそういう気配を避けている。『日だまり』で交わした冗談口が、初めて互いに一歩だけ踏み込んだ。

　甘やかな気持ちが確かに通ったような気がした。もっと確かめたいような気もしたが、やはり今は違う。

「カナちゃん」

　開けておいた部屋のドアがノックされた。顔を出したのは和泉だ。手には小さな段ボールの箱を持っている。

「これ、さっき宅急便で届いたんだけど……」

　反射で眉間に皺が寄った。

「誰から？」

「お母さん」

　やっぱりだ。

「要らない。捨てといて」

「そういうわけにはいかないから。分かってるでしょ」

「分かってるけど」

　渋々受け取る。伝票の品名に「貴金属」とあり、ますます気持ちがささくれた。

和泉が立ち去ってから段ボールを開けると、みっちり詰まった白い梱包《こんぽう》材に藤色のジュエリーボックスが埋もれていた。

中身はアメジストのネックレスだった。

カードも添えられていて、我が親ながらあまり知性が感じられない字でメッセージが書かれている。

『お誕生日おめでとう。奏子も年頃だからおしゃれしないとね。今年はネックレスにしました。チェーンは18金ですよ。大事にしてください』

同じ「お誕生日おめでとう」から始まるのに、何て下品な文章だろう——と、先程の福原のメッセージを思い返した。

「すごーい、ジュエリーじゃん」

「図書カードのほうが全然嬉しい」

奏子はネックレスを出してみもせずにジュエリーボックスを閉じた。そのまま乱暴に机の抽斗に突っ込む。

去年の誕生プレゼントは、アメジストのブレスレットだった。娘が年頃になったらジュエリーをプレゼントするのが夢だったという一方的な思い入れで、十五歳の誕生日から急に送ってくるようになったのだ。誕生石のアメジストのアクセサリーを毎年一つずつ。

十五歳の一昨年《おととし》は、ピアスだった。奏子はピアスを開けていない。事前にピアスを開けているかどうかの問い合わせはなかった。娘にジュエリーを贈る、という行為に酔っているだけなのだろう。勝手に付き合わされるこちらはいい面の皮だ。

何をもらったら嬉しいかと尋ねるなんてことは、思いつきもしないに違いない。

「見せてよ、ちょっと」

杏里が無遠慮に抽斗を開けてジュエリーボックスを取り出した。

「デザインけっこうイイじゃん。カナのお母さんセンスいい」

「どうでもいいよ」

「カナに似合うの探したんだろうね」

「やめてよ」

デザインは確かに悪くないが、奏子に使ってほしいのなら一昨年の段階でピアスかイヤリングの二択くらいはさせるはずだ。

そもそも、わざわざ18金だと主張するくらい高価なアクセサリーを贈ってくるなら、進学の費用を五万でも十万でも出してくれたほうが余程助かるし、素直に感謝できる。

結局、奏子が本当に喜ぶことや助かることを顧みるつもりはないのだ。

今さら傷つきはしないが、無神経さに溜息が出る。

「何ならあげるよ」

投げやりに奏子がそう言うと、杏里は「いやぁ、それはさすがのあたしでもね～」と子細に検分していたネックレスを抽斗に片付けた。

「こんなの毎年くれるよりも、貯めといて進学のお金出してくれたほうが……」

こらえきれずに愚痴がこぼれた。

「売っちゃえば？」

杏里があっけらかんと言い放った。

「貴金属買い取りの店が駅前にあるじゃん。ネットでオクに出してもいいしさ」

さすがにそれは思いつかなかったので呆気に取られる。

「使わなくてむかつくだけだったら、ぱーっと売っ払ったほうがすっきりするんじゃないの」

なるほど、そういう手もありだな、と杏里の割り切りのよさに感心した。

＊

『日だまり』には『あしたの家』の子供がぽつぽつやってくるようになったという。ほとんどが漫画やゲーム目当てで、特に全巻揃っている『ワンパーク』目当ての男子が数人でやってきては黙々と読み漁《あさ》り、帰っていくという。

「すみません、なんか完全に漫画喫茶扱いで……」

三田村が恐縮して頭を掻くと、真山は「いいっていいって」と笑った。

「最初の取っかかりとして揃えてるんだから、こっちとしては思うつぼ。最近は俺とゲームとかやってくれる子も出てきたし」

真山はまるで自分が遊んでもらっているかのような口振りだ。

「それに、一回でも来てもらえたら何かあったときに寄りやすくなるからね。『ワンパーク』を読み終わったらぱたりと来なくなっても、全然かまわないんだ。漫画喫茶扱いでも大事な種まきだから」

真山の言う「種まき」は、子供たちが大人になったときのことまで含まれている。考えるスパンが長いことは、短期的な目標に追われる児童養護施設の職員と決定的に違うところだ。

「さて、そろそろ閣議決定は成されたかな」

真山が土間の応接セットから腰を上げ、座敷に上がった。三田村も続く。

その日は真山の誘いで『日だまり』に初めて来たときと同じ顔ぶれで訪ねていた。ご近所からかぼちゃをたくさんもらったので、消費するのを手伝ってくれという召集である。

自炊訓練にもなるので、例によって施設があまり忙しくない週末に、四人の予定を合わせた。

居間では先ほどから和泉と奏子、そして久志がメニューの相談をしているところである。今日はお隣の大本さんがいないので、指導役はいない。

「じゃあ、パンプキンパイと、かぼちゃの蒸しケーキと、かぼちゃのプリンね。これで決定！」

閣議はちょうど奏子の宣言で終わったところだった。

「大丈夫かなぁ、いきなりパイとかプリンとか、ハードル高すぎない？」

和泉が心配そうに異議を唱えた。

「今日、先生いないよ」

「大本さんいても洋風のお菓子は守備範囲に入ってないと思うよ」

真山が横から口を挟む。

「かぼちゃの煮物とかなら大得意だと思うけど」

「だってヒサちゃんがかぼちゃの煮物きらいだし。お菓子なら食べるっていうから」

久志はかぼちゃやサツマイモなど、甘いでんぷん質の煮物が苦手だという。年頃の男子としてはありがちな傾向だ。

「大丈夫だよ、和泉ちゃん。ほら、『クックメモ』でも超簡単！　って」

久志はスマホをつるつるめくり、ネットのレシピサイトを見ているらしい。

「でもそれ、お菓子を作り慣れてる人にとっての超簡単！　じゃないの？」

和泉はあくまで懐疑的だ。三田村は久志のスマホを横から覗き込んだ。

「和泉先生、大丈夫そうですよ。冷凍パイシートっていうの使うんですって」

「冷凍パイシートって何」

「さあ」

「分からないのに無責任なこと言わないでよ」

和泉が文句を言いながら自分のスマホで検索をかける。「うーん……まあ、大丈夫……？」と唸っているので、少しハードルは下がったらしい。

「どっちかっていうと道具が大丈夫なの？　うち、お菓子作りの道具なんてないよ」

真山が懸念を挟むと、奏子が「大丈夫」と頷いた。

「型とかなくてもできるレシピ、『クックメモ』で探したの。秤はあるでしょ」

「ああ、それくらいは」

「友達がね、お菓子は材料を正確に量らないと失敗するって……」

そのとき、真山の携帯が鳴った。

「はい、もしもし。ああ、はいはい。ちょうど和泉先生たちが来てるよ」

真山の受け答えに、三田村は耳をそばだてた。もしかすると、相手は——

真山がこちらに向き直った。

「渡会くんが今から来るってさ」

やっぱり、と三田村は身じろぎした。ゆるやかな自覚を迎えたのはつい先日、和泉と明らかに特別な空気感がある渡会には無心でいられない。

空気ってこんなに吸いにくかったっけ、と口で吸い込む。空気がぎくしゃく気道に引っかかり、なかなか胸に降りない。

「なんか買い物とかあったら買ってきてくれるってさ」

すかさず奏子が「冷凍パイシート！」と先陣を切った。


かぼちゃ以外のお菓子の材料は、ほぼ渡会の差し入れになった。

どのメニューも、最初にかぼちゃをサイコロに切るという工程が待ち構えており、それは男性陣の受け持ちになった。

「……駄目だ」

唸った末にギブアップしたのは渡会だ。かぼちゃに半ばまで入った出刃が、にっちもさっちも行かなくなったのである。押しても進まず、引いても抜けない。

「ああもう、無理に押すから」

三田村の声にはつい咎める調子が混じった。力任せに刃を進める渡会にやばそうな気配はずっとしており、「一旦止めたほうがよくないですか？」と声をかけていたのだが、渡会の選択はパワープレイ一択だった。

「じゃ、三田村先生がやれよ」

自分で膠着《こうちゃく》状態に陥ったくせに、渡会は半ギレだ。

「逆ギレですよ、それ」

「かぼちゃ切るときって、レンジで軽くチンしたほうがいいらしいよ」

スマホで検索しながらそう言った久志に、渡会が「遅いよ！」とまた逆ギレだ。

「先に言えよ、先に！」

「だって、こんなにしちゃうなんて思わないじゃん」

久志も負けてはいない。

「慎平ちゃんだって止めたのに」

よしいいぞ、もっと言ってやれ！　と三田村が内心で久志に声援を送ると、奏子が横から口を挟んだ。

「包丁刺さったままチンしてみたら？」

「やめて、レンジ壊れちゃう」

真山が苦笑しながら止めた。

「そうなんですか？」

奏子は金物をレンジに入れてはいけないことを知らなかった様子だ。

「火花が出てぼんってなっちゃうよ」

「うそぉ」

「ほんとほんと」

横から三田村も保証した。弁当男子を目指してみた会社員時代、冷凍のハンバーグをアルミカップで温めようとして火花を出したことがある。金属製のターンテーブルが一瞬で焦げつき、泣きを見た。

「じゃあこれどうするの？」

「テコの原理で何とかならないかしら」

えらく物理的なコメントで和泉が参戦した。包丁の刃を前後にこじろうとするが、かぼちゃの嚙み込みがきつくてびくともしない。

「危ないですよ、俺やります」

和泉は不満そうな顔をしたが、三田村が「これは、腕力の点で男に適性があるはずです」と抗弁すると納得した様子で引き下がった。

「納戸に鉈《なた》がなかったかな……」

呟いた真山が腰を上げた。

「世の中のお母さん方は、かぼちゃ切るとき鉈は出してないと思うんですけどねぇ」

三田村は異議を唱えつつ、包丁の柄を前後左右にこじったが、無理にこじると刃が逝ってしまう手応えがあって諦めた。

しばらく納戸をがたごとやっていた真山が「いいものあった、これこれ」と戻ってきた。手にしたものを見て全員が呆気に取られる。

「ノミ!?」

「これをさ、こう……」

真山は包丁にノミを沿わせ、金槌でノミの尻に一撃入れた。カンッといい音がして、かぼちゃの実に亀裂が入る。

物理的に正しい攻撃にようやく噛み込んだ包丁が解放され、全員が拍手をした。

半分に割れたかぼちゃから種とわたを抜き、

「恐いからもう全部これでやっちゃおうぜ」

言いつつ真山がノミでかぼちゃを細かく割りにかかる。まるで大工仕事だ。

「絶対に世の中のお母さんはノミでかぼちゃを割ってませんけどね」

「じゃあ三田村先生は包丁で切れば」

渡会に挑発されるが、さすがにさっきの今で受けて立つ気にはなれない。

結局、かぼちゃは真山が二個をノミと金槌でサイコロにした。


かぼちゃはそれから三時間ほどをかけてお菓子に加工された。

三時のお茶に間に合わすはずが一時間ほど押したのは、パティシエが選《よ》りすぐりの素人ばかりだったせいだろう。

市販のパイシートを使ったパイが一番無難な出来で、奏子がいたく悔しがった。

冷やす時間が足りなくて生ぬるいプリンをすすり込みながら、渡会が口を開いた。

「そういえば、『日だまり』の査察のほうはどうなの？」

『あしたの家』がアンケートを返したのは一ヶ月ほど前になる。

「『あしたの家』は利用状況が好転したんでしょ」

「それで万事解決といいけばいいんだけどね」

真山が苦笑する。『日だまり』の管理人として、説明の場に引っ張り出されているという。

「やっぱり頭の固いお偉方にはなかなか趣旨を理解してもらえなくて」

手っ取り早い予算削減対象として目をつけられてしまっているらしい。

「行政っていうのは目的がはっきりした施設が好きだからね」

目的と業務を明確にして存在意義を説明しろと求められると、目的を持たないことで汎用性を持たせようとしている『日だまり』は分が悪い。

「何しろ、利用者が一人も来ない日もよくあるし、来たって真面目なことは全然してないし」

「かぼちゃをノミで割ってぺちゃんこのケーキ作ったり？」

渡会の冗談口に奏子がぷうっとほっぺたを膨らませた。かぼちゃのケーキは生地を練りすぎたのか、奏子のほっぺたほどには膨らまなかった。

「でも、子供たちにはそういう時間の過ごし方が必要です」

まるで誰かに抗議するような口調で和泉がそう言った。

「施設を巣立った当事者にも」

「そうそう、俺とか」

乗っかった渡会を、和泉は「別に渡会くんに限らずね」と突っ放した。

「カナちゃんやヒサも来年には巣立つわけだし」

「冷たいなぁ、そこは同級生のことも考慮に入れてよ」

何てことのない軽口が、また三田村の吸い込む空気をぎくしゃくさせた。

「なくなったりしないよね、『日だまり』」

久志のせがむような声に、真山が朗らかに笑った。

「こういうのは鬼ごっこの鬼と一緒だからさ。捕まらないようにかわしてかわして、ターゲットがよそに移るまで根比べするしかないんだよ」

「何だかいじめみたい」

奏子が不服そうに呟くと、真山も「まあ、いじめっちゃいじめかもなぁ」と頷いた。

「俺が捕まらないように祈っててくれな」

真山はおどけて笑わそうとしたが、「頭の固いお偉方」にねちねち責め立てられていることを思うと誰も能天気に笑えない。

「攻めに転じることってできないのかなぁ」

「『攻めに転じろ！』か？　現実はなかなかそんなわけにもいかないさ」

久志と真山のやり取りは、他の大人たちには分からなかったが、奏子が「ハヤブサタロウだよ」と解説してくれた。主人公の決め台詞らしい。

この状況を攻めに転じるとしたら——と考え込んで、三田村はふと思いついた。

「プレゼンとかどうですか」

「プレゼン？」

真山が釣られたように身を乗り出した。

「例えばね、ヒサやカナちゃんが自分でこういう施設の必要性を語る場があったら、説得力って跳ね上がると思うんですよね。だから、そういう説明会を『日だまり』側から企画して、関係者を招待してみるとか」

「なるほど」

真山の表情が明るくなった。

「行政の査察にこっちから仕掛けるって発想はなかったけど、説明会って建前なら、未成年者でも当事者として自然に参加できるな」

元はバリバリの商社マンだったという真山が今まで思いつかなかった、というのは三田村にとっては逆に意外だったが、

「俺、査察とかのらくらかわすの上手いのよ」

真山はそう笑った。かわせるからこちらから仕掛けようとも思わなかったらしい。

「でも、きちんと理解してもらえるならそれに越したことはないしな」

そして真山が久志のほうを振り向く。

「攻めに転じられるかもしれないぞ」

「三田村先生、ファインプレー」

渡会も高評価だ。

「同僚、頼りになるじゃん」

渡会に話を振られた和泉は「うん、まあ」と淡々とした様子で頷いた。

そこ、もっと高く評価してほしかったなぁ、と三田村としては物足りないが、ハイテンションで評価してくれる和泉というのは、空想のネタとしてすら思い浮かばないので諦める。

「会場とかどうするの？」

さっそく具体的なことを尋ねた久志に、真山が「お金はかけられないから、公民館だろうな」と答えた。

「設営なんかはみんな手伝ってくれるだろうし」

「手弁当で仕切れる会って規模どれくらいですかね。二、三百人までが限界かな」

三田村の言葉に、三田村以外の全員が悪気のない様子で吹き出した。

「そんなに興味持ってもらえないよ、児童養護の説明会や勉強会なんて」

笑いながらそう説明した渡会に、真山が「それくらい興味を持ってくれる人がいてくれたらな、とは思うけどね」ととりなしを重ねた。

「そんなに集まらないもんなんですか」

和泉に尋ねると、和泉も残念そうに笑った。

「理解者を増やすための説明会っていうのはいろいろ催されるんだけど……なかなかね」

「俺、お客さんが十人いない会で喋ったことあるよ。スタッフのほうが多いの」

久志がそう口を添えた。久志と奏子はそうした会に施設の子供として呼ばれ、話をしたことが何度かあるという。

「世の中の人ってこんなに俺たちに興味ないのかーって愕然《がくぜん》としたっていうか、諦めがついたっていうか」

「厳しいんだなぁ、児童養護の世界って……」

興味を持ってもらえないという状態は、広報や宣伝において一番厳しい。

「だから『ママがいなくなった』とかはある意味ありがたいっちゃありがたいんだよね」

真山が挙げたのは、数年前に話題になった児童養護施設を舞台にしたドラマである。子供たちが職員に理不尽に虐げられ、支配されるというショッキングな展開が続き、児童養護施設への偏見が助長されると抗議や苦情が相次いだという。

「え、あれは児童養護の関係者としてセーフですか？」

放送当時、三田村は児童養護施設の職員を目指していた立場だが、露悪的な内容や演出に憤って早々に観なくなったクチだ。

「いや、もちろん好きではないけどさ。ディテールもめちゃくちゃだしね」

児童養護施設を少しでも知っている人間なら、失笑してしまうほどにディテールはデタラメだった。児童養護施設に名を借りたファンタジーと言ってもいい。

「モデルと目された施設からは厳重な抗議が入ったって聞きました」

「うん、その施設には気の毒だと思うよ。ろくに取材もしないで名称と設定だけ借りパクされたようなもんだもの、抗議して当たり前。あれを見過ごすのはそれはそれで問題」

真山は「ただ」と逆接を続けた。

「ドラマのおかげで児童養護施設が話題になったという意味では、ありがたい側面もある」

「もちろん、元の施設が社会的に抗議を表明してくれたことが大前提だけどね」

和泉が横から口を添えた。

施設の描写が実態とかけ離れている、という抗議が現場から為《な》されたことを担保にして、初めてドラマの功罪を語れる――ということであるらしい。

「ヒサとカナちゃん的にも『功』はあったって評価？」

三田村が訊くと、久志と奏子は顔を見合わせた。

「まあ、好きではないけど……」

どうしても付けずにいられないらしいその枕詞《まくらことば》は久志から発せられた。「でも」と後を受けたのは奏子だ。

「学校で、クラスの子に『施設ってほんとはどんな感じなの？』って訊かれたんだよね。今までそんなにたくさん訊かれたことない」

「俺も。だから、施設に興味を持ってもらえたことは確かかなって」

「でも、嫌がってる子もいたから……それに、学校でも意地悪で訊いてくる子はいたし」

「まあ、『功罪』。『功罪』だよね」

久志は今ひとつ割り切れてはいなさそうな顔でそうまとめた。

「俺なんかは素直にむかついたクチだけどなぁ」

渡会は率直にそう言い放った。現場や当事者には複雑な思いが渦巻いていたらしい。

「もちろん、きちんと取材して、当事者との意思疎通を大事にしながら作ってもらうのが一番いいんだけどね。あのドラマも注意書きのテロップ一つ入れるだけで反響が違ったと思うし」

真山の言葉で、三田村は試しにエンディングにテロップが入ったところを想像してみた。

作中の暴力・暴言の描写は、フィクションです。児童養護施設の実態とは異なっておりますので、ご了承ください。

「——うん、確かに。制作者分かってんな感が出ますね」

「フィクションにそういうテロップ入れちゃうのは、興醒《きょうざ》めかもしれないけど、取り扱ってるテーマがテーマなだけに慎重にやってほしかったよね」

真山はいかにも残念そうだ。

「スタッフがおいしくいただきました的な興醒めテロップなら頼まれなくても入れる

くせにな」

渡会はやはり『功』をあまり認める気にはなれないらしい。

「でも、東京じゃドラマが終了してからさっそく『「ママがいなくなった」を超えて』とか銘打って、シンポジウムをやったらしいよ。一般参加者の数が新記録を達成して、大盛況だったたって」

「たくましいですね！」

転んでもただでは起きないということか。やはり『功』もあるところにはあったのだろう。

ただ、もっと慎重にやっていれば、関係者が「好きではないけど」という枕詞を、これほど頻繁に使わなくてもよくなったのかもしれない。

それから、『ママいな』話で議論が白熱したり、『日だまり』説明会のアイデアを相談したりして、気づくともう日がすっかり傾いていた。『あしたの家』ではやがて夕食が始まる時間で、あわてて帰り支度をする。

「残ったパイシートどうするの」

真山に訊かれた奏子が「置いといて」と答えた。

「来週、和泉ちゃんとまた作りにくるから」

「えっ、またかぼちゃのパイ？」

すかさず腰が退けた様子の久志は、かぼちゃはしばらくご遠慮の状態らしい。

「大丈夫、次はチョコ。かぼちゃをチョコに替えたら、チョコパイ作れるって書いてあったから。ちょうどバレンタインだし」

あ、そう、と流した久志は、多分少し照れている。

「手作り初めてなんだよね。施設だとそんなことしてたらみんなにからかわれちゃうし」

奏子は久志の気も知らず、手作りというイベントだけで気分が華やいでいるらしい。

「初めての手作りチョコか、そりゃあ楽しみだな」

「真山さんにあげるなんてまだ言ってないよ！」

「そんなこと言うなよ、くれるくせに」

軽口で乗っかれる図々《ずうずう》しさは、さすがおじさんと言うべきか。三田村は、さすがにここで乗っていける度胸はない。――奏子だけならともかく、和泉も一緒に作るのが大変に微妙だ。

あくまで奏子の手伝いということなのか、和泉も手作りするという扱いになるのか。

そして、和泉も手作りするとしたら、自分ももらえるのか。

もしかしたらこの人も、と三田村は乗っていかない渡会をチラ見した。——内心はそわそわしてるのかな。

「残ったお菓子どうする？　うちでもらっていいの？」

真山がお菓子にラップをかけながら尋ねた。

「どうぞ、お茶菓子に」

和泉がそう返事をすると、渡会が「ケーキもらっていい？」と横入りした。

「ぺちゃんこってからかったじゃない」

奏子が突っかかると、渡会もいたずらっぽく笑った。

「ぺちゃんこだから売れ行き悪いだろうと思ってさ」

「うっわ、むかつく！」

「でも味は悪くなかった。明日の朝飯で食うよ」

思いがけない返事だったのか、奏子が黙り込む。

帰り道で、久志が「渡会さんって、モテるんだろうね」と言った。——誰も返事はしなかった。

しばらく歩いて、久志が三田村を軽く肘でつついた。

「頑張んないと」

小声の呟きに、俺ってそんなあからさまかなぁと本気で悩んだ。

＊

翌日の月曜日、三田村がシフトの違う猪俣と席で顔を合わせたのは、午後になってからだった。

「週末も『日だまり』だったんですよね。どうでしたか？」

「かぼちゃの料理を教わるんでしたっけ？」

「かぼちゃのお菓子になりました」

「へえ。お味のほうは」

「なかなかでしたよ。パンプキンパイと、ケーキと、プリンを作りました」

「お土産《みやげ》はないんですか」

催促する手に、余った分は『日だまり』に提供してきたことを告げる。

「少しくらい持って帰ってくれても……」

恨みがましいぼやきに思わず吹き出す。

「かぼちゃ、お好きでしたか」

「子供たちが作ったお菓子なら食べたいじゃないですか」

当たり前のように言い返されて、お土産を持って帰らなかったことが今さら申し訳なくなった。ぺちゃんこでもケーキを一切れ二切れ持って帰ってやったら、きっと目を細めて食べただろう。

「そういえば、『日だまり』で説明会をやることになったんですよ」

「誰を対象にしてですか」

説明会の話が持ち上がったいきさつを説明すると、猪俣が「なるほど」と頷いた。

「利用者に必要性を語らせるというのは、効果があるかもしれませんねえ。それならちょうどいい話がありますよ」

猪俣は手元のファイルを開き、中に挟んであったプリントを取り出した。

「これ、来月の催しなんですけど」

「『第一回こどもフェスティバル』……？」

「市の児童福祉課が開催するシンポジウムです。児童養護施設としては『あしたの家』が講演を行うことになっています」

天城市内の養護施設は『あしたの家』だけなので、こうした催しがあるときは当然お役目が回ってくる。

「今までももっと小規模な研究会は開催されてたんですが、どうしても関係者に限定された会になりがちで……」

もっと一般の関心を高めるために、教育委員会などとも連携して、初めて大規模なシンポジウムが開かれることになったという。

「すごい。会場、市民会館じゃないですか」

「二百人収容のホールを押さえたそうです」

参加者が十人集まらない説明会もあるという話を『日だまり』で聞いたばかりなので、どれほど異例の規模なのかは理解できた。

「児童養護の現場の話をしてほしいということなので……持ち時間を二つに分けて、職員と子供の両方から発表者を立てたほうがいいだろうと梨田先生と話してたんです。施設の概要は職員が話して、日常的なことは子供たちが話したほうが共感を得られるんじゃないかと……ヒサとカナにはこれから頼むつもりだったんですが」

「やっぱりそういうことってあの二人にお鉢が回ってくるんですね」

「一般の方に好感を持ってもらうためにはどうしてもね。『問題のない子供』はウケがいいですから」

子供の側が引き受けてくれるかどうかという問題もあるのだろう。たとえば、杏里などに頼んでも、「えー、めんどくさい」と逃げられること確実だ。

「持ち時間は、質疑応答を含めて一時間ほどありますから、『日だまり』の話も組み込めると思いますよ。市議や県議も何人か来ることになっていますし、市報の取材も入りますから、広く理解を得る格好のチャンスです」

「こういう話って『日だまり』には行かないんですか？」

もしかしたら意図的に外されているのではないかと心配になって尋ねたが、さすがに穿《うが》ちすぎだったらしい。

「管轄が違うだけでしょう。『日だまり』はまだ新しい施設ですし、退所後の支援に重きを置いていますから、児童福祉の枠からは漏れることもあるんでしょうね」

ならよかった、と胸をなで下ろす。

その日は退勤時間が早いシフトだったので、さっそく『こどもフェスティバル』の資料一式を持って『日だまり』を訪ねてみた。

「こんにちは！」

意気揚々と玄関を開けると、真山は土間の応接セットに沈み込むように腰をかけていた。

「いらっしゃい」

いつもどおりの人懐こい笑顔が迎えるが、タイミングを失敗したかなと胸がざわりと浮く感じがした。

顔を上げるまでのほんの一瞬、強ばったような硬い表情が、真山の顔に貼り付いていた。

「……お客さんだったんですか」

テーブルには湯呑みが二つ出ている。

「うん。たまに来る子でね。三田村先生はどうしたの、一人で来るなんて珍しいじゃないか」

「いや、あの……また改めようかな、とか」

真山は「三田村先生に気ィ遣われるようじゃ俺もまだまだ青いなぁ」と笑った。

手振りで勧められて向かいに座る。

「いろんな事情のある子がいるからさ。ときどきたまんなくなるよね」

「ヘビーですか」

「まあねぇ」

真山は珍しく疲れたように笑った。

「特に俺、自分の子供が女の子だからね」

どうきついのかは、それだけで察しがついた。

「俺は結婚が遅かったから、まだ赤ん坊だけどさ。早く結婚してたら高校生くらいの娘がいてもおかしくないんだよね。そんで、自分の娘でもおかしくないような子が、俺と同年代の父親に虐待されてたような話って、あってはならないことだけど、あるんだよなぁ……」

父親をけだものだと罵ることは容易《たやす》いが、そう罵ることが虐待された子供をさらに傷つける。自分はけだものに蹂躙《じゅうりん》されたのだと絶望の淵へ追い込む。

「どんな気持ちで話してるんだろうって思うよねぇ。父親と同年代のおっさんとさ。ここで迎えるのが俺でいいのかなって……」

三田村はまだ『あしたの家』でそういう境遇の子供に出会ったことはない。結婚もまだ現実味のない話だ。真山の苦悩を理解できるとはとても言えない。

「でも、真山さんだから来るんじゃないですか」

嫌だったら、一度は来ても二度と来ないはずだ。

「もし俺だったら」

もうその前置きは習い性になっている。相手が女の子だって、もし自分だったらと手探りするしかないのだ。

「自分の父親と同年代の真山さんが、自分におかしなことをしないちゃんとした大人だったら、ほっとします。自分の親父《おやじ》はクズだけど、世の中の男の人がみんなクズなわけじゃないんだって。世の中の男全部に絶望しなくていいんだって」

世の中の男が全部クズじゃないのだとしたら、

「そしたら、いつかちゃんとした優しい人と、恋とかできるかもしれないし」

それからふと思いついて付け足した。

「……どうして自分の父親が真山さんみたいな人じゃなかったんだろうって、悲しくなっちゃうときもあるかもしれませんけど」

しばらく黙りこくっていた真山が、やがて小さく笑った。

「すごいなぁ、三田村先生は」

「え、何が」

「おんなじようなこと言われて、泣かれたことある」

それをぶつけられたときのやるせなさは、まだ三田村にはリアルなものとして想像できない。だが、曖昧な想像であってさえその衝撃を思うと慄《おのの》く。

たまに来るというその子は、ここで真山がいつでも待っているということを、どれだけ救いにしているだろう。

もし『日だまり』がなくなってしまったら、そういう子供はどうやって真山に巡り会えばいいのだろう。そんな傷を吐き出せる相手は、普通に生活していてもそうそう見つかるものではない。

『サロン・ド・日だまり』はその名のとおり子供たちの日だまりだ。ぽかぽか温かい日だまりで荒み続けることは難しい。子供たちにとって、そんな場所であろうという願いと決意を籠めて名付けられた場所だ。

その日だまりが失われるようなことがあってはならない。

「『日だまり』の説明会、すごくいい機会がもらえたんです」

三田村は持参した資料を真山に渡した。説明を聞いた真山は「願ってもない話だ」と喜んでくれた。『日だまり』のことを聞き取り調査している関係者には、真山から招待を回してもらうことになった。

「猪俣先生にお礼を言っておいて」

見送ってくれる真山に何か言葉をかけたくなったが、気の利いた言葉など何も出てこない。

「あの、もしなんかきついことあったら、俺でよかったらいつでも聞きますから」

「おっ、生意気ィ」

自分でも生意気だったかなと思ったので恥じ入るばかりだ。

「まあ、頼りにしてるよ」

その一言にどうにか救われる。

「次の週末に来るのは女の子たちだけなんだっけ？」

「はい」

バレンタインのチョコ作りだから男子禁制だと奏子の通達が出た。

「また台所をお騒がせするかと思いますけど、よろしくお願いします」

「ま、今度はかぼちゃじゃないから大丈夫でしょ」

ノミでかぼちゃをかち割った昨日のことが思い出されて、二人同時に吹き出した。

＊

バレンタインデー前日となったその週の日曜、奏子と共に『日だまり』に出かけた和泉が戻ってきたのは夕方だった。

「お帰りなさい！　カナちゃん、上手にできましたか？」

たまたま全員出払っていた職員室で三田村が出迎えると、和泉は「多分」と鞄からサランラップの包みを取り出した。三角形のパイがいくつか包まれている。

「一日早いけど」

無造作に突き出されて弾みで受け取る。――これはバレンタインチョコをもらったとカウントしていいのか。

「あ、ありがとうございます……？」

心許なく礼を言うと返せとは言われなかったので、一応いただけたらしい。義理にしてもこれほど雑なチョコは初めてだ。

「猪俣先生は？」

「さっきゆっこのトライアルの打ち合わせに……」

「そう」

和泉は鞄からもう一つラップ包みを出し、また無造作に猪俣の机に置こうとした。

「あ、……」

ふと思いついて声が漏れる。

「何？」

「カナちゃんと作ったんだったら、カナちゃんがあげたほうが猪俣先生喜ぶかも」

先日、お菓子のお土産がなかったことを随分悔しがっていた。

「それもそうね。じゃあ後でカナちゃんから」

　和泉はラップ包みをまた鞄にしまい込んだ。ラッピングも小綺麗にしたほうが喜ぶと思いますよ――と忠告するかどうか激しく迷ったが、奏子に渡せば包装はもう少し工夫するだろうという可能性に賭けることにした。

「せっかくだからお茶淹《い》れるわね」

　お茶菓子に今もらったパイをそのまま開ける流れである。バレンタインというより調理実習のお土産というのが真相らしい。

　マグカップの番茶のお茶請けになったパイは、チョコの内臓がはみ出しているものもあったが、味はなかなかだった。

「かぼちゃのパイよりキレイに焼けてますね」

　三田村は一口齧ったパイをしげしげと眺めた。生地の表面につやつやとした照りが出ていて、前回の作品より格段においしそうな見た目になっている。

「卵黄を塗って焼くとそうなるらしいわ。この前は忘れてたの」

「へえー。卵の黄身だけでこんなに見た目変わるんだ」

「真山さんも驚いてた」

　真山にも義理チョコとして奏子から進呈したらしい。

「そりゃ猪俣先生にもカナちゃんからあげないとむくれますよ」

「そうよね」

「渡会さんにもあげたんですか」

訊かなかったら後々まで気になりそうなので、努めてさらりと口に出す。すると、和泉は怪訝な顔をした。

「何で？」

「いや、あの……真山さんにあげたから、渡会さんにも当然あげたかなって」

「渡会くん、今日来てないし」

じゃあ明日のバレンタインデー当日かな、と思ったとき、和泉が続けて言った。

「カレンダー的には今日は繰り上げデートじゃないの、彼女持ちは」

「えっ」

思わず声が出た。和泉がじろりと睨む。

「えって何よ」

「すみません、ちょっとお似合いだなーとか思ってたんで」

特別な空気感に感じていたやっかみが、ついそのまま口に出てしまう。

「そう見えた？」

はい、と頷くと和泉は笑った。——どこかが痛いのに無理して笑っているような笑顔だった。

「彼女、わたしと似てるんだって」

何と答えたらいいのか分からず、はあとか何とか頷きながらパイを囓る。さくりと乾いた音がやけに響いた。

「今年結婚するんだって」

ますます何と答えていいのか分からない。

「全然違うタイプにしといてほしかったなぁ、せめて……」

和泉らしくない湿った呟きに、いてもたってもいられなくなった。

「違うタイプにできなかったのかもしれませんよ」

俺だったら。俺だったら、俺だったら、俺だったら——

「……俺だったら、思いが叶わなくても、やっぱりまた和泉先生みたいな人を好きになると思います」

和泉が狐につままれたような顔をした。

「代わりってわけじゃないけど、思いが叶わなくっても、和泉先生のいいところとか素敵なところがなくなるわけじゃないから。同じように素敵なところを持ってる人がいたら、やっぱり惹かれます。……でも、」

その逆接はつけずにいられない。

「似てること、和泉先生に言うのはずるいと思います」

狐につままれたような顔が、ゆるやかに苦笑になった。

「……ずるいわよね」

「ずるいです」

ここぞとばかり頷く。――そんなずるい男のことはさっさと忘れましょう、なんてそのかすほど図々しくはなれない分、大きく頷く。

「カナちゃんにパイ渡してくるわ」

一つパイを食べ終えた和泉が席を立った。

「ラッピングももうちょっと何とかしてくれるようにお願いしてみる」

自分でも問題のあるラッピングだということは分かっていたらしい。

「その気遣いを俺にもしてほしかったなぁ」

不満を鳴らすと、和泉は「また来年ね」と笑った。

「三田村先生がまだ『あしたの家』にいたら」

「います！」

挙手する勢いで前のめる。和泉は吹き出して出ていった。

猪俣は翌日に奏子からパイをもらっていた。

「カナがくれました。昨日『日だまり』で作ってきたそうです」

嬉しそうに猪俣が見せてくれたパイは、義理チョコとして妥当な程度のラッピングが為されていた。

＊

よかったら飯でも食わない？　久しぶりに会ったしさ。『あしたの家』の話も聞きたいし。

渡会から誘いのメールが入ったのは、『日だまり』で再会した数日後だった。

何かを期待する気持ちがなかったと言えば嘘になる。

仕事の上がりが早い日に繁華街で待ち合わせて、チェーンの居酒屋に入った。――まるで高校生の頃、ファーストフードのチェーン店によく入ったように。

まるで傷痕を避けるように思い出話に花が咲いた。

高校生だった和泉が告白したことだけきれいに避け、開けっぴろげな楽しい思い出や、お互い気持ちをときめかせたはずの出来事を確かめ合うように。

ほらな。やっぱり世界が違うんだよ。その一言を最後に、話すことさえなくなったことがまるでなかったことのように。

あまりにもきれいに避けて話すので、段々腹が立ってきた。

まだ、わたしたちの世界は違うのかしら。そうぶつけてやりたくなる。

だが、ぶつけた瞬間にこの屈託のない笑顔はまた強ばってしまうのだろうと思うと、引き金を引くには至らなかった。

軽いアルコールの酔いに任せて、甘いようなくすぐったいような会話をただ空虚に引き延ばす。

「和泉は結婚の予定とかあるの？」

付き合ってる人いるの？　と訊かれたら胸が弾んだかもしれない。そこを飛ばして結婚の予定を訊かれたことで、会話の流れの予想はついた。

「わたしはまだ」

「俺、今年の夏に結婚するんだ。親呼びたくないから、式とか挙げないけど」

「そう。よかったわね」

一拍置いて気づき、付け足す。

　どんな人？　とは訊かなかった。式を挙げたくないという渡会の気持ちを理解してくれる人だということは間違いない。いい人と知り合ったと分かればそれで充分だ。

「普通の家の子。施設で働いてる」

　渡会が勝手に情報を付け足しに来た。

「和泉と似てる」

　一体何のつもりでそれを言った。

「和泉が施設で働いてるのって、俺のことがあったから？」

　うぬぼれるな貴様。――と、斬って捨てたい気分が最高潮に盛り上がった。斬って捨てるか？　と検討した刹那――

「俺、高校生の頃、和泉のこと好きだったよ」

「振ったでしょ」

　ボレーで返すと、渡会はばつが悪そうに笑った。

「かっこつけたかったんだ」

　猪俣先生、当たってました。この人、かっこつけたくてわたしを振ったそうです。

──男の子って、本当にどうしようもないですね。

心の中でひたすら猪俣に向けてレポートする。

男の子って本当にばかですね。猪俣先生も男の子の頃はばかでしたか？

「キンモクセイの話って覚えてる？」

高校二年の秋だった。ろくに話もしないまま卒業していくことになるなんて、想像もしない頃だった。

時折、帰りが一緒になった。一緒になるようにお互いが何となく気にかけていた。通学路の途中に、大きなキンモクセイの木が植わっている家があった。秋になるとむせかえるほど香った。

キンモクセイの匂いがすごいね。

キンモクセイって？

キンモクセイ知らない？　ほら、あれ。

オレンジ色の小花がみっしり茂った枝を指差す。地面に落ちてたくさん積もった花を一つまみして、手のひらに載せて差し出した。

渡会は和泉の手のひらに顔を寄せて嗅《か》いだ。心臓が口から飛び出すかと思うほど胸が跳ねた。

これってキンモクセイの匂いだったんだ。

匂い知ってても花は知らない人ってけっこういるよね。

十年以上も前の、そんなたわいのない会話がたやすく蘇った。

「俺さ、キンモクセイの匂いって、知らなかったんだ」

「そう言ってたよね。でも、男の人は花とか興味ない人が多いし、知らなくても普通だよ」

「違うんだ」

渡会は笑ってかぶりを振った。

「俺、キンモクセイの匂いを知らなかったんだ。——あの甘い匂いはトイレの芳香剤の匂いだと思ってた」

確かに、トイレの芳香剤でキンモクセイの香りはよくある。

「キンモクセイの花は見たことあったし、匂いも嗅いだことがあったけど、同じものだと思ってなかった。——秋になるたび、どうして町なかでトイレの芳香剤が香るんだろうと思ってた」

笑っている顔がもう笑顔に見えない。ふと美術の授業で油絵を描いたときのことを思い出した。

下地を何度も塗り重ねて、塗り重ねて、塗り重ねて、その上に初めて絵を描く。

渡会の笑顔の下に塗り込められているのは、泣き顔だ。

「俺、キンモクセイを知らなかったんだ」

渡会はもう一度そう言った。

「俺は、トイレの匂いだと思ってたんだ。和泉にキンモクセイの花を教えてもらったときまで。花に興味がなくたって、高校生にもなってキンモクセイが花だってことを知らない奴なんか、そんなにいないよな」

あの日、あのとき。

たわいのない会話はどんなふうに流れた？　どんなふうに終わった？

渡会はふと口数が少なくなったような気がする。そんなことはよくあった。

そんなところが同年代の男子と比べると大人びていて、ミステリアスで、憧れた。

「恥ずかしくて、心臓が縮こまった」

ふと口数が少なくなるときは、いつもそんなふうに引け目を嚙みしめていたのか。

「和泉が当たり前みたいに知ってること、俺は平気で知らなかったりするんだ」

キンモクセイが花だと当たり前のように知っているのは、身の回りの大人が教えてくれたからだ。キンモクセイの花と香りを教えてくれたのは、父だったか母だったか。

小さい頃は和泉もトイレの匂いだと思っていた。それが花の香りと書き換えられたのはいつのことだったろう。

いい匂いだから芳香剤に使われるんだよ、と教えてくれた優しい声は、和泉の場合は花が好きな母親だったような気がする。

町に香るキンモクセイの香りを、トイレの匂いだと笑えるのは、キンモクセイが花だと知っているからだ。

それを教えてもらえる機会が一度もないまま、渡会は高校生のあの年を迎えていたのだ。

子供は親を通して世界を認識する。親が、あるいは近しい大人が「これがキンモクセイだよ」と働きかけてくれなければ、町なかにどれだけキンモクセイが咲き誇っていても、子供にとってキンモクセイという花は存在しないのと同じなのだ。

「俺の住んでる世界と、和泉の住んでる世界は違うんだって、あのとき思い知ったんだ。でも俺、それでも和泉にかっこつけたかったんだ。キンモクセイの花も知らないくせに」

わたしと彼と、どう世界が違ったのか知りたくて――猪俣に志望動機をそう語った。

「世界に、違いはないんだよ」

猪俣に打ち明けたことがあるから、今言える。

「世界にいろんな人がいて、いろんな事情があるってことを、わたしが知らなかっただけ」

両親と死別したわけではないのに施設に入っている渡会の事情を、「気にしない」と言って恋が破れた。

自分と違う事情を持っていることを、もし「分かった」と言っていたら。

分かった、でも好き。そう言っていたら。

そう言っていたとしても、きっと恋は破れた。

高校生同士で出会った渡会と和泉では、最初から手に余る恋だったのだ。

猪俣先生。――あなたは一体何て正しい、

「さっき、嘘ついた」

え、と首を傾げた渡会に言葉を続ける。

「渡会くんのことがあったから、施設の職員を目指したの」

渡会は、それはそれは嬉しそうに笑った。

その日の食事は奢ってくれた。

晴れ晴れとした笑顔を見送った。

普通の家の子で、施設の職員で、和泉に似ている渡会の恋人と、違っていたのは、きっと出会うタイミングだけだ。

出会う順番が違っていたら、きっと和泉の恋が叶っていた。——そう思うくらいは、許されるだろうか。

感謝して、と見たこともない渡会の恋人に呟く。

あなたの恋が叶ったのは、わたしが礎《いしずえ》になったからよ。

鼻の奥がツンとしたが、泣いてたまるものかと前を睨みつけて歩いた。

客引きがうるさいくらい賑やかな繁華街を通り抜けたのに、ただの一人も和泉には声をかけてこなかった。

似てること、和泉先生に言うのはずるいです。

三田村のジャッジで、苦笑が漏れた。

十数年ぶりに会った片思いの相手は、思っていたよりいじましかった。

渡会への思いを引きずって児童養護の世界へ飛び込んだ自分もいじましい。

二人とも、なんていじましい恋をしたのだろう。

だが、いじらしい。

いじましいといじらしいは、一文字しか変わらない。

きっと、すべての恋はいじましさといじらしさが縒《よ》り合わさって出来ている。

ほらな。やっぱり世界が違うんだよ。――それを最後に言葉を交わさなくなった。

ずっと胸に刺さって抜けない柔らかな棘だった。

その柔らかな棘が、柔らかなままに溶けてなくなったような気がした。

＊

『こどもフェスティバル』の発表は、六十分の持ち時間を三十分ずつに分け、職員の発表を福原が、子供の発表を奏子が受け持つことになった。

発表自体はそれぞれ二十分ほどでまとめ、質疑応答の時間を十分設けるが、その際のサポートに猪俣が付く。

また、子供の回答者は男女双方の視点を揃えたほうがいいだろうと、質疑応答からは久志も参加することになった。

子供の発表の草稿を考えるのは、奏子と久志の他に和泉と三田村と猪俣も加わって五人がかりだ。

空いている面会室で話し合ったとき、奏子が持ってきたノートにはかなりの苦戦の痕跡が窺えた。話し合いを待たなくても書けることがあったら書いてみるように、と渡してあった新しいノートである。

一頁目に『こどもフェスティバル発表内容』とタイトルを書き、その下に「あしたの家のこと」「日だまりのこと」と箇条書きが続いている。

『あしたの家』に関しては、規則や年間のイベントなどがつらつらと書き留めてあった。

目を通した猪俣が「これは要らないね」と、規則とイベントの羅列に鉛筆でペケを付けていく。

「こういう基本的なことは福原先生が話すから」

「えー、でもそれ消したら話すことなくなっちゃうよ」

一生懸命考えてきた内容のほとんどを消されて、奏子は不安そうだ。

「でも、規則がどうとかイベントがどうとか、施設の運営に関することをカナが説明することにあまり意味はないよ」

「でも時間が……」

奏子は持ち時間を埋めることのほうを心配しているらしい。

「カナちゃんやヒサってこういう場に出るの慣れてるんじゃなかったっけ？」

勉強会や説明会にはよく駆り出されるという話を聞いていたので、三田村としては意外だったが、奏子の代わりに久志が答えた。

「討論会みたいなとこに呼ばれて訊かれたことに答えたり、インタビューを受けたりするのは慣れてるけど、自分一人で話すのは緊張するよ。規模だって全然大きいし」

今まで出席した会で一番規模が大きかったのは、参加者が五十人程度の会だったという。今度の『こどもフェスティバル』は二百人のホールなので四倍だ。全席埋まることはないにしても、文字どおり桁違いの規模である。

「もし規則だったら規則の説明をするんじゃなくて、子供のほうは規則をどう思ってるかとか、そういうことのほうがカナちゃんが話す意味があるんじゃないかしら」

和泉の助け船に奏子が「そっか」と頷く。

「じゃあ、これ消さなくていいね」

猪俣のペケ印を更に線で消す奏子に、「でもさ」と久志が異議を唱えた。

「これ、全部話していったら、『日だまり』のこと話す時間がなくなっちゃうんじゃないの」

「じゃあ、この中から話すこと絞る？」

細論に突入していきそうな気配に、三田村は思わず口を挟んだ。

「何を伝えたいかを先に考えたほうがいいんじゃないの」

そうですね、と猪俣も同意してくれた。

「お客さんは子供の気持ちの部分が聞きたいと思うよ。例えばこういうこととか」

猪俣が奏子のメモ書きを指で差した。猪俣がペケを付けなかった箇条書きの一つに
「かわいそうだと思ってほしくない」というものがあった。

「いいじゃんそれ。知らない人が一番勘違いしそうな部分だよ」

「ていうか、来たばっかの頃の慎平ちゃんでしょ」

「だから自分の経験も踏まえて言ってるんだよ」

『ママがいなくなった』の描写を理不尽だと憤るくらいの知識があった三田村でも、施設の子供がかわいそうだというイメージからは逃れられていなかった。

親と一緒に暮らせないなんてかわいそうに。——親と一緒に暮らすことが幸せとは限らない。結婚していても幸せとは限らないように。施設に入ったことで落ち着いて暮らせるようになる子供は大勢いる。

子供たちを傷つけるのは親と一緒に暮らせないことよりも、親と一緒に暮らせないことを欠損と見なす風潮だ。

子供は親を選べない。自分ではどうにもならないことで欠損を抱えた者として腫れ物のように扱われる、そのことに子供たちは傷つくのだ。

「あと、『日だまり』をなくさないでほしい」

久志がそう付け足した。

「じゃあ、ヒサやカナにとって『日だまり』がどういうふうに大切な場所かってことを分かってもらわないとな」

猪俣のアドバイスに、久志はすかさず「無目的なところ」と挙げた。

無目的ってワードは俺が最初に読み解いたんだよな、と三田村としては鼻が高い。

「無目的であることの大切さを分かってもらうには、どんな話をしたらいいかな？」

猪俣が問いかけると、久志と奏子は「気軽に行ける」「気が抜ける」などと口々に答えた。

「時間割とか役割に追い立てられないのがいいよね」

「施設だと食事の時間とか掃除の時間とか決まってるし、やらなきゃいけないこと色々あるもんな。掃除とか洗濯とか、チビの世話とか」

「だらだらしてても真山さんほっといてくれるし」

「だらだらっていうのは大人ウケが悪いからさ、」

三田村はそう口を挟んだ。

「リラックスできる、とかにしといたほうがいいよ」

「同じことじゃん」

「同じことでも、言葉のイメージって大事なんだよ。同じことでも時間にルーズって言ったら短所だけど、気が長いって言ったら長所だろ」

マイナスイメージを持たせる言葉は、プラスイメージの言葉に置き換えるのが営業の基本だ。

「『日だまり』の営業マンになったつもりで言葉を選ぼうぜ」

「じゃあカナが女ハヤブサタロウだ」

久志が楽しげにそう呟く。奏子も悪い気はしないようだ。

「何かいろいろ話せそう。無目的なスペースが大切なのはリラックスできるからで、リラックスできるスペースが大切なのは、施設だと時間に追われちゃうから……と」

奏子が生き生きとノートにメモを取っていく。

「真山さんと最初の頃に話してたことも入れてみたら？」

和泉からもアドバイスが出た。

「高校に合格しないと施設にいられないって話」

「あ、それいいですね。ヘビーさが伝わりそう」

居場所を確保するために、満十五歳にして義務を果たさなくてはならない、という苛酷さは一般家庭の人々からすれば驚きだろう。その苛酷さを下敷きにすれば、義務も目的も必要ない場所がどれだけ心休まるかということも伝わりやすい。

あれこれ話していて、ふと久志が呟いた。

「『日だまり』ってそんなにお金かかってるのかな」

大人三人は顔を見合わせた。

真山に聞いたところによると、家は支援者から格安で借りているというし、職員も真山一人だ。決して法外な費用がかかっている施設ではない。

「お金かかってるわけじゃないなら、予算削減から外してくれても良くない？」

「残念ながら、無駄だと思われてるんだろうね」

猪俣が答えた。

「施設でさえ予算が充分じゃないのが現状だからね。『日だまり』のような緊急性のない施設は余計に風当たりが厳しいだろうな」

「緊急性はなくても必要性はあるよ」

不服そうな久志に猪俣が笑いかけた。

「もちろんだとも。それを理解させに行くんだろう？」

「何で児童養護のお金ってこんなに少ないの？」

率直な疑問は奏子だ。

「『あしたの家』だって五年も前から建替えの話が出てるのに、ちっとも進んでないよね」

全国的には児童養護施設は、大舎制から中・小舎制へ移行する流れになっている。子供を綿密にケアするため、『あしたの家』も子供たちを中舎制二つに分けての移転の話が浮上しているのだが、予算が獲得できず一向に実現に至らない。

「その不満を言い出すなら私が一番言いたいけどね」

猪俣は苦笑した。勤続が長いだけに不満は若手の比ではないだろう。

「まあ、世間の関心が薄いからということになるのかなぁ……」

「けっこうズバッと言いますね」

三田村が慄くと、「取り繕っても仕方ないですから」と猪俣はけろっとした顔だ。

「施設が社会的に不遇なことは三田村先生より実感してますよ、この子たちは」

そりゃもう、と久志が頷いた。

「社会的に優遇されてるなら、被服費と靴下代がとっくの昔に別になってる」

「未成年者は社会的な発言力がないからね」

当事者の社会的発言力が弱い分野は、行政でも政治でも後回しになるのが世の常だ。

「社会福祉の中でも児童養護は何かと手薄になりがちで……」

「老人福祉とかは手厚いんですか？」

「手厚いかどうかはともかく、働きかける方法はありますよ。何しろ選挙権がある」

「そっか、老人医療や年金問題も政治のリアクション早いですよね」

「障害児福祉なら障害児の親から働きかけられるし、障害者は投票が難しいケースもありますが、自身が選挙権を持ってますから」

「うわー、政治って露骨だなぁ」

三田村が唸ると「何いまさら青二才みたいなこと言ってんの」と久志から突っ込みが入った。

「その点、児童福祉の中でも児童養護はエアポケットに落ちてしまうんですよね」

児童養護施設に入所している子供たちには、その権利を主張してくれる親がいない。存命であっても関係性が良好でないことが圧倒的だ。

「退所すれば、児童養護の当事者ではなくなるし、成人後も施設に心を砕ける余裕がある当事者はそう多くありません」

頼れる親や実家がない状態で社会に乗り出す子供たちは、自分が生活していくだけで精一杯だ。また、施設の出身であることを隠したがる当事者も多い。

「でも、おかしいよそんなの」

奏子が唇を尖らせた。

「そりゃあ、今すぐ選挙権はないけど、わたしたちだって大人になるのに」

その言葉を聞いて、――頭の中で火花が散った。

「今、わたしたちのことを考えてくれる政治家がいたら、大人になってから絶対応援するよ」

「それだ!」

いきなり大声を出した三田村に、他の全員がぎょっとした。

「プレゼン対象は正に政治家だ! 『こどもフェスティバル』には市議や県議も来るんだろ? うってつけだ!」

なるほど、と猪俣が頷いた。

「確かに児童養護施設は未来の票田だ」

「そうです! 児童養護施設の子供たちが含み資産だと理解させたらいい。児童養護の社会的な意味づけを変えるんです」

現状、児童養護は社会の義務であると同時に負担のように思われている。

「でも、本来、児童養護は社会の負担じゃなく投資であるはずなんです」

そのまま放っておけば貧困や虐待で社会の波間に沈んでしまう子供をサルベージし、自立した社会人として送り出す。それが投資でなくて何だ。

「より良い人材を社会に回収するための投資だと思ってもらえれば、関心も高まるし、必要性も理解してもらえますよ！『日だまり』は退所した子供たちが波間に沈んでしまわないための監視所であり、長期メンテナンス施設です。予算が認められて然《しか》るべきだ、人間は成人するのに二十年もかかるんだから。メンテナンスなしでぽんぽん沈ませてたら、社会全体では何十年何百年もの損失です」

ソフトウェア会社の営業をやっていた頃、人材は何よりも重要な商品だった。優秀なSEが一人辞めると露骨に売上げが落ち込んだ。

たった一人でも会社の利益をそんなに左右するのに、社会全体では一体どれほどの損失になることか。

気がつくと奏子がガリガリとノートを取っていた。三田村が喋るのと同じ速度で手を動かしている。

「……『価値観を転倒させろ』」

久志が呟いた。

すると猪俣が続けて呟いた。

「『価値観が転倒するところには必ずビジネスチャンスが生まれる』か……」

「ハヤブサタロウだよ」

奏子が教えてくれた。

「慎平ちゃん、ハヤブサタロウみたい」

奏子としては最大級の賛辞だろう。だが、

「ハヤブサタロウはカナちゃんだよ」

わたしたちだって大人になるのに。――価値観の転倒はその一言から始まっている。

カナが摑んだ。

「三田村先生は何で『あしたの家』に来たんですか」

そう言った猪俣の声の調子は、まるで非難するかのようだ。

「何か、来ちゃいけなかったみたいな口振りですね」

「どっちかっていうと、行政のほうに行ってほしかったですよ。現場から変えられることなんてわずかですから」

非難しているのではなく、残念がっているらしい。

「でも、ここに来なかったらこんな発想できてませんから」

同僚や子供たちに揉まれてこそだ。

「二十分で足りるかなぁ」

最初と打って変わって、奏子は話したいことが有り余っている様子だ。

話し合いを終えて部屋を出る。

三田村が鍵をかけると、和泉が何となくそれを待った。

「……猪俣先生はああ言ったけど」

一瞬考えて、思い当たった。行政に行ってほしかったという件だ。

「わたしは、三田村先生が『あしたの家』に来てくれてよかった。ほんとは、行政に行ってくれたほうがよかったのかもしれないけど」

——天にも昇る心地、というものを生まれて初めて味わったかもしれない。

「『あしたの家』に来てくれてありがとう」

「ちょ、待って」

取り乱したあまり手振りで止めた。

「大気圏突破しちゃいますから」

怪訝な顔をする和泉に、大気圏内にいさせてくださいと笑った。

＊

三月半ばに行われた『こどもフェスティバル』は、第一回としてはなかなかの盛況だった。天気がよかったことも客足に幸いしたのか、二百席のホールは、八割がたが埋まっていた。

最終プログラムになる『あしたの家』の発表は、福原から始まった。福原は施設の概要や規則を簡単に説明し、参加者の興味を引きそうな実例をいくつか話した。

「施設は常に皆さんのご理解やご支援を必要としていますが、ご支援をいただく場合は、まず該当の施設にご一報をいただけると幸いです。というのは、昨今たくさんのタイガーマスクさんが出動してくださっていますが……」

客席の最後列から発表を見守っていた三田村と和泉は、その前振りで思わず小さく吹き出した。二人の他にも笑い声が上がったのは、オチが分かる児童養護施設の関係者らしい。

「実は学校で必要な道具は行政から費用が下りますので、子供にランドセルを買ってやれない施設というのは存在しないんですね」

ランドセルの購入前ならまだいいが、購入した後では完全に余剰在庫だ。翌年まで寝かせるか、まだランドセルを購入していない施設を探して譲り渡すことになる。

「ですから、この中にタイガーマスクを志している方がおられましたら、ぜひ施設のほうに必要な品を問い合わせていただけると、とても助かります」

同じように、と福原は続けた。

「ご厚意は本当にありがたいんですけれども、施設としては手に余ってしまうお志というものもございます。例えば、よく企業様などからスポーツ観戦や音楽会のご招待をいただくのですが……」

子供たちだけぽんと行かせるわけにはいかないので引率係が必要になるが、職員は常に多忙だ。指定の日に人員を確保できるとは限らない。引率のボランティアを頼むとしても日程が合わないこともある。

「そうなるとせっかくのお志もお断りせざるを得ないのです。本当に図々しいお願いで恐縮なんですが、施設の人員が常に不足している、ということをご考慮いただいたうえでお誘いいただけると幸いです」

すると、座席の前のほうから何やら声が飛んだ。サポート役で入っていた猪俣が「ご考慮というのは具体的には、というご質問が出ました」とマイクでフォローする。

福原は「お答えいたします」と質問者に向かって頭を下げた。

「引率の方をご手配のうえでご招待いただくか、施設側で引率者が手配できる日程を問い合わせていただいてからのご招待が現実的かと思います。ええ、もう、図々しいお願いであることは重々承知いたしております」

話し方によっては反発を招きそうだが、福原のキャラクターだと微笑ましく聞いてもらえるのがありがたい。

福原の話が終わり、猪俣が「続きまして、入所中の谷村奏子がお話いたします」とアナウンスした。最初は持ち時間二十分ずつの予定だったが、質疑応答を二人の話が終わってからの十分間にまとめ、発表時間を長く取ることにした。

緊張した面持ちで壇上に上がった奏子は、パンツルックの私服だ。華美ではないが、今どきの女の子らしく小綺麗にまとめている。

梨田などは、学校の制服のほうがいいのではないかと言っていたが、奏子も久志も私服がいいと主張した。学校行事じゃないのに休日のイベントで制服なんて嫌だ、という意見は高校生としてもっともだし、年相応のおしゃれをすることが施設に貧しいイメージを持ちたがる世間に対しての説明にもなる。

「ただいまご紹介に与《あずか》りました谷村奏子です。年齢は十七歳で、四月から高校三年になります」

　マイクを通した声は硬い。三田村は思わず前のめりに拳を握った。――がんばれ、かぼちゃと思え！

「わたしは小学校三年生のとき『あしたの家』に入りました。理由は母子家庭の母親の育児放棄です。学校に行かずに家のことをしろと言われて、小学校に行かずに毎日家事をしていました」

　身の上のことを努めて淡々と話しているのは、かわいそうと思われたくないという主張でもあるが、淡々と話しても不幸な生い立ちに聞こえることはどうしようもない事実だ。

「ところで、皆さんは施設にどんなイメージを持っていらっしゃるでしょうか」

　突然の問いかけに、会場が少しざわついた。

「『ママがいなくなった』のようなことはさすがに嘘だとお分かりかもしれませんが、何となく、施設に入っているなんてかわいそうだ、と思っている方が多いのではないでしょうか」

　会場の雰囲気からすると、図星を指された様子である。三田村と和泉の周囲からも「だって、ねえ」などと言葉を交わす声が聞こえる。

「わたしは施設に入って、何ていいところだろうと思いました。どうしてかというと、夜は布団でぐっすり眠れて、朝も夜もごはんが出てきて、おやつももらえて、学校にまで行けるからです。家では朝から晩まで家事をして、それでもちょっと失敗すると母親に怒られて、叩かれたりするので、いつもびくびくしていました。施設では規則を守っていれば誰にも怒られたりしません。規則も別におかしなものは全然なくて、当たり前のことばかりだし、職員の機嫌で規則が変わったりもしません。こんな楽に生活できていいのかなと最初はびっくりしました」

改めて聞くと、奏子の生い立ちの苛酷さに打ちのめされそうになる。夜眠ることも、ごはんやおやつを食べることも、学校に行くことも、本来なら子供にとって当たり前のことでしかない。

それをいいことだと思うほど、奏子は親から何も与えられていなかったのだ。

聴衆が一気に奏子に引き込まれた。

「わたしは小学校に行かなかった期間が長かったので、勉強がかなり遅れていました。ですが、施設ではいくら勉強をしていても怒られないし、職員やボランティアの人が勉強を教えてくれるので、一年くらいでみんなに追い着くことができました」

奏子は今でも計算があまり得意ではない。四則演算を教わる学齢時期に学校に行けなかったことが響いている。

「わたしは、施設に入れて幸せです。施設に入れたことで、初めて普通の生活が送れました。もし施設に入れなかったらどうなっていたかと思うと、ぞっとします」

勤めはじめたころ、同じことをぶつけられたなと懐かしく思い出した。勝手な同情をするなと激しい怒りをぶつけられた。

会場にいる聴衆は、多かれ少なかれ当時の三田村と同じだ。世間の大多数の人は、施設のことをその程度にしか知らない。

「だからわたしは施設に入っていることをかわいそうだと思ってほしくありません。確かに、施設は規則があって不自由だったり、集団生活で面倒なこともありますが、それは施設なので仕方のないことです。普通の家だってルールがあるからそれと同じです。それに、施設が一般家庭より規則が厳しいかといえば、必ずしもそんなことはありません。わたしの友達の家は施設より門限が早いし、どんな事情があっても門限を守れなかったら、お父さんにすごく怒られるそうです。『あしたの家』は、事情があったら門限を許してくれるので、門限に関してはその子よりもずっと自由です」

世間の人が想像しやすい具体的な事例を挙げていくことも作戦だ。かわいそうだと思ってほしくないとただ訴えても説得力がない。

「お小遣いも、多くはありませんが、節約したら欲しいものが普通に買えるくらいはもらっています。特に不自由していることはありません。『あしたの家』は規則さえ守ればうるさいことも言われないし、概ね快適に暮らせると思います」

概ね、という少し大人びた言葉が出てくる辺りは、読書好きな奏子らしいところだ。滑り出しは緊張していたが、こうして大勢の人の前で落ち着いて喋っている奏子は、贔屓目を抜きにしても聡明に見え、それだけで施設のマイナスイメージを覆している。

こんなにしっかりした女の子が暮らしている施設なら、そんなに悲惨な環境であるはずがない。ごく自然にそう思わせる。「問題のない子供」は人前で喋るだけで施設の広告塔になれるのだ。

「親との関係が悪くても、施設があるおかげで人並みの生活が送れます。ですが、親との関係が悪いことで、困ることもやっぱりあります。それは、施設を出て独り立ちしたときに、頼れる大人がいないということです」

話の方向性が変わる気配に、会場がまたぐっと奏子に惹きつけられた。そうだろうそうだろう、やっぱり困ったことはあるだろう――と半ば期待するような気配だ。

「家を借りたりするとき、自分の親に保証人を頼めないというようなこともそうですが、日常のちょっとしたことでも困ったりします。例えば、仕事の相談や冠婚葬祭のことを訊きたいとき、普通の家の子供のように、親にちょっと電話して訊く、ということができません。施設にいる間は職員の先生にすぐ訊けますが、退所したらそんなわけにもいきません。電話して訊けばいいと思うかもしれませんが、わたしたちは、職員がどんなに忙しいか知っているので、やっぱり遠慮してしまいます。また、生活に困ったときにちょっと実家に戻ったりということもできません」

大袈裟な話を期待していたら拍子抜けするほど些細なことだ。しかし、こんな些細なところから困りごとは発生するのだという意味で、子供たちの苦労はより深刻さを増す。

「『あしたの家』では、奨学金で大学に進学した子が体を壊して入院し、お金が続かなくなったけど、誰にも相談できなくて退学してしまい、消息不明になっていたこともありました。施設を退所した子供の行方が分からなくなってしまうのは、よくあることです。わたしも他人事ではありません」

会場が不穏にざわついた。今、目の前で話している少女がそんな未来を迎えるかもしれないという不吉な想像が、聴衆に危機感を共有させていた。

「ですが、天城市には、退所した子供を支援するセンターができました。『サロン・ド・日だまり』という施設です」

不穏なざわめきがゆるやかに安堵していく。

「養護施設に入所しているときから気軽に利用できるセンターで、常駐の職員さんが一人います。養護施設に入っている子や退所した子、退所して大人になった人、全ての当事者が利用できて、手続きや利用料は必要ありません。相談ごとがあったら職員さんが何でも聞いてくれるし、特別に用事がなくても、ただお喋りをしたり、一緒にごはんを作って食べたり、リラックスした時間を過ごせます」

やっぱり、ここでだらだらできると言わなくて正解だったな、と三田村は頷いた。ネガティブなイメージの言葉は、せっかくの奏子の好感度を損なってしまう。

「わたしもよく利用しています。施設の子供にとっては、大人に話を聞いてもらえる時間はとても貴重なものです。『あしたの家』では忙しくない時間帯を見計らって話をしに行ったり、手伝いをしながら話をしたりと気を遣うのですが、『日だまり』は先客がいなかったら、いくらでも話を聞いてもらえます」

身近な大人に話を聞いてもらうだけのことが叶わない、ということは自然な同情を誘ったようだ。特に、子供を持つ人には響くだろう。

「わたしは母親とは折り合いが悪くて、退所後も頼りたくないのですが、退所しても『日だまり』があると思うと、とてもほっとします。いざというときに相談したり、寂しくなったり疲れたりしたとき遊びに行ける場所があることは、とても嬉しいです。もし、家賃が払えなくてアパートを出ないといけないようなことがあっても、少しの間なら泊めてくれることも可能だそうです。そのために、『日だまり』には、布団が十組もあります」

そのためというわけではないが布団が十組あることは事実だ。そして真山は、生活に困窮した当事者が頼ってきたら、必ず受け入れる。念のために確認はしたが、それは訊くまでもないことだった。

「退所して、進学や就職は県外になってしまうかもしれません。そうしたら、実家に帰ることができないわたしたちは『あしたの家』が懐かしくなってもなかなか戻ってくることができません。『日だまり』があれば、ちょっと泊めてもらって『あしたの家』を訪ねたりできるのです」

それはよかった——という空気が会場に流れた。その空気が温かければ温かいほど、次の一手は響くはずだ。

奏子はもう充分に聴衆の共感を惹きつけている。

「しかし、その『日だまり』が閉鎖してしまうかもしれません」

どよめきと言ってもいいようなざわめきが会場に走った。

「県の予算削減の対象になってしまい、職員さんは利用状況などの事情聴取を受けているところです」

はっきりと憤りの声がそこここで上がった。

「『日だまり』は、古い民家を持ち主の方のご厚意で格安で貸してもらっています。職員も一人で、お給料も高くありません。それでも、県にとって負担なくらい無駄な施設なのでしょうか」

そんなことないない、と三田村の近くに座っていたおばさんが呟いた。ちょうど、奏子くらいの孫がいてもおかしくないくらいの年代だった。

「社会に出て、一人で生きていかなくてはならないわたしたちにとっては、かけがえのない場所です。『日だまり』に行けば、説明しなくても、わたしが施設出身者だということや、施設の出身であることの苦労を分かってもらえます。施設出身者であることは、誰にでも打ち明けられることではありません。偏見を持たないでいてくれる人かどうか見極めないと話せないことはたくさんあります。ですが、『日だまり』は無条件にわたしたちの味方なんです。何にも心配しないで、何でも打ち明けられるんです」

その切実さがどうか伝わってくれ――と、三田村は祈るような思いで見守った。

奏子の訴えが、どうかこの場にいるすべての人に届きますように。

参加してる市議や県議も聞いとけよ、と念を送る。

「『日だまり』だけでなく、児童養護関係の施設は、いつも予算が不足しています。『あしたの家』の先生に訊いたら、児童養護の当事者には社会的な発言権――つまり選挙権がないから、後回しにされやすいと言われました。だから、児童福祉の中でも児童養護はエアポケットに落ちてしまいやすいんだ、と」

今まで見聞きしたこと、話したこと全部が奏子の中で咀嚼《そしゃく》され、奏子の言葉として出てくる。

「確かに、わたしたちは、今は子供です。選挙権もないし、政治家の方は優先しても仕方がない、と思われるかもしれません。でも、わたしたちは、生きていればいつか必ず大人になるんです」

届け。響け。穿て。――こんなにがむしゃらに祈ったことは今までの人生で一度もない。

壇上の奏子の姿がかすんで、三田村は自分が涙ぐんでいることに気づいた。

「『あしたの家』の子供たちは、明日の大人たちです」

強固な思い込みの壁にひびが、

「児童養護施設の子供たちは、みんなそうです」

砕けるか。

「明日、社会に参加するわたしたちのために、養護施設の重要性や、『日だまり』の必要性を理解していただけないでしょうか」

話し終え、一瞬の静寂。——そして、
万雷の拍手。

——砕いた。

肘掛けを握りしめていた手を、上からガッと掴まれた。

和泉だ。

掴んだ強さが何よりも雄弁に歓喜を伝える。

肘掛けの上で腕を返し、和泉の手指の間に自分の指を滑り込ませ、力任せに握る。

和泉も負けじと握ってきた。

まるで力比べをしているようになった。

会場がなかなか静まらなくて、質疑応答の前に十分間のトイレ休憩を入れることになった。

「わたしもちょっとトイレ」

和泉はそう言って席を立ったが、どちらかというと化粧直しが必要だったのだろうと分かった。

椅子に沈み込んでぼんやりしていると、

「三田村先生」

背後から声がかかった。振り向くと真山だった。最後列なので声をかけやすかったらしい。

「砕いたねぇ」

言いつつ照れくさそうに笑った真山は、目が真っ赤になっていた。

「砕けたでしょうか」

「あれで砕けないなら、いっそ潰れちまえばいいよ」

憎まれ口に思わず吹き出す。

「渡会くんも気にしてたけど、今日は休日出勤でね。奏子ちゃんがお見事だったって伝えとく」

渡会の名前を聞いても、もう気持ちは波立たなくなっていた。

「奏子ちゃんに、ありがとうって伝えてくれる？」

「あれ、最後まで見ていかないんですか」

「『日だまり』の留守番を、大本さんに頼んで来てるからさ。夕方のタイムセールに間に合うように帰ってこいって言われてるんだ」

「なるほど、主婦の重大イベントですね」

真山が立ち去ってしばらく、和泉が戻ってきた。化粧は見事に立て直していたが、目は真山と同じように赤かった。

猪俣の仕切りで始まった質疑応答は、それまでの発表よりも格段に手の挙がる数が多かった。

猪俣が最初に指名したのは、前方の席に座っていた若い女性だった。三田村たちは最後列の席なので、顔は見えない。優しそうな人だったらいいな、と願った。

猪俣が壇から降り、マイクを渡しに走る。

あれ、ああいう使いっぱは俺がやるべきじゃなかったかな、と心配になって和泉に尋ねたが、「あなたじゃ難しい質問が出たとき捌《さば》けないでしょ」と一蹴された。子供たちの助け船役も兼ねているのなら猪俣が正しい人選だ。

「お話の中で、かわいそうだと思わないでほしいと言ってらっしゃいましたが……」

女性が猪俣からマイクを受け取って口を開いた。

「親御さんに捨てられたことは、やっぱりかわいそうに思ってしまうんですが、そういうのも不愉快なんでしょうか？」

率直かつ無知な質問は、まるで昨日の自分のようで三田村には刺さるばかりだ。

奏子はどう答えようか迷いながらの様子で口を開いた。

「勘違いされてしまうことが多いんですが、施設にいる子供は、別に親に捨てられたわけじゃないんです」

会場はそうそうと同意する気配と、きょとんと驚く気配とが半々だ。施設のことを知らない人が半分を占めているという点で、今日の会は内輪ではなく外に開けている。

「親に育てる能力がなかっただけなんです。例えばわたしの母親は、わたしの誕生日に高価なアクセサリーを贈ってきたんですけど……わたしが進学希望なのを知ってるのに、そういうことをしちゃうんですね。その分のお金、三万円でも五万円でもいいから現金でくれたら、進学費用の積み立ての足しになるのに。子供が必要としていることを何も分かってないなって呆れました」

そんなことが、と和泉に小声で問うと、和泉は「毎年よ」と答えた。累計で十万は行っているはずだと聞いて、ますます「あちゃー」だ。進学を目指す奏子にとって、十万は大きい。

「子供を育てる能力がない親の元に生まれてしまったことがかわいそう、というならそれは確かにそのとおりなんですけど……わたし的には、育てる能力がなかった親のほうをみじめだと思います。親としての能力がないって烙印《らくいん》を押されたわけなので」

母親を語る奏子の言葉はなかなかに手厳しい。

「むしろ、捨ててほしいのに、捨ててくれなくてトラブルになったりすることもあります」

そう口を添えたのは久志だ。

「僕、そうだったんですけど。けっこう大変だったみたいです」

小さい頃に施設を替わった事情のことを言っているのだろう。

「すみません、知識不足でした」

女性は潔くそう謝ってマイクを戻した。

次は熟年の男性だ。

「これは施設長さんにお訊きしたいんですが」

「はい、どうぞ」

福原がにこにこ待ち受ける。

「谷村さんがたいへん聡明でしっかりしたお子さんだということは、先ほどのお話でよく分かりましたが……施設にはもっと問題児もいるのではないでしょうか？」

ややや意地悪な質問だったが、福原の笑顔は小揺るぎもしなかった。

「そうですねぇ、問題のある子はたくさんいますよ。門限に遅れるのに面倒くさくて電話連絡をしなかったり、先生に注意されて口答えしたり……普通のご家庭で、親御さんが叱るくらいのことは、日常茶飯事です」

そして福原が奏子のほうを向いた。

「谷村さんも、機嫌が悪いときはすごく利かん気になることがあるものね」

奏子がばつが悪そうに肩を縮め、会場に笑いが起こった。

「社会的に許されないような非行に走ったときは、このひょろひょろした先生を始め、職員たちが一丸となって指導に当たります。けっこう頼りになります、ひょろひょろしてますけど」

笑いが更に膨れ上がった。

質問者の男性も苦笑しながら「ひょろひょろした先生」と呼んでマイクを返した。

それから、いくつか施設の行事や思い出について尋ねるたわいのない質問が続き、そろそろ最後の一人としようかなという頃合いだった。

指名されたのはかちっとしたスーツを着込んだ中年女性だ。

「施設の風紀の問題についてお訊きしたいんですけど」

うわめんどくせっ、と前置きだけで三田村は顔をしかめた。猪俣も失敗した表情をしている。

「思春期の男女が同じ建物で暮らしている訳ですが、風紀についてはどのような指導を？」

何か問題があったらつついてやるぞ、と待ち構えているかのような質問だ。

「性的な問題が起こる懸念についてのご質問ですね」

福原は軽々とカウンターを返し、中年女性を逆に怯ませた。

「仰いますように、思春期の男女がひとつ屋根の下で暮らしていますから、性教育についてはどこの施設も重視しております。そのうえで、軽はずみな行動はしないようにと指導していますが、もし何かあったとしても、また全力で指導し、身の振り方をサポートするしかありませんね。そちらのひょろひょろした先生を始めとして」

また会場がどっと沸いた。

「当事者としてはどうかしら」

福原が奏子と久志にそう振った。追撃指令ということらしい。

先に答えたのは奏子だ。

「うーん、施設内で付き合ってる子もいるけど……子供できたら困るって計算くらいはできるんじゃないかなぁ。それに、間違いって、施設の子に限ったことじゃないと思うんですけど」

　正論だ。

「僕だったら、同じ施設に好きな子がいても、施設に入ってる間は付き合いたいとは思いません」

　久志は、まるで挑みかかるような声だった。

「同病相憐《あいあわ》れむみたいに思われるのが嫌だから。退所して、自分の決めていた進路に進んで、そこでちゃんと独り立ちしてから気持ちを伝えたいです」

　清々《すがすが》しい宣言は、中年女性を真っ向から圧倒した。

　ちょ、ヒサ、お前それ告白じゃん。三田村は客席の最後列で勝手に盛り上がった。

　──お前、超かっこいいよ。

　超かっこいい、と思ったのは三田村だけではなかったのか、会場からエールを送るような拍手が湧いた。

　三田村も和泉も痛くなるほど手を打った。

猪俣は口直しでもう一人質問者を指名し、指名された年配の男性は空気を読んで、どんな行事が好きかと当たり障りのないことを尋ねた。

奏子と久志は当たり障りなく答えて、『こどもフェスティバル』はつつがなく終了した。

三田村と和泉がロビーで待っていると、ほどなく発表メンバーが出てきた。

福原まで含めて、全員でハイタッチを一巡する。

「カナちゃんもヒサも超かっこよかった！　すごいよ二人とも！」

三田村がはしゃぐと、福原が「あら、私は？」と冗談っぽく膨れて見せた。

「施設長ももちろんかっこよかったですよ！」

あわてて追加する。

「それに可憐《かれん》でしたよ」

さらりと横からそう言ったのは猪俣だ。

「私のことをあんなに何度もひょろひょろだと言わないでくれたら完璧でした」

「猪俣先生がネタになってくださったからあんなに笑っていただけたのよ」

福原は涼しい顔だ。

興奮冷めやらず立ち話をしていると、「失礼」と横合いから声がかかった。

「お話し中、よろしいですか」

見ると、顎ががっしりした壮年の男性だ。左胸にワニのワンポイントが入った有名ブランドのポロシャツを着ている。

「私、こういう者ですが」

まず福原に名刺を渡し、それから猪俣、次に奏子、久志の順に渡し、和泉と三田村が最後にもらった。

肩書きに県議会議員とあるのが目に飛び込んできた。

「たいへん興味深いお話を聞かせていただきました。ありがとうございます」

あらあら、まあまあ、と福原が目をぱちくりさせ、「どういたしまして」と答える。

議員は奏子と久志に向き直った。

「スピーチも質疑応答もお見事でした。二人とも、もし何か困ったことがあれば事務所のほうにいらっしゃい」

三田村はぽかんとして目の前の光景を眺めた。すげえ。――一本釣りじゃん。

奏子と久志は名刺を持ったまま顔を見合わせた。「ありがとうございます」とまずお礼だ。

そして久志が続けた。

「でも、自分の困ったことは、自分で何とかします。だから……」

奏子が後を受けた。

「『日だまり』のことをよろしくお願いします」

二人揃って頭を下げる。

議員の目尻が少し下がった。

「承りました。それでは」

軽い会釈を残して立ち去る。背筋の伸びた後ろ姿を全員で見送った。

どうかよろしく、と全員で思いを籠めた。

*

引率の職員たちは『あしたの家』へと引き揚げたが、奏子と久志は『日だまり』に寄ってから帰ることにした。

県議員と話せたことは直《じか》に報告したかった。

ああ、うん、もう大丈夫じゃないかな。三田村が一体何を合点していたのかは謎だ。

「『日だまり』大丈夫かなぁ」

奏子が呟くと、久志が答える。

「きっと大丈夫だよ」

これで大丈夫だ——と真山から聞きたい気持ちがあった。猪俣や福原、和泉たちも言ってくれたが、『日だまり』の責任者である真山から聞いたら大丈夫が確実になるような気がした。

「ヒサちゃん、あのね」

会場だった市民会館を出てから、久志は一度も奏子の顔を見ていない。

「風紀のこと訊いてきたおばさんね」

「うん」

久志は頷いたが、やはり奏子のほうは見ない。

「わたしも、同じ施設に好きな人がいてもね」

「うん」

やはり見ない。

「施設にいる間は付き合いたくないなぁと思ってたんだ」

「そうだと思ってた」

久志は真っ直ぐ前を向いたまま、そう答えた。

それから黙ってしばらく歩いた。

「あのさ、カナ」

もうモードが切り替わっていることがその声で分かった。

これは、何かいいことを思いついたときの声だ。

「今日、ハヤブサタロウみたいだったよ」

「えー、それ、あんまり何度も言われると微妙」

ハヤブサタロウはかっこいいが、女子への誉め言葉としてはどうだろう。

「でも、攻めに転じて、価値観を転倒させて、勝ったじゃん」

攻めに転じろ。

価値観を転倒させろ。

価値観が転倒するところには必ずビジネスチャンスが生まれる。

そして、勝て。

ビジネスチャンスは「勝機」のルビに振られていることもある。

「今日、価値観が転倒した人がいっぱいいたと思うんだけどさ」

巻き起こった拍手の音が蘇る。――三田村が「砕けた」と言った。

あの拍手は、頑なな世間の思い込みが砕けた音だ。

「もっとたくさんの人に、カナの言葉が届かないかな」

「今日よりも大きな会で喋るの？」

「そうじゃなくて」

例えばだけど、と久志は口の中で言葉を転がした。

「……誰か、有名な作家さんに手紙を書いて、施設や『日だまり』のこと本に書いてもらったりとかさ」

まるで、地面から風が吹き上がるような、
思い込みの壁が砕けた向こうへ、
飛んでいけ。

「……そしたら、日本中の人に読んでもらえるね」

「誰に書いてもらったらいいか、考えたんだけどさ」

「そんなの」

奏子は遮った。

「そんなの、ハヤブサタロウの作者しかいないでしょ」

「だよな！」

久志が声を弾ませて奏子に向き直った。――ホールを出て初めて奏子の顔を見た。

「売れてるし、面白いし、経済エンタメ以外にもいろんな作品書くもんな!」

「手紙、ヒサちゃん書いたら? 好きじゃん」

「ばか、男性作家だぞ」

久志はしたり顔で言った。

「十七歳の男子高校生より、十七歳の女子高生から手紙が来たほうが乗り気になるに決まってるだろ」

よし、と久志が足を速めた。

「真山さんに報告して、早く帰ろう!」

「真山さんのこと、もう二の次になっちゃってるじゃん」

奏子は笑って足が速くなった久志の後を追った。

こんにちは、初めまして。

いつも先生の本を楽しく読んでいます。ハヤブサタロウシリーズが大好きです。

先生の本は、経済みたいな難しいことでも高校生の私に分かりやすく、おもしろく読ませてくれるのですごいと思います。

そんな先生に、お願いがあります。

私は天城市にある『あしたの家』という児童養護施設で暮らしています。小さい頃に、母親から育児放棄と虐待を受けて入所しました。児童相談所の人が来るまでは、私は学校に行かず、毎日家の用事をしていました。

施設に入ると、家事をしなくていいし、ご飯も毎日三食ふつうに食べさせてもらえるし、職員の先生は子供の話をちゃんと聞いてくれるし、夢のようだと思いました。

私のような家庭環境や、さまざまな理由で、親と一緒に暮らせない子供が児童養護施設で暮らしています。児童養護施設はあまり世間一般に知られていません。知っていても正確に知っている人は少ないです。

そこで、先生に児童養護施設をテーマに本を書いてほしいんです。先生の書かれる本の影響力はすごいです。先生が本を出すと、たくさんの人が先生の本を読みます。いつもベストセラーの棚に並んでいます。

もし先生が児童養護施設をテーマに本を書いてくれたら、今までの施設のイメージが変わると思います。

いつも施設に対するイメージのせいで辛い思いをする子がたくさんいます。世間の人の勝手なイメージのせいで、これ以上傷つくのは嫌なんです。私たちは、何も悪くないのに。

でも、私たちのことを「親と暮らせなくてかわいそう」とか言ってほしいわけでもないのです。別に親と暮らしていなくてもかわいそうじゃないんです。

私は「かわいそうに」と言われることが一番嫌です。

私はかわいそうじゃありません。

私は施設に入って初めて幸せになれました。施設にいても楽しく暮らせるし、施設にいるから分かることもあるんです。確かにいろいろと不便なこともあるけど、それは集団生活だからしかたないんです。そういうことを世間の人に知ってほしいです。

児童養護施設や、施設を退所した人を支えてくれる退所後支援センターは、いつも予算が不足しています。退所後支援センターは私たちにとっては、とても大切な場所なのですが、必要性があまり理解されずに、最近は県の仕分けで取りつぶされる危険まであります した（今はその危険は何とか脱しました）。

どうしてこれほど私たちに予算を出してもらえないのか、施設の先生と話しました。先生は、児童養護施設の子供には選挙権がなく、社会の発言力が弱いからだと言いました。

普通なら選挙権のある保護者が発言してくれるけど、私たちにはそういうしっかりした親はいないので、エアポケットに落ちてしまうそうです。

児童養護が社会的な負担であるというイメージがついているのが問題だ、と言った先生もいました。

でも、児童養護は本当は投資のはずだとこの先生は言いました。

放っておいたら、社会の波間に沈んでしまう子供たちを保護して、きちんと育てて社会に送り出すことは、未来への投資になるはずです（この先生は新米ですが、最近はけっこうしっかりしてきたし、すごくいい発想をするところもあります）。

私は、児童養護施設について世間の人に知ってもらって、施設やセンターにお金を出すことは投資だと思ってもらいたいです。

かなり勝手なお願いだと思いますが、どうか協力していただけないでしょうか。

施設には、私の他にもハヤブサタロウが好きな子がいます。その子は私よりも好きかもしれません。

その子と相談して、先生が本に書いてくれたら、きっと大勢の人が施設やセンターのことを知ってくれるはずだという結論になりました。

私たちはあと一年で施設を出ますが、他にも施設の子がたくさんいます。『あしたの家』だけではなく、日本全国にも児童養護施設があります。そこにいる子供たちも、きっとつらい思いをしていると思います。

私たちはもうすぐ退所してしまいますが、私たちより小さい子に、これ以上つらい思いをしてほしくないんです。

もし、先生が私たちの勝手なお願いを聞いてくれるなら、何でもします。

本当にお願いします。ささいなことでもいいんです。少しでも可能性があれば連絡してほしいです。

最後になりましたが、こんな長い手紙を読んでくださってありがとうございました。

『あしたの家』より
谷村奏子

*

新学期が始まり、『あしたの家』の子供たちはそれぞれ学年が一つ上がった。

今年から小学校に入学した子供たちもたくさんいたが、『こどもフェスティバル』の福原の話が功を奏したのか、ランドセルを置いていくタイガーマスクは出なかった。代わりに寄付や寄贈の相談が何件かあった。

「もうすっかり散っちゃったなぁ」

三田村は職員玄関の前に植わっている桜を見上げた。まだ若い木だが最近は見応えのある花をつけるようになったという。

三田村が花を見たのは、今年が初めてだ。

「掃除が大変なんだよなー、これがまた」

三田村は、地面に敷き詰められた桜の花びらを見下ろして苦笑した。散った直後は風情があって綺麗だが、日に日に小汚くなっていく。

「まあ、花も別に綺麗が仕事じゃないしなぁ」

地面にへばりついた花びらを足でこそいでいると郵便配達の赤いカブがやってきた。

紺色の上っ張りを着た配達員が、これ幸いとばかりカブにまたがったまま郵便の束を差し出してきた。

「どうも、お疲れさまです」

受け取った郵便物を、簡単にチェックしながら屋内に戻る。大半は事務的な封書やハガキだが、たまに様式が違うものがあると目立つ。

「あれ？」

宛先が『あしたの家』気付・谷村奏子になっているものが一通あった。

裏返して差出人を見ると、池ノ内タケルとあった。住所は有名な出版社で、やはり気付になっている。

どっかで聞いたことあるな、と考え込んで思い当たった。

「そっか、ハヤブサタロウだ」

作者の名前だ。きっとファンレターでも書いたのだろう。

「喜ぶぞぉ、カナちゃん」

自然と足取りは軽くなった。

職員室へ戻る途中で、児童玄関を通りがかった。——すると、子供がみんな学校に行っている時間なのに、うずくまっている人影があった。

近づくと、スーツ姿の青年が散らかった靴をせっせと並べている。

そういえば、今日は新採用の職員が初出勤する日だったな——と思い出した。集合時間には大分早いが、それだけ熱意に燃えているのだろう。

半年前の自分が重なって、自然と苦笑が漏れた。

「もしもし、何やってんの」

声をかけると、木訥《ぼくとつ》そうな青年があっと顔を上げた。

「あの、新採用で今日が初出勤なので」

「知ってる。何やってんの」

「あのぅ、靴が散らかっていたので……どの靴箱かは分からないけど、せめて並べておこうかと」

「ダメダメ」

三田村は整列した靴を大きく混ぜっ返した。青年が「ああっ」と悲鳴を上げる。

「ひどい」

「ひどくない」

ぴしゃりと言い放つ。

「誰かが片付けてあげてたら、いつまで経っても自分で片付けるようにならない」

「でも、これくらい……普通のおうちだったら、ちょっとくらいお母さんが片付けてくれるじゃないですか」

テンプレにも程がある。

「施設の子だって、ちょっとくらい甘やかしてあげても」

「毎日甘やかしてやれるの」

この光景、和泉先生にだけは見られたくないな——と思いながら。

「九十人の子供たちを、毎日ちょっとくらい甘やかしてやれるの」

青年が不服そうに黙り込む。——この子の嫌われ役は、どうやら俺かな？

「じゃ、そういうことで。職員室、行こっか」

先に立って歩きながら、和泉が通りがからなかったことを心の底から感謝した。

Fin.

解説

笹谷実咲

皆さん、初めまして。笹谷実咲です。私は本書に出てくる「手紙」を、実際に有川さんにお送りした者です。今回はそのご縁で、解説を書かせていただくことになりました。ありがとうございます。この解説では、有川さんに手紙を送るまでの経緯などについて書いていきたいと思います。こうしたことは初めてで、至らない点が多々あるとは思いますが、温かい目で見ていただけると幸いです。

初めに、なぜ有川さんに手紙を送ろうと思ったのかについて。

有川さんに手紙を書いたのは高校1年生の時でした。中学生の時の私は、「なんで児童養護施設のことについて皆知らないんだ！」と世間の人に対して怒りを感じていました。ですが、高校生になった時。自分にも知らないこと、知らない世界がたくさんあるのだと考えるようになりました。そう考えた時に、知らないことを責めることは違うと思いました。

じゃあ、知らないことを責めることはできない。でも、世の中の人にきちんと児童養護施設のことを知ってほしい。どうすれば正しく知ってもらえるのかと考えるようになりました。そんな時に、私の好きな作家さんである有川さんが、物語を書く際に自分の足で調べていらっしゃることを知りました。

そのことを知った時に「これだ!!」とひらめきました。有川さんはとても著名な作家さんで、新作が出れば必ず本を購入する読者さんがいる。そして、きちんと物事を調べて執筆されるということは、正しい情報を大勢の人に知ってもらえると思いました。これが有川さんに手紙を送ろうと思ったきっかけです。

そう考えついた時に「思い立ったが吉日」ということで、よくお話をする施設の先生に「有川さんに手紙書こうと思うねん！」と相談というよりかは、宣言をしに行きました（笑）。

有川さんに手紙を書いている時は無我夢中で、とにかく私の思いを伝えようとしていました。こんなにも強く、伝えたいと感じたのはとても新鮮でした。

有川さんに手紙を書き終えた時、とても清々しい気持ちでした。もしこの思いが届かなかったとしても、「手紙を書く」という行動に出たことが、私にとって大きな学びであったと思います。

次に、『明日の子供たち』が出来上がるプロセスについて。

手紙を送ってから1ヶ月ほど経《た》った頃、幻冬舎の方から電話がありました。「有川さんが是非《ぜひ》書きたいと……」。このお電話をいただいた時、夢でも見ているのではないかと思いました。電話を終えた後、少しの間放心状態になったほどです。

その後、何度か電話でのやり取りをさせていただき、実際に私が生活している児童養護施設に来ていただけることになりました。施設に来ていただいた時に、一緒に施設の中を見て回り、様々な話をしました。また、私がとある講演会でお話をさせていただいた時にも来ていただきました。こうして、私にできることをさせていただきました。

その後執筆に入られた時、私としては何も心配していませんでした。私の伝えたいことを全て伝えていたので。後は、有川さんが取材などを通して感じたものが、どのように作品となって生まれてくるのか楽しみでした。

私が高校生の時、友人に「自分の子供を施設に遊びに行かせたくないよね」と言われたことがありました。この言葉から「児童養護施設」は、馴染《なじ》みがないために誤解されてしまうのだと感じました。なので、有川さんの作品がこういった人たちにどう影響するのか、とても興味深かったです。

時折、執筆している有川さんから質問をいただくことがありました。その質問を通して、有川さんが丁寧に「児童養護施設」のこと、そしてそれを取り巻く問題を扱ってくれているのだと実感しました。それと同時に、有川さんが言葉一つ一つを大切にしているのだと感じました。

続いて、「大人」になった私が今、何を考え、生きているか。

私は今年（２０１８年）で23歳になります。もう施設を退所し、無事に大学生になり、今年の3月には卒業を迎えます。

大学では福祉を学ぶ学科に進学しました。講義や実習などを通して福祉を学んでいく中で、私の中にある「当事者の私」に「支援者の私」が加わりました。これは、他の人にはない強みであると思っています。

大学生生活を送る中で、当事者でなければ分からないこと、支援者でなければ分からないことを多く学びました。今となっては、「先生に無理を言っていたのだな」とか「先生としてもどうしようもないことだったんだな」と、理解できるようになってきました。でも、児童福祉について学ぶことで「当事者の私」と「支援者の私」が衝突することが多く、疲弊してしまうことも少なくありませんでした。どうして自ら苦しむ道に来たのかと、考えて眠れない夜も数え切れないほどでした。卒業を迎える今でも、考え込みます。きっとこのことは、生きている限りついてくるものだと思っています。

私が児童福祉について学ぼうと思うようになったのは、施設の先生の影響が強いと思っています。大学に行きたいと思った理由の一つも、「施設の先生になりたい」と思ったからです。私の夢に対して「施設の先生はあんまりおすすめしないな」という先生も、「頑張って施設の先生になってね」という先生もいました。また、「児童養護施設の現場じゃなくてもっと上を目指したらどうか」といった意見もありました。それぞれの先生なりに、私の夢に対して思うことがあったのだと思います。

大学では、児童福祉を主に学んではいましたが、高齢者、障碍者、生活保護など福祉全般についても学びました。そこには、私の知らない世界が広がっていました。また、児童福祉といっても「児童養護施設」のことだけを学ぶわけではありません。こうしていろんな世界に触れて、児童養護施設で働くだけが全てではないという結論に至りました。

今、私は大学卒業後の進路について考えています。たとえ、この先児童養護施設で働くことが一度もなくても、様々な方法でアプローチしていくことができます。そのように考えさせてくれたのは、これまで私と関わってくれた全ての人のおかげであると考えています。

私が有川さんに手紙を送ったのは「施設にいるからといって可哀想ではない」「正しく施設のことを知ってほしい」という思いからです。私は本当に施設で暮らすことができて、幸せだったと思っています。でも、他の施設で暮らしていた人や、現在施設で暮らしている人が全員そう思っているとは限らない。ということを、この本を読んでいる皆さんに知ってほしいなとも思いました。

例えば、グラスに水がちょうど半分入っていたとします。この事実は誰の目で見ても変わりません。ですが、このグラスに入っている水が「多い」と感じるのか、「少ない」と感じるのか。はたまた「ちょうどいい」と感じるのか。それは人それぞれです。それと同じように、施設で暮らしている人も、暮らしていた人も感じ方はそれぞれ正しいのだと思います。あくまでも、私は施設で生活できて「幸せだった」だけです。

最後になりますが、この本を手に取って読んでくださってありがとうございます。

読んだ人がどのように感じるか、それは千差万別です。どうか、自分の感じたことを大切にしてください。そして、他の人が感じたことも大切にしてほしいです。この本が知らなかった世界に触れる初めの一歩であったなら、とても嬉しいです。ありがとうございました。

2018年2月

——神戸医療福祉大学社会福祉学部4年生

この作品は二〇一四年八月小社より刊行されたものです。

幻冬舎文庫

●好評既刊
キャロリング
有川　浩

クリスマスに倒産が決まった会社で働く俊介と、同僚で元恋人の柊子。二人を頼ってきた小学生の航平の願いを叶えるため奮闘する。逆境でもたらされる、ささやかな奇跡の連鎖を描く物語。

●最新刊
織田信長　435年目の真実
明智憲三郎

桶狭間の戦いの勝利は偶然なのか？　何故、本能寺で討たれたのか？　未だ謎多き男の頭脳を、現存する史料をもとに徹底解明。日本史史上最大の謎と禁忌が覆される!!

●最新刊
男の粋な生き方
石原慎太郎

仕事、女、金、酒、挫折と再起、生と死……。文壇と政界の第一線を走り続けてきた著者が、自らの体験を赤裸々に語りながら綴る普遍のダンディズム。豊かな人生を切り開くための全二十八章！

●最新刊
勝ちきる頭脳
井山裕太

12歳でプロになり、数々の記録を塗り替えてきた天才囲碁棋士・井山裕太。前人未到の七冠再制覇を成し遂げた稀代の棋士が、〝読み〟〝直感〟〝最善〟など、勝ち続けるための全思考を明かす。

●最新刊
HEAVEN
萩原重化学工業連続殺人事件
浦賀和宏

ナンパした女を情事の最中に殺してしまった零。だが警察が到着した時には死体は消え、別の場所で、頭蓋骨の中の脳を持ち去られた無残な姿で見つかる。脳のない死体の意味は？　超絶ミステリ！

明日《あした》の子供《こども》たち

有川浩《ありかわひろ》

平成30年4月10日　初版発行

発行人——石原正康
編集人——袖山満一子
発行所——株式会社幻冬舎
〒151-0051東京都渋谷区千駄ヶ谷4-9-7
電話　03(5411)6222(営業)
　　　03(5411)6211(編集)
　　振替00120-8-767643

印刷・製本—中央精版印刷株式会社
装丁者——高橋雅之

幻冬舎文庫

ISBN978-4-344-42714-3　C0193　　あ-34-7

幻冬舎ホームページアドレス　http://www.gentosha.co.jp/
この本に関するご意見・ご感想をメールでお寄せいただく場合は、
comment@gentosha.co.jpまで。